Шимон Гарбер

Иммигранты

Дочери моей посвящается.

Том 1

Столица иммигрантов

Printed by Newcomers
Authors Publishing Group
2019

Шимон Гарбер

Иммигранты

Том 1

Столица иммигрантов

Аннотация

Дорогой мой читатель

Эта книга не является биографической повестью, хотя персонажи были, а многие еще есть, живые люди. Все наши герои носили другие имена и совпадения случайны. Здесь судьбы людей не побоявшихся в 70 годы прошлого века, изменить свою судьбу и вырваться из СССР на свободу. Многих из них ждала участь отказников, а это означало подчас психушку или тюрьму. Жажда свободы оказалась сильнее страха. Путь иммигрантов, их новая жизнь, сложившаяся на переломе судеб. Новый язык, новый менталитет окружающего общества, жизнь с нуля, а скорее с минуса. Они первопроходцы. Только дети становились теми, кем стремились стать их родители.

Иммигрант - гражданин одного государства, поселяющийся на постоянное время на территории другого государства.

Эмигрант - лицо, добровольно или вынужденно выехавшее из страны своего гражданства на постоянное место жительство в другое государство.

С.И.Ожегов

Оглавление

Глава 1

Все только начинается

Все осталось позади. Прошлая жизнь, работа, друзья, распавшаяся семья, мир, в котором родился и вырос. Впереди другая культура, другой язык, другой и пока незнакомый мир. Адам сидел в самолете и смотрел в иллюминатор, но видел себя, маленького испуганного мальчика, страшащегося встречи с чем-то новым и неведомым. Мама, которая звала его Адамом, делая ударение на первом слоге, умерла давно. Желание уехать и начать жизнь сначала, существовала всегда, насколько он мог помнить. Это возникло когда-то давно, и усилилось после чтения, кем-то нелегально перепечатанных, страниц доклада Хрущева, на XX съезде партии. Все сложившиеся представления о мире, в котором он жил, рухнули навсегда, и вся мерзость и лживость провозглашенных идеалов и догм встала обнаженной и гадкой. Он помнил себя маленьким мальчиком, идущим по улице и вдруг из всех черных громкоговорителей, висевших мертвыми черными воронами на стенах домов, раздался громкий голос диктора, сообщающий страшную, невозможную весть:

- Умер наш великий вождь, Иосиф Виссарионович Сталин!

Весь народ, в великой скорби, рыдал, не стесняясь, слез и повторял вслух: "А как же мы? Как теперь жить?" Адам горько рыдал вместе со всеми, и также думал, а как он будет теперь жить?

Вокруг одни враги, а он всегда это знал и мог нас защитить. Теперь мы беззащитны и можем погибнуть. Скорбь была велика еще и потому, что он никогда не знал отцовской любви и заботы, и потеря вождя и отца народов, была тем горше. К его вящему удивлению страна не рухнула и жизнь продолжалась. Глубоко скорбящий народ пошел на работу и продолжал есть и пить, вероятно, без особой радости, но и не без удовольствия.

Поползли разные слухи. В школе один плачущий мальчик встал и сказал:

- Это врачи евреи убили товарища Сталина!

Учительница объясняла, что это неправильно. Товарищ Сталин умер от тяжелой болезни. Но ей мало кто поверил. Адам, имеющий непосредственное отношение к этой "плохой расе", в силу своего малолетства, не имел отношения к ужасной трагедии, но косые взгляды и некая отстранённость имела место. Впрочем, он уже привык к этому и всегда ощущал собственную ущербность. Однажды в классе произошла даже дискуссия на тему, еврей ли Адам или русский? Один из друзей, выросших с Адамом в одном дворе, утверждал, что Адам русский, поскольку, несмотря на подозрительное имя, его фамилия кончалась на ... о-в, Гарбов, а, как известно все русские фамилии заканчивались на ...о-в или ...ин. Все стали примерять на себя предложенные окончания и выходило вроде так и есть. Сам Адам на прямой вопрос ответил уклончиво, мол, надо маму спросить, но ответ знал давно. Умная мама, любящая сына и очень его жалеющая, предложила сказать, что пропавший папа был русский. Были и другие слухи, что, мол, товарищ Сталин был не очень хорошим человеком, но это не только говорить, даже думать было страшно. Кто-то, (Адам даже не хотел помнить ни имени, ни лица принесшего книжицу человека), дал почитать протоколы выступлений главного прокурора страны товарища Вышинского. Это имя хотя и было на слуху, но его славные подвиги на ниве, гневных осуждений врагов народа, в 37 - 39 годах, были изъяты из библиотек и вообще из публичного обращения. Адам мало что понял из этих пламенных речей, но червь сомнения поселился навеки в его, не окрепшем организме. В стране происходило что-то непонятное. Оказался врагом и шпионом товарищ Берия.

Правили страной то один, то другой, иногда двое вместе, но шепот становился все громче. Вражеские голоса прорывались хрипло, сквозь глушилки. Появился самиздат и тамиздат. Народ, потерявший всякий страх, рассказывал друг другу анекдоты, позорящие и подсмеивающиеся над вождями мировой революции и даже партии. За анекдоты давали реальные сроки и заключения в психбольницы, но как говорил поздней-ший руководитель партии коммунистов, процесс пошел! Если это все ложь и товарищ Сталин был не вождь, а просто плохой человек, а вся прислуживающая рать, либо дураки, либо лизоблюды, прихлебатели и вообще мерзавцы, то, как можно жить в этой стране? Теперь все долж-но измениться. Гнойник вскрыт, вся гнусность и гадость выльется наружу, народ в ужасе отшатнется от пропасти мерзопакостной лжи и мы, очищенные, заживем свободно и радостно. Увы, как сказал поэт: “Мечты, мечты! Где ваша сладость ...?”

Адам жил, рос и ждал, когда придет весна свободы. Умирал один руководитель партии и народа, приходил другой, но мало что менялось и время, отпущенное ему на жизнь, сокращалась как шагреневая кожа. На дворе стояли семидесятые. Очередной, невнятно изъясняющийся вождь, мычал в телевизор на потеху всему миру. Все те же подхалим-ские рожи вокруг, и также тошно и отвратно смотреть на торжество кретинизма. Адам, уже подросший и шагающий по карьерной лестнице, говорил своим друзьям:

- Я жду до тридцати моих лет, а затем любым путем попытаюсь отсюда уехать. У меня одна жизнь, и я не хочу потратить ее на чепуху или борьбу с кретинами и мерзавцами.

В 70-х годах, которые впоследствии назовут времена застоя, был очень популярен еврейский анекдот. Стоят два еврея и разговаривают, подходит третий еврей и говорит:

- Я не знаю, о чем вы говорите, но ехать надо.

Страна из экспортера пшеницы, под чутким руководством партии коммунистов, превратилась, а страну импортера. Хитрые американцы протолкнули через конгресс поправку, представляющую режим благоприятствования в торговле, в зависимости от свобод и прав человека, на выбор места проживания. Поправка носила имя конгрессменов, внесших поправку - Джексона и Вэника, а среди евреев России попросту называли поправка Веника. Можно долго и красиво говорить об идеалах и ответственности народа перед историей и потомками, но правда сермяжная и посуконная гласила, что кушать хочется сегодня. Шамкающий, подсаженный на медикаменты вождь, со скрипом подписал документы, разрешающие евреям воссоединяться с родичами, проживающими на исторической родине. То, что это разрешено только евреям, породило не только зависть и возмущение, но и множество смешанных браков, в котором одна из сторон являлась представителем этого презренного племени, но явилось конвертом, в котором можно вывезти и само письмо. Насколько бескорыстно это происходило, остается секретом молодоженов, но последующие разводы наводили на разные мысли. Поток хлынул, разливаясь все шире и шире, и грозил унести пол страны.

Спохватившийся правитель, приказал прикрутить поток и к 80-м годам он иссяк. Адам выскочил под самый конец и долго хвалил себя за смелость и отвагу. Ему действительно повезло и это, хотя и связанно со смелостью, но было предопределено логикой обстоятельств и четким контролем соответствующих органов. За год до этого уехала его сестра Соня, со своим маленьким сыном и это обстоятельство не ускользнуло от внимания, все контролирующих органов. Начальнику управления, в котором работал Адам, была направлена соответствующая информация. Адам был вызван к шефу на ковер. Отношения Адама и шефа были всегда дружеские и уважительные, подкрепленные финансовыми вливаниями, но обстоятельства требовали принятия немедленных мер.

- Слушай, Адам! Ты знаешь, как я к тебе отношусь, но, пришла информация, что твоя сестра уехала в Израиль. Я понимаю, что ты тоже уедешь. Нет, не надо меня убеждать. Ты работаешь директором в центральном предприятии района. Это как бельмо на глазу, слишком заметно. Я перевожу тебя в дальний район новостроек, Купчино и всем будет спокойней. Адам понимал, что он прав, да и выбора особого не было. На собрании коллектива, в котором работал Адам, шеф лично сообщил народу о том, что Адам, в связи с болезнью, переводится в другое, менее напряженное по масштабам предприятие.

Прошло время, и Адам получил по почте вызов от "родственников", из государства Израиль и подал заявление на увольнение по собственному желанию. Шеф с сожалением, но с большим облегчением подписал разрешение и начался первый этап подготовки к отъезду из страны. Адам уволился и получил на руки трудовую книжку. Это был первый этап, поскольку если б он продолжал работать он должен был пройти через унизительную процедуру осуждения на общем собрании коллектива, с осуждением предателя и изменника советской власти, воспитавшей и вырастившей на своей груди, пригретую змею. Следующий этап состоял в подаче документов в ОВИР (отдел виз и разрешений). А это уж, как карта ляжет. Могут разрешить, а могут не разрешить. В случае неблагоприятного ответа, оставалась возможность бороться и подавать документы снова и снова, без особой надежды на успех. В таком случае нужно начинать жизнь сначала. Искать работу, с "волчьим паспортом" в кармане и это означало, что никто не захочет с тобой связываться. Надо как-то и где- то жить. И многое другое, на что идут люди, которых называли, "отказниками". Два года назад Адам женился, не очень понимая, зачем он это делает. Они купили в новостройках трехкомнатную квартиру, и Адам проводил все свободное время, благоустраивая и переделывая ее, хотя мысли были далеко отсюда. Отношения не сложились и Адам попросту ушел, разведясь в суде. Квартира осталась, теперь уже бывшей жене, а Адам уехал на своей машине. Каждый был доволен состоявшимся разделом имущества. Адам снимал квартиру и готовил себя к отъезду. Через два месяца Адам получил вызов в ОВИР. Пан или пропал. Эта поговорка означала, если да, ты господин, а если нет, пропащий человек.

Судьба была милостива и Адам получил разрешение на выезд. Надо было выписаться с места, где он был прописан, и получить разрешение от бывшей супруги об отсутствии материальных претензий. Адам был наслышан от таких как он сам, кому бывшие жены отказывали в просьбе подписать справку, об отсутствии тех самых пресловутых претензий. У Адама оставалась только бывшая супруга. На удивление все прошло гладко. Они вместе отправились в управление по регистрации проживающих. Там Адам отметился и получил соответствующую справку и печать в паспорт. Бывшая супруга, убедившись в состоявшемся отлучении от прав на квартиру, подписала справку и Адам, вздохнув облегченно, отправился в банк заплатить 500 рублей за отказ от гражданства. Адам получил разрешение на выезд. Ему дали справку для банка, обменять по курсу 150 долларов. Курс был, в отличие от сегодняшнего, около 0,90 рубля и, заплатив требуемую сумму, Адам оказался официально владельцем 150 долларов. С такими деньгами его ждала новая жизнь и новая страна. Перебирая в памяти все эти перипетии, Адам смотрел в иллюминатор самолета, летящего в Вену, место пересадки всех "предателей и изменников" Родины, со 150 долларами в кармане.

Глава 2

Детские мечты и взрослые желания

Адам рос в после блокадном Ленинграде. В детстве его дразнили за непонятное имя. Мама говорила, что так звали первого человека. Он рос в рабочем районе, где жил бедный люд. Окраина Имперской столицы, окруженная заводами и фабриками. Во дворе стояло длинное одноэтажное здание завода "Красная Вагранка". В этом здании, больше похожем на конюшню, приспособленное под общежитие рабочих завода, проживало множество народа, получившего лимитную прописку. Завод был очень старый, и найти людей, готовых работать в литейном цеху можно было, предоставив общежитие и прописку. Работало много людей отсидевших срока в исправительно-трудовых лагерях или уволенных за различные нарушения, с «волчьим» штампом в паспорте. Общежитие тянулось с одного конца двора до другого и упиралось в трехэтажный флигель. Крыша общежития полностью закрывала угловое окно второго этажа и половину следующего окна.

Семья Адама, из трех человек, включая маму и сестру, вылезала на крышу через полузакрытое окно в солнечные дни. В дни получек из окон общежития неслись пьяные крики, блатные песни и шум драки. Двор, как все ленинградские дворы, был перегорожен решетчатыми воротами, закрытыми на амбарные замки. Вход, въезд и выход осуществлялся через единственные ворота, и ключ находился у дворника. Двор жил своей жизнью и не смешивался с другими дворами. Адам с детства приохотился к чтению книг. Поскольку библиотеки выдавали на руки только две книги, причем одна могла быть художественной, а вторая только научно-популярной, Адам записался в три ближайших библиотеки. Ходить было далеко, но он проглатывал книги за день, два. Адам читал, сидя за столом, лежа на кровати или на полу, стоя и вообще в любом положении. Книги уносили в другой мир, столь непохожий на тот, в котором он жил. В руки Адама попала книга американского писателя Теодора Драйзера: «Финансист», «Титан» и «Стоик». Эта трилогия написанная на основе жизни реального человека, абсолютно потрясла Адама. Так вот как появляются большие деньги, для создания большого бизнеса! Это биржа, где продаются акции и миллионы людей продают и покупают. Это огромный рынок размером с земной шар, где продают товары, деньги и идеи. Там крутятся несметные деньги. Сможет ли он когда-нибудь попасть туда? Он еще не знал, что эта мечта осуществится, но все окажется не так.

А пока, в обозримом будущем осуществить ее не было никаких шансов. Эту детскую, наивную мечту он лелеял всю свою жизнь. Своим друзьям он говорил, что хочет уехать из страны. Почему его не забрали и не посадили понять нельзя. Вероятно, это казалось настолько глупым, что и внимания не привлекало. Жизнь выкидывает странные коленца. Пришли 70-е годы и железный занавес дрогнул и приоткрылся. Народ сначала робко, а затем все шустрее, а затем уж кто быстрее, полез из страны в белый свет, как в копеечку. В пригороде Ленинграда, в Сестрорецке в больнице, лечилось множество блатного народа. Был очень талантливый врач и к нему просились все, кто мог. Адам, находившийся в больнице по поводу проблем с желудком, познакомился с человеком, привлекшим его внимание, поскольку читал книжку на английском языке.

- Уезжаешь?

- Тихо! - Он приложил палец к губам. - А как ты меня вычислил?

Адам показал на книгу. Обоим все было понятно. Они оба собирались уезжать. Новый знакомец оказался приятным собеседником. Он был кандидат медицинских наук и преподавал стоматологию. Его звали Игорь и они обменялись телефонами. Они подружились, ходили друг другу в гости и мечтали о жизни там, в Нью-Йорке. Игорь уехал первым, с женой и маленьким сыном, а через два месяца, последовал и Адам. В телефонном разговоре Игорь сказал:

- У тебя будет посадка в Будапеште, купи на свои 150 долларов сигареты и здесь продашь вдвое дороже. Возьми банку черной икры и бутылку советского шампанского, а также бутылку водки.

Адам купил все перечисленное и четыре блока сигарет во время остановки в Будапеште. Самолет летел в Вену. Адам знал, что в Вене, в пересылочном пункте для всех иммигрантов из России, его будут встречать представители агентства Сохнут Израиля за рубежом.

А может поехать в Израиль? А как же Игорь? Мы же договаривались поехать вместе в Нью-Йорке.

Самолет приземлился в Вене. Таможня была очень простая. Отняли приобретенные сигареты и все. Прилетевшие иммигранты не имели никаких документов. Это было запрещено вывозить. Все это знали и сдавали документы в запечатанном конверте в посольстве дружественного государства. Надо отдать должное, все документы возвращались хозяевам. Вновь прибывших встречали сотрудники Сохнута.

- Кто в Америку налево!

Ни тебе здрасьте, ни до свиданья. Ни вопроса: хотите поехать в Израиль? Ничего! Сохнутовцы говорили по-русски и явно были выходцами из России. Вся хамоватость и грубость, оставшаяся позади, вдруг встретила на пороге свободы.

- Ну, уж нет! Хватит с меня коммунистического рая. Я еду в Америку!

Будущих граждан Соединенных Штатов, посадили в автобус и повезли по ночной Вене. Все происходило быстро и как бы в тумане. Куда везут? Что будет? Пока только страшно. Их подвезли к какому-то строению, всех высадили с вещами и автобус уехал. Двери открылись и они гурьбой ввалились в большое помещение. Их приветствовала небольшого росточка дама, говорившая по-русски, но с жутким акцентом.

- Меня зовут Бетина. Мои помощники Илья и Игорь вам все расскажут. Поздравляю с приездом в свободную страну.

Она ретировалась. Адам был приятно удивлен, признав в одном из помощников, своего товарища, Игоря!

-Привет! С приездом! Пошли со мной!

Он отвел Адама в какую-то комнату.

-Ты здесь посиди, пока мы со всеми разберемся, а потом поедем ко мне. У нас переночуешь, а завтра решим все вопросы. Он ушел, и Адам облегченно выдохнул и мысленно поблагодарил судьбу, пославшую такого друга.

Поздно вечером они на такси поехали к Игорю домой. Марго и Мишка, встретили Адама как старого и долгожданного друга, не скрывая радости по поводу его приезда. Адам был очень растроган и рад видеть всех, веселыми и неунывающими. Квартира была большая, трехкомнатная, обставленная шикарной мебелью, а в комнате отведенной Адаму, стояло большое пианино.

- Ребята, а чья это квартира.

- Здесь какая-то семья жила, но они уехали в какую-то страну. Не то дипломаты, не то по контракту и ключи отдали соседке с тем, чтоб она сдавала её в аренду. Ну, вот нам и повезло.

- Но это, наверное, очень дорогая квартира?

- Наверно, но нам это ничего не стоит, поскольку её оплачивает организация, в которой мы состоим. Но, давай все по порядку, сначала отметим твой приезд и свободу, а потом все вопросы и ответы.

Марго всегда готовила очень хорошо и Адам, знающий толк в хорошей кухне, отдавал должное её талантам. Естественно разговор шел об оставленной Родине, о временном пристанище в Вене и самое главное о будущем в Америке. Ребята были стоматологами и надеялись на скорейшие прохождения экзамена, подтверждающее диплом врача и дальнейшее устройство на работу. Игорь, давно готовивший почву для отъезда, знал врачей стоматологов в Нью-Йорке и надеялся на их помощь и совет при устройстве. Его американские коллеги приезжали в Россию на различные международные семинары и пророчили Игорю, безбедное и успешное будущее. Игорь был самым молодым кандидатом наук в медицинском институте, где преподавал.

- А ты, Адам, если я правильно помню, хочешь открыть свой ресторан в Нью-Йорке? Еще не передумал?

- Нет, не передумал. Я всю жизнь занимаюсь этим бизнесом и постараюсь и сейчас этим заниматься. Проблема в том, где взять начальный капитал?

- Ты знаешь, что американские дантисты зарабатывают кучу денег?

- Я об этом конечно слышал и надеюсь, ты тоже не отстанешь от них.

- Об этом и речь. Вопроса заработать нет, есть вопрос как эти деньги сохранить и еще как их преумножить. Я вложусь в твой ресторан и мы сможем неплохо зарабатывать. Что скажешь?

- Я скажу, что лучшего компаньона мне не надо! Медицина - это такой же бизнес как и любой другой, и должна приносить прибыль. Доход, как известно, необходимо приумножать. Это будет инвестиция и я уверен, что мы заработаем кучу бабла.

- Бизнесмены! Я вижу всем пора на покой. Завтра будем делить прибыль.

- Марго. Извини, ты права. Завтра во всем разберемся, а сейчас спать.

Выпито было много и после всего пережитого, будущее казалось простым и возможным!

Глава 3

Вена иммигрантская

На дворе стоял 1978 год. Вена стала перевалочным пунктом для всех иммигрантов из России. В этом году через Вену прошло 59,000 иммигрантов. Кто-то направлялся в Израиль, а кто-то в Америку. Были и такие, кто выбирал Германию или ЮАР, но это было очень незначительное количество. Тех, кто направлялся в Израиль, прямо из аэропорта отвозили в какой-то замок и оттуда через два - три дня отправляли самолетом в Израиль. Их охраняли автоматчики, поскольку опасались террористов. Все остальные селились на 8-10 дней в Вене, а затем отправлялись в Италию и там ожидали американскую визу. Обычно это занимало до 6-ти месяцев. Все это стоило денег и немалых. Осуществляла финансовое обеспечение организация, под названием ХИАС. Это благотворительная организация, созданная в1881 году занималась помощью как евреев, так и не евреев, призванная помогать иммиграции и адаптации на новом месте проживания. Для приема иммигрантов из России, их расселения и организации проживания в Вене, ХИАС заключил договор с мадам Бетиной, так все ее называли. Эта небольшая, но невероятно энергичная женщина и ее муж, владели двумя гостиницами. Первая называлась "Отель Цум Тюркен" и вторая - "Донау".

Практически каждый день прилетал самолет с пассажирами из Москвы и Петербурга. А все остальные приезжали поездом, проходя таможню на станции "Чоп". В среде эмигрантов ходили легенды, про драконовские порядки на этой таможне. Поскольку в Европе колея уже, чем в России, на этой станции менялись колесные пары. Людей высаживали, вещи выбрасывались на землю и начинался настоящий шмон. Спорить было бесполезно, беззаконие и лихоимство по отношению к отщепенцам и предателям, скорее поощрялось. В Ленинградской таможне тоже предатели подвергались глумливым обыскам с раздеванием догола и осматриванию, укромных мест. Каждый день прибывали 200 - 250 человек. Их нужно было принять, переписать, выдать наличные деньги на первые три дня, из расчёта $ 3.00 в день на человека и самое главное, поселить на 7- 10 дней где-то жить. Приезжали с маленькими детьми, стариками, инвалидами на колясках. Часто абсолютно беспомощные, иногда совсем слепые.

- Господи! А таких больных, зачем мучить?

- А что, надо было бросить там?

Ну что тут скажешь. Бетина подписала контракт на расселение

любого количества эмигрантов, но кто мог предсказать, что их будет столько. За каждого проживающего она получала от ХИАС определенную сумму и этот бизнес был очень выгодным, но когда народ хлынул бурным потоком, казалось, Вена захлебнется от такого количества. Бетина металась по городу целыми днями и готова была платить любые деньги. Арендовала отели, частные квартиры, все, что хоть как-то могло приютить, всё прибывавших эмигрантов. "Цум Тюркен", предоставлял не только место для проживания, но и являлся штабом, куда привозились все иммигранты и оттуда развозились на такси по всему городу. Семейные люди просились туда, где есть кухня и можно готовить на семью, одиноких отправляли в отели и селили по 2 - 4 человека в номере.

Всю эту деятельность по приему и расселению эмигрантов осуществляли два человека, Игорь и Илья. Адам смог оценить огромный масштаб работы этих ребят гораздо позже, а пока он был ошеломлен новизной впечатлений и отдыхал сидя в комнате, на нижней койке, двухъярусной кровати. Появился Игорь.

- Первое, тебя надо поселить где-нибудь. Смотри, есть "Цум Тюркен". Здесь можно готовить, но комнаты минимум на 4 человека, а есть на 10 человек. Тебе это не подойдет и это далеко от центра. Есть Донау, это недалеко от нас и там работает наш приятель, Миша. Он поселит тебя в номер на двоих. Есть еще частные квартиры, но это для семей. Есть очень хорошие гостиницы и номера на двоих, но там даже чай не нагреешь. Значит решено - "Донау". Наши, называют его "Дахау". Но это шутка. Послезавтра пойдешь с Марго в ХИАС. Зарегистрируешься, получишь деньги на неделю и все, жди отправки в Италию.

- А как же вы не поехали в Италию?

- Илья предложил работу у Бетины, и мы решили остаться в Вене и проходить эмиграцию здесь.

- А может и мне проходить иммиграцию в Вене?

- Можно, но это не просто. ХИАС не оплачивает иммиграцию в Вене. Мы перешли в другую организацию, которая называется Рав Тов.

- А я могу перейти в эту контору?

- Наверное, да. Давай, устраивайся в "Донау", а потом займемся твоими делами.

Утром, Адам и Игорь отправились в "Донау". Миша оказался импозантным молодым человеком и пообещал все устроить в лучшем виде.

- Это не Хилтон, но комната на двоих и есть кипяток для чая.

Это, довольно непритязательное двухэтажное здание, было набито эмигрантами из России, сверху донизу. Бегали и шумели ребятишки, все было по-домашнему и только строгий Миша, сидевший в своей конторке при входе, осуществлял контроль и порядок. Адам пообещал вернуться через пару часов с чемоданом, и они на очередном такси отправились в Цум Тюркен.

- Слушай, Игорь, ты все время ездишь на такси, это же дорого.

- Не боись, я отдаю чеки Бетине, и она оплачивает все.

- Она что, не догадывается?

- Нет, она все знает, но мы за день отправляем от 10 - 15 машин с иммигрантами, так что один-два квитка погоды не делают.

- А как Илья?

- Он практически живет в Цум Тюркене. Это правая рука Бетины и все проходит через него, но он уже скоро должен уехать, да и мне через месяц надо собираться в дорогу. Надо хоть подтянуть язык. Мне надо готовиться к экзаменам, подтверждать диплом врача. Адам подумал, как ему будет не хватать ребят и он останется один в этом чужом городе.

- Ты устраивайся, отдыхай, а завтра зайдет Марго и отведет тебя в ХИАС.

-А как насчет той организации, помнишь, ты говорил, что они могут помочь остаться в Вене? Рав Тов?

- А ты точно не хочешь ехать в Италию?

Адам не хотел ехать никуда. Здесь есть друзья и не так одиноко в чужом мире.

-Адам, давай так, я узнаю у Ильи какое у нас расписание на сегодня и может мы сначала смотаемся в Рав Тов, а потом ты поедешь устраиваться.

Они подъехали к гостинице, Игорь рассчитался, получил квиток, и они вошли внутрь. Илья сидел за конторкой при входе и что-то писал в толстой тетради.

- Адам, ты походи, посмотри гостиницу, а нам с Ильей надо поговорить.

Адам отправился осматривать это, уже давно знаменитое в среде иммигрантов заведение. В большинстве комнат стояли двухъярусные кровати, и вообще, все напоминало больше казарму, чем гостиницу. Он заглянул на кухню, где несколько женщин готовили обед на большой плите. Это очень похоже на коммунальную квартиру его детства. Несколько семей проживали в замкнутом пространстве коммуналки: дружно варили обеды, по очереди стирали белье и судачили про мужей и соседей. Это и есть иммиграция. Куриные пупки были излюбленным мясом и подходили как для борща, так и для второго блюда. Эти пупки были самым дешевым и, следовательно, самым доступным мясным продуктом. Соседки говорили о том, как эти знаменитые пупки были большим дефицитом на оставленной родине и как эти неблагодарные мужья вечно ворчат, что каждый день одно и то же.

Появился Игорь:

- Вот ты где! Кухня - это твоя слабость. Все, есть время, поехали в Рав Тов.

Это - оказалось религиозной организацией. Пожилой, но очень шустрый человек в черном костюме и с черной шляпой на голове, оказался очень дружелюбен, и сыпя словами на английском поздравил Адама с приездом. Игорь довольно бодро переводил.

- Он говорит, все нормально. Нужно принести документы из ХИАСа, остальное они сделают.

Адам мало понимал, что происходит, и кто есть кто, но, судя по всему, Игорь все это прошел и осталось только доверять его опыту.

- Послушай, Игорь, все нормально. Жалко только, что у меня сигареты забрали на таможне.

- Не переживай, есть человек, который заберет их и можешь ему продать с небольшой скидкой.

- Вот это да, заберет с таможни?

- Они хранятся на таможенном складе, там есть свой человек. Приедем в Цум Тюркен, и я позвоню ему.

Адам был поражен такими талантами своего друга, о которых он и не подозревал.

В гостинице их встретила Бетина и раздраженный Илья.

- Игорь, где ты ходишь? Везут людей из аэропорта.

Игорь отвел Адама в ту же комнату с двухэтажной кроватью.

- Ты здесь посиди, пока мы примем людей, и я отправлю Бетину, а потом мы займемся твоими делами.

Адам остался один и ходил по комнате, не зная, чем себя занять. На нижней кровати, судя по всему, спал Илья. Может залезть на верхнюю койку и поспать, кто знает, сколько это вся процедура продлится? Адам откинул одеяло и поразился открывшейся картине. Весь матрас был уложен бутылками с водкой и шампанским. Лежали банки с черной икрой, разные сувениры, бусы из непонятного материала и все это явно российского происхождения. Адам быстро закрыл увиденное, и огляделся. Нет, никто не следил за ним, не подглядывал.

Вот это да! А чье это? Наверно Ильи. А как он это провез? Нет, это нереально. И что с этим делать? А Игорь говорил мне, что надо привезти икру, шампанское и водку. Может это подарки для Ильи? На кой хрен столько еды и питья? Ну не тупи, это они покупают у прибывших эмигрантов, а дальше? Дальше кому-то продают. А кому? Это вообще-то не мое дело, но можно спросить у Игоря.

Прошел еще час. Из-за двери раздавался гомон голосов, но о чем говорят - не разобрать. Появился Игорь, неся в руках несколько бутылок со спиртным.

- Адам, откинь одеяло. - Он сложил принесенный груз. -Не закрывай, я сейчас еще принесу.

Он возвращался еще пару раз принося то икру, то бутылки.

- Все, сейчас мы их отправим и займемся твоими делами.

Адам вышел из комнаты. В холле кроме Ильи и Игоря, никого не было.

- А где Бетина?

- Она всегда уходит, когда мы что-то покупаем.

- Будете барабанить? Кто-то ее научил так говорить.

Ребята посмеялись, и Илья ушел к себе.

- Сейчас позвоним Марку и выясним что с твоими сигаретами. Алло Марк, привет, Игорь из Цум Тюркена. Помнишь, я тебе говорил про моего товарища с сигаретами. Да, четыре блока Мальборо. Когда? Вечером? Ты можешь заехать за ним в Донау? Все, есть!

- Адам, Марк приедет за тобой в 7:30 и вы заберете сигареты. Потом отдашь их ему и получишь деньги со скидкой 10%. Хорошо?

- Да, конечно. Спасибо, Игорь.

- Потом будешь говорить спасибо, а сейчас бери чемодан и поезжай в Донау.

- Игорь, в чемодане водка, шампанское и икра.

- Да, давай доставай. Значит, банка икры - 130 шиллингов, водка - 40 и шампанское - 30. Итого 200. На, получи деньги.

Адам растерялся:

- Да я хотел тебе в подарок ...

- Не говори чепухи. Эти деньги твои. Ты меня за кого принимаешь?

- Извини, я действительно того...

- Ладно, пошли я посажу тебя в такси.

Машина уже ждала у выхода. Игорь назвал адрес, расплатился с водителем и Адам поехал на свое новое место жительства. Миша встретил Адама приветливо, отвел в номер и познакомил с соседом.

- Все, обживайся, будут вопросы, приходи.

Сосед оказался веселым и поддатым.

- Здесь в аптеке продают спирт, 40 шиллингов, представляешь. И нормально, можно пить. Хочешь бухнуть?

- Нет, спасибо, за мной должны приехать.

- Ну как знаешь, а я чуть-чуть.

Было еще рано, и Адам решил пройтись по городу и купить, что-нибудь поесть. Выйдя из гостиницы, Адам решил идти направо, с тем, чтоб потом развернуться на 180 градусов и вернуться в гостиницу и не потеряться. Первое что он увидел, была аптека.

С соседом все ясно, ночь, улица, фонарь, аптека. Нет, только не это! Новая жизнь только начинается. Вот она, Вена! Улица была красива. Народ прилично одетый, по-европейски, гулял, сидел в многочисленных кафе, бодро шагал по своим делам, нисколько не размышлял о смысле жизни и об эмигрантских судьбах и проблемах. Это была абсолютно чужая жизнь, внешне беззаботная и праздничная. Адаму стало очень завидно и жалко себя.

Конечно! Они тут вальсировали под звуки Штрауса, а мы там мучились. Попробовали бы в послевоенном Ленинграде вальсировать, когда все выдавали по карточкам. Чего это я? Надо учиться быть такими как они. Уверенными, беззаботными, хотя наверняка и у них забот и проблем хватает. Надо забыть об этой российской угрюмости и озабоченности.

Адам проходил мимо кафе, где в открытом окне были видны курицы вращающееся в какой-то незнакомой машине и явно готовились. На улице стоял рекламный стенд и надпись гласила - 28 шиллингов. Это за сколько? За штуку, за килограмм? Курицы пахли очень аппетитно. Адам подошел к окну, и показал продавщице один палец и жест означающий шелест купюр, продавщица что-то ответила и Адам, не поняв ни одного слова, протянул купюру в 100 шиллингов. В ответ он получил горячую курицу на бумажной тарелке, пластиковую вилку, нож и несколько бумажных салфеток. Он уже открыл рот, еще не зная, как спросить про сдачу, как тут же получил несколько купюр и мелочь. Присев за стол, рядом с кафе, Адам пересчитал сдачу и выходило что с него получили 32 шиллинга. Он ел вкусную и горячую курицу, переводил шиллинги в доллары, а доллары в рубли и всё равно получалось недорого. Игорь заплатил ему за привезенный товар и еще добавил за три дня положенные 9 долларов. Нехитрые подсчеты привели к тому, что цена курицы почти равнялась его дневному содержанию.

Адам с трудом доедал курицу.

- Если каждый день съедать по курице, я буду сыт и уложусь в положенное пособие. Едят же другие каждый день куриные пупки.

Он завернул в бумажную тарелку, недоеденную куриную ногу и не спеша отправился в обратный путь. Нет, все хорошо. Жизнь продолжается.

Вернувшись в гостиницу, поприветствовал Мишу и поднялся в свою комнату. Сосед спал, похрапывая очевидно не рассчитав норму в чуть-чуть. Помаявшись бездельем, Адам решил выйти на улицу и там ждать незнакомого Марка. Тот подъехал точно в 7:30. Выйдя из машины, он безошибочно вычислил Адама.

- Привет!

- Привет!

- Поехали!

Адам сел на пассажирское сиденье.

- Значит, сделаем так, приедем на таможенный склад, там есть человек, он отдаст сигареты, мы уйдем, и в машине сигареты отдашь мне и получишь деньги. Цену знаешь?

- Да, Игорь мне сказал.

- Ну, вот и хорошо.

Они подъехали к заправочной станции. Подошедшему пареньку Марк что-то сказал по-немецки и тот, вставив заправочный шланг открыл капот. Увидев удивленный взгляд Адама, Марк объяснил:

- Я попросил проверить масло, это бесплатно.

- Как ты научился так хорошо говорить по-немецки?

- Я здесь живу уже два года, женился на австрийке и даже ребенка успел завести.

- Здорово! А откуда ты?

- Из Ташкента.

- И как здесь, привык?

- Нормально, лучше чем в Ташкенте.

Они подъехали к железнодорожному вокзалу.

- Подожди меня здесь, я пойду, поищу моего человека.

Он вернулся минут через двадцать в сопровождении человека в железнодорожной форме.

- Пошли.

Они двинулись вдоль путей, где стояло множество вагонов. Было уже достаточно темно и железнодорожник светил фонариком. После долгого блуждания между путями, они остановились у какого-то грузового вагона. Железнодорожник, подсветив фонариком, сверил номер вагона.

- Здесь! - Он открыл замок, сдвинул дверь и залез внутрь. Минут через пять он вынырнул из вагона с пакетом.

- Твое? - Он протянул пакет Адаму. Там лежали четыре блока сигарет.

- Мое, мое.

Адам не был уверен, что это именно его сигареты, но как отличить чьи они? Нереально. Да и какая разница? Они отправились в обратный путь и Марк о чем-то шептался с железнодорожником. Они распрощались и каждый пошел своей дорогой. В машине произошел обмен товара на деньги и они расстались дружески у дверей Донау, довольные друг другом.

Глава 4

Вена ХИАС

Марго пришла в Донау, рано утром. Ее приход взбудоражил все мужское население гостиницы.

- Смотри, вроде тихоня, а вон какая подруга пришла.

Адам отбивался, как мог.

- Это жена моего друга, а не моя женщина.

- Ты это другу расскажи.

Марго, зная, как ее внешность действует на мужчин, явно веселилась.

- Ну, пойдем, друг моего мужа.

Они ушли, провожаемые завистливыми взглядами. На большой площади, заполненной большой толпой, негде было яблоку упасть. Народ явно выглядел не местным, и прохожие старались обходить их подальше, с некоторой опаской глядя на такое скопление иностранцев.

- Здесь и есть этот ХИАС?

- Да, это здесь, слушай, что ты должен сделать. Когда тебя проверят по спискам, скажешь:

- Я хочу проходить иммиграцию в Вене. Дайте мне, пожалуйста, мои документы.

- А если не отдадут?

- Отдадут, ты только не отступай. Смотри, не поворачивайся. Стой, как стоял.

- Господи, да что случилось?

- Сюда идет Карузо, не разговаривай с ним, он гангстер из Одессы

- О! Красавица Марго! А это кто с тобой, похож на Бальзака.

- Это наш друг из Ленинграда, Адам.

- Слушай Адам - Бальзак, у тебя есть кораллы на продажу?

Адам ничего про кораллы не знал, но на всякий случай ответил отрицательно. Карузо потерял к нему всякий интерес и, подмигнув развязно Марго, пошел искать другую жертву.

- Это что за тип? Его что так и зовут, Карузо?

- Нет, его зовут Владик, а прозвище Карузо он получил в Одессе, поскольку пел в ресторанах. Держись от него подальше. Он настоящий бандит и очень наглый.

Марго знали все и то один то другой, подходили пообщаться с красивой женщиной.

- Адам, иди занимай очередь.

Он отправился в здание, куда входил и выходил народ. В коридоре толпилась большая очередь.

- Кто последний?

- За мной будете,- откликнулся небольшого росточка мужичек, с бородкой клинышком.

- А долго мы будем стоять?

- Нет, нет. Народу там работает много и все организованно замечательно. Мужичек оказался словоохотливый и быстро ввел Адама в курс происходящего.

- Сейчас вас зарегистрируют, выдадут деньги на неделю, запишут адрес где вас поселили и через дней 10 отправят в Италию.

- А я не хочу в Италию. Я хочу остаться в Вене.

Мужичек опасливо отодвинулся, словно Адам мог и его заразить чем-то непредсказуемым.

- А разве так можно? Вас выставят из ХИАСа и как тогда быть?

Адам поежился от мрачной перспективы.

- Я и сам боюсь, но мне надо остаться.

- Ну раз надо, так надо. Пожелаю вам удачи.

Мужичек пошел к свободному сотруднику. Адам подошел вслед за ним, к соседнему столу.

- Садитесь. Фамилия, имя.

- Адам Гардов

- Где поселили? Порядок знаете?

Сотрудник говорил по-русски, но с явным, тяжелым акцентом.

- Да, мне сказали, но я хочу остаться в Вене.

Эффект был непредсказуемым. Сотрудник сразу стал злой и резкий.

- Мы в Вене не проводим иммиграцию. Поедете в Италию как все. Идите.

- Вы мне выдайте документы, и я уйду.

- Никаких документов мы вам не дадим. Идите и подумайте. Следующий!

Адам вышел на улицу, с тяжелым осадком, после неприятного разговора.

Марго ждала Адама на площади.

- Ну, как дела? Адам рассказал свою эпопею.

- Ничего, не расстраивайся. Завтра пойдем опять. Документы они обязаны тебе отдать.

- А если меня выгонят из ХИАСа? Как я буду жить и на что?

- Перейдешь в Рав Тов, как и мы перешли. Пошли я отведу тебя в гостиницу и завтра зайду с утра.

Они распрощались у дверей Донау. Весь оставшийся день Адам переживал случившееся.

- А если вдруг Рав Тов передумает, я окажусь на улице в чужой стране и без помощи? Нет, такого не может быть. Ребята же тоже, как я, уходили из ХИАСа. Он сам себя успокаивал, но всякие неспокойные мысли не оставляли его весь день.

На следующий день Адам и Марго нашли на площади перед ХИАСом все ту же толпу иммигрантов, осаждающих ХИАС по различным вопросам. У кого-то болели дети, у других старики. У каждого что-то было свое, что требовало немедленного разрешения и вмешательства. Сотрудники ХИАС куда-то постоянно звонили, решали массу различных вопросов, отправляли вагоны с эмигрантами в Италию и рассеяли вновь прибывших. На этом фоне требование Адама, выдать ему документы, вероятно, казалось им дерзким и неприличным хамством. За все старания и хлопоты, вместо спасибо, приходит человек и говорит, отдайте документы, я без вас обойдусь.

- Вы без нас обойдетесь? Вот вам документы, можете идти на все четыре стороны. Адам вышел с документами в руках, но совершенно ошеломленный реакцией. Марго, увидев Адама с документами, обрадовалась.

- Вот и все. Молодец. Пошли в Донау, а вечером приедет Игорь и решим, когда поедете в Рав Тов.

В гостинице Адама ждал неприятный сюрприз. Миша, увидев Адама позвал его в свою конторку.

- Слушай, ты меня извини, но звонила Бетина и сказала, что тебя выселяют из гостиницы.

- А где же я буду жить? Миша развел руками и протянул телефонную трубку.

- Позвони Игорю.

- Игорь привет, меня Бетина приказала выселить из гостиницы.

- Да, я в курсе, это ХИАС потребовал.

- И чего теперь делать, где я буду жить?

- Не переживай, бери чемодан, Миша вызовет такси и приезжай в Цум Тюркен.

В такси, Адам, полный отчаяния, проклинал себя за глупость и ужасался тому, что он натворил. В гостинице был один Игорь.

- А где Илья?

- Он спит.

- Что теперь делать?

- Пока я тебя спрячу в какой - нибудь гостинице, а завтра пойдем в Рав Тов и все уладим.

Игорь сделал несколько звонков.

- Все нормально, едешь в гостиницу, там тебя ждут, только не попадай Бетине на глаза, а завтра, я за тобой заеду.

Адама действительно там ждали и отвели в какой-то служебный номер. Ночь прошла беспокойно в переживаниях и сомнениях.

Глава 5

Вена. Ночные страхи

Всю ночь, Адам ворочался с боку на бок и думал, что ему делать, если Рав Тов, не возьмет его под свое крыло? Наверно, можно пойти в ХИАС, повиниться и поехать в Италию как все. А если они не захотят? О, черт! Ну, о чем я идиот, думал, не соображая, что меня ждет. Он задремал под утро и его разбудил стук в дверь.

- А, кто?

Он спросонья не соображал где он.

- Битте ...телефон!

Эти два слова он разобрал и понял, что кто-то ему звонит. Адам наспех оделся и подошел к администраторской конторке.

- Герр Адам? Битте.

- Алле! Сиплым, осевшим голосом произнес Адам. Он не ждал ничего хорошего и страшился, того, что за этим звонком могло быть.

- Привет, Игорь.

- О, привет.

- Ты можешь сейчас приехать в Цум Тюркен?

- Конечно, а что случилось?

- Приезжай, я все объясню. Возьми такси или лучше дай трубку администратору.

Адам передал трубку. Тот выслушал, сказал очередное битте и куда-то позвонил.

- Битте, - это уже Адаму,- битте такси...

Адам тоже сказал битте и пошел на улицу ждать такси.

“Зачем я ему сказал битте? Это же, пожалуйста. Надо было сказать, данке, спасибо.”

Немецкий, который Адам учил в школе, всплывал отдельными словами. Фразу из этого не слепишь, но здравствуете и спасибо сказать можно. В гостинице его встретил Игорь.

- Есть хорошая новость!

- Какая? Меня высылают в Россию?

- Ты чего? Все нормально. Бетина арендовала новую гостиницу для иммигрантов и ей нужен туда работник.

- А я при чём?

- Да я тебя порекомендовал, и она согласилась.

- А где я буду жить?

- Там и будешь жить, сейчас придет Илья и мы смотаемся в Рав Тов и все будет прекрасно.

Адам не мог осознать своего счастья. Минуту назад он был полон отчаяния и не представлял, что делать и как жить дальше, а тут все решилось в одночасье.

- Игорь, я твой должник по гроб жизни.

- Сочтемся! Илья пришел, и мы можем ехать в Рав Тов.

Он только дивился, как Игорь дружелюбно общался с раввином на английском. Тот принял документы, выданные ХИАС, отсчитал денежное пособие на месяц и предложил Адаму сходить на склад и выбрать одежду, какую ему захочется. Игорь все это переводил и от себя добавил, что на склад они могут пойти сейчас. По дороге на склад Адам никак не мог успокоиться и все восхищался теплым приемом.

- Да успокойся ты, это же просто бизнес и как любой бизнес требует приятного общения с клиентом, а название этой организации переводиться как добрый раввин.

Склад оказался большим ангаром и вещи были как ношеные, так и новые. Ничего хорошего для себя Адам не нашел, но был уже счастлив, от того что самое страшное позади. В гостинице их встретила Бетина.

- Игорь тебе все сказал?

- Да, большое вам спасибо!

- Илья, расскажет, что делать.

Она повернулась к Илье.

- Отправьте его в Ди Дамен фон Мадам, пусть познакомится и вернется. Вечером отправим туда большую группу.

Она еще что-то говорила Илье и Игорю, но Адам не слушал, а думал, куда это он должен ехать и как это все будет. Бетина быстро ушла. Она была вообще такая шустрая, говорила быстро, хотя и с жутким акцентом и умела всех строить и командовала всем и всеми.

- Илья, что мне надо делать?

- Едешь в отель Ди Дамен фон Мадам, там есть управляющий, немец. Скажешь, я от Бетины, он покажет, где селить иммигрантов и все, приедешь обратно.

- А я не говорю по-немецки.

- Ничего, разберешься.

- Илья, скажи ему что это за отель.

Они оба расхохотались.

- А что? Что такое? Я что-то не то сказал?

- Да все нормально, это самый известный в Вене бордель.

- Как бордель, вы серьезно?

- Конечно, серьезно. Это дамы от мадам.

- И где я буду селить эмигрантов, вместе с проститутками?

- Да нет, там две разные половины, на одной живут и работают проститутки, а на другой будут иммигранты.

- Какой кошмар.

- Это ты еще не привык. В Вене нет жилья на съем. Бетина с утра до вечера крутится, ищет куда поселить. Люди не хотят пускать русских. Уезжая, тащат, что не попадя. Лампочки выкручивают, сантехнику снимают и зеркала, а ты говоришь бордель.

- Я понял, извини.

- Все иди, жди машину и возвращайся.

Такси подвезло Адама к подъезду, с виду приличного, даже фешенебельного здания отеля. Адам вышел, показал растопыренную пятерню и добавил, фюнф минутен. Водитель согласно кивнул головой.

- Вот я дал! Правильно или нет, но вроде понял, немчура, хотя извини, австрияк. Адам потянул дверь и вошел в здание отеля. Перед ним был длинный коридор, справа стеклянное окно, за которым сидел здоровый дядька и хмуро смотрел на Адама.

- Я от Бетины.

Детина вышел в коридор и поманил Адама за собой.

- Не иначе эсэсовец, рожа бандитская. Перед ними была распахнутая дверь в бар, где сидели за стойкой две дамы в трусиках и лифчиках. Адам сглотнул слюну и отвёл взгляд. Направо и налево шли коридоры. Эсэсовец, погрозил пальцем.

- Бар нихт, линкс нихт. Ферштеен зи?

- Налево нельзя, в бар нельзя.

- Ферштеен, ферштеен.

Направо лестница вела наверх. На первой площадке была одна комната.

- Битте, вонен, мол твоя, живи!

Он пребольно ткнул Адама пальцем в грудь.

- Данке шён. - Э, да я говорю!

Они поднялись на следующий этаж. Перед ними был длинный коридор с дверями в обе стороны.

- Здесь, вонен. Это ... жить.

- Я, я ферштеен.

Они пошли обратно. Адам скользнул взглядом по дамам. Какие-то тощие и страшненькие, да! Это не русские б... Не о чем говорить. Эсэсовец зашел в свою конторку.

Адам сказал в спину - ауфидерзеен. Спина не ответила, и он вышел на улицу. Прибыв в гостиницу, Адам в подробностях рассказал ребятам о своем знакомстве с лучшим борделем Вены. Те катались со смеху.

Первая партия новых эмигрантов прибыла в два часа. Бетина появилась вместе с ними. Она поздоровалась с ребятами и кивнула Адаму. Он весь сжался, но пересилил себя и улыбнулся. Все зависит сейчас от нее. Захочет и все будет у меня хорошо. А если, не дай бог, не понравлюсь, выставит на улицу и все, пропал.

Пока Адам размышлял о своей горемычной судьбе, ребята шустро переписывали вновь прибывших, выдавали деньги и распределяли на временное проживание в Вене. Бетина поздравила всех с прибытием в свободный мир и отбыла, спросила ребят.

- Будете барабанить?

Все похихикали. Группа была небольшая. Илья уступил место за конторкой Игорю, а сам ушел. Игорь предложил новым эмигрантам, продать водку, шампанское и икру. Народ вежливо, но уклончиво промолчал. Появился Илья и тихо спросил Игоря, отправляем? Тот кивнул,

- Москва!- Илья понимающе крякнул. - Вызываю такси:

- Отель Цум Тюркен. Драй такси... я, цузамен. Данке шён.

Вот здорово говорит по-немецки, подумал Адам, искренне позавидовав Илье. Написав какие-то записки он передал их Игорю и тот пригласил всех с вещами на выход. Народ засуетился, все хватали свои вещи и закидывали Игоря вопросами, а куда мы едем? Что это за место? Далеко ли от центра? Игорь на все вопросы отвечал сразу всем:

- Там вас ждут, не волнуйтесь, идемте я вам все объясню.

Минут через десять он вернулся:

- Все, отправил. Москва.

Илья понимающе кивнул. Видя недоуменный взгляд Адама, Игорь пояснил.

- Это был самолет из Москвы.

- Это я понял. А что с ними не так?

- Ты подожди, еще с ними познакомишься. Самые чванные и с такими запросами! То ли дело Одесса. Хотят жить, только где есть кухня, сами предлагают товар, и цены на все знают лучше нас. А ленинградцы? Те же, что и москвичи, хотя без чванства.

Илья был согласен. Снова появилась Бетина.

- Как, все в порядке?

- Да, всех отправили. Никаких проблем.

- Адам, Игорь за тебя поручился.

Адам благодарно кивнул.

- Вечером отвезешь первую партию. Ты был там?

- Да, я все посмотрел, мадам Бетина.

- Там надо деликатно и тихо.

- Конечно, конечно, я понимаю.

- Будешь работать у меня, зарплата 80 шиллингов. Будешь там с ними жить. Все вопросы к Илье.

- Спасибо, мадам Бетина.

Она милостиво кивнула и исчезла.

- Поздравляю! Игорь хлопнул Адама по спине. С тебя причитается.

- Да, я готов хоть сейчас.

Ребята посмеялись, и Адам почувствовал, что он принят в круг посвященных.

- Игорь, накрой поесть у нас, а я пока напишу отчет Бетине. Поезд будет поздно вечером.

Илья сел писать.

- Пошли Адам, поможешь накрыть на стол.

В комнате, где жил Илья они накрыли клеенкой стол! Игорь достал с верхней кровати бутылку водки, банку черной икры, банку шпрот и банку бычков в томате.

- Шикарно живете.

- А то, жить у реки и не напиться?

Он исчез и вернулся с буханкой хлеба и помидорами.

- Возьми в тумбочке тарелки, стаканы и вилки.

Стол выглядел по-царски. Адам понял, что он страшно проголодался.

- Иди, зови Илью.

Наконец они уселись за стол. Игорь разлил водку по стаканам.

- За твой первый рабочий день!

- Ребята, я вам так благодарен...

- Ладно, поехали.

- Бетина сказала, что будет еще и зарплату платить.

- Кто будет за эту зарплату работать?

Илья разлил бутылку до конца.

- Но, - он поднял палец, - можно побарабанить.

Они снова посмеялись.

- Значит, вы покупаете у иммигрантов товар и потом продаете?

- Нет, все сами едим и пьем.

- Извините, я ляпнул, не подумав.

- Все ребята, я посплю, а вы подежурьте.

Ребята убрали стол, а Илья завалился спать. Игорь и Адам вернулись за конторку. Весь холл был уставлен чемоданами и в гостинице творился вселенский переполох. Стоял крик и шум, какой-то ребенок рыдал навзрыд. Мужчины и женщины метались из комнат к баулам и обратно.

- А где детские вещи, я их отдельно завернула?

- Я их положил в чемодан.

- Какая ты бестолочь, иди, достань, мне надо его переодеть.

Некоторые стояли около своих вещей, готовые к любому развитию событий.

- Игорь, что здесь происходит?

- Все нормально, народ сегодня уезжает в Италию, но еще есть почти час.

- Что вы все так взбаламутились?

- Как час? А нам сказали сейчас.

- Кто сказал?

- Не знаю, но все говорили.

- Так, успокоились, машины будут через сорок пять минут, расслабьтесь.

Мужчины, тихо ругаясь, выходили на улицу курить. Женщины принялись выяснять, кто посеял панику.

- Адам, пойдем, посмотрим комнаты.

Они прошли по комнатам, собрали в мешки сложенное белье и вернулись в холл.

- Сейчас приедет машина с чистым бельем, и мы сдадим это все в стирку.

Минут через десять действительно пришла машина с чистым бельем и увезла грязное.

- Игорь, мы должны стелить постели?

- Еще чего, выдадим вновь прибывшим, они сами свое застелят.

- А когда они приезжают?

- Сегодня, поздно вечером. Господа-товарищи, все на выход с вещами.

- Смотри, как в старые добрые времена.

Народ толпился, пытаясь все вместе одновременно пролезть в дверь.

- Вы можете не все сразу. Машины не уедут пока все не соберутся и сядут.

Подошли машины, и толпа бросилась занимать места.

- В каждую машину садятся четыре человека, нет троим нельзя, ищите четвертого. Тихо, вы расстаетесь только до вокзала.

С криками и гомоном народ, наконец, рассеялся по машинам. Игорь расплатился с водителями, собрал квитанции, народ зашумел, спасибо, спасибо!

- Все, спасибо вам, удачной иммиграции, - сказал Игорь и кавалькада тронулась.

Игорь с Адамом вернулись в холл.

- А что Илья? Все еще спит?

- Он любит поддать, будет спать, пока я не разбужу.

- А что дальше делать?

- Часа через три приедет большая группа новеньких. Это поезд через Чоп. Большую часть оставим здесь, ты возьмешь человек 20 и поедешь в свой отель, остальных расселим кого куда.

- А что я им буду говорить и вообще, что делать?

- Предупреди, что там готовить нельзя. Соблюдать тишину и все в этом духе.

- А если они меня не будут слушать?

- Припугнешь Бетиной, ее все боятся.

Адам не находил себе места, не зная, как себя вести и о чем говорить.

- Не бойся, страшно только первый раз, а потом приятно.

- Очень смешно, но я действительно боюсь.

Глава 6

"Ди Дамен фон Мадам"

Поздно вечером стали подъезжать машины одна за другой. Это были в основном небольшие автобусы на 10 человек. Народом и вещами холл был набит до отказа. Люди выглядели уставшими, измотанными длинной и тяжелой дорогой, но счастливыми. Прибывшая Бетина поздравила всех с прибытием в свободный мир.

- Сейчас мы вас всех зарегистрируем, выдадим деньги на три дня и расселим туда, где вы будете жить до отправки в Италию. Мои помощники: господин Илья и господин Игорь вам помогут.

Илья сидел за конторкой, записывал подходивших и выдавал деньги. Игорь следил за порядком и подпускал по одному.

- Господа! От каждой семьи подходит один человек. Называет фамилии и имена всех членов семьи, он же получает деньги на всю семью и расписывается. Все шло чинно и без особых проблем, разве только когда мужчины возвращались к семье, деньги тут же переходили в женские руки либо добровольно, либо под легким давлением. Спорить было на людях неудобно. Бетина получила списки.

- Через час я приеду.

Ребята покивали головами. Илья ушел к себе, Игорь занял его место.

- Сейчас мы будем распределять, где вы будете жить. Тихо, тихо все будут устроены. У нас есть наш отель, где вы сейчас находитесь, есть и другие места по всему городу. Это квартиры и отели. В нашем отеле есть кухня и можно готовить и, постирать. В квартирах тоже можно готовить, но никаких отдельных квартир нет! Иммигрантов очень много, поэтому дети спят по двое на кровати. Я все понимаю, но люди не хотят пускать иммигрантов, поскольку они уезжают через неделю и зачастую тащат, что не попадя. Тихо, я не про вас, но бывает и лампочки выкручивают, сантехнику отвинчивают и многое другое. Кто хочет остаться здесь, особенно большие семьи подходят первые. Вы? Сколько вас? О Кей. Берите вещи и пошли. - Адам проводи их в первую комнату.

- Спрашивают белье постельное, - вернувшись спросил он Игоря.

- Немного позже сначала расселим. Покажи этим вторую комнату, а с маленькими детьми в третью.

Больше половины людей были распределены в Цум Тюркине.

- Игорь, больше мест свободных нет.

- Хорошо, пройди по комнатам и пригласи всех сюда.

- А мы куда? - спрашивали оставшиеся.

- Стойте пока здесь, сейчас все соберутся и я объясню, что дальше. Господа, все собрались?

- Все, все, что случилось?

- Пока ничего не случилось, но у меня есть объявление.

Адам и весь народ внимательно слушали.

- Мы знаем, что все везут на продажу то, что называется, иммигрантский набор. Водка, икра, коралловые бусы, палех, хохлому и прочее. Были случаи, когда иммигрантов задерживала полиция и штрафовала за торговлю без лицензии. Штрафы здесь серьезные. Мы решили помочь вам без проблем решить этот вопрос. Цены вы все знаете из писем друзей и мы по этим ценам у вас купим прямо сейчас. Все будут довольны и никаких проблем.

Народ весело зашумел:

- Вот здорово, а я думал, как без языка продать и кому?

Все дружно бросились к своим вещам и понесли к конторке бутылки и банки.

- Адам, позови Илью. А вот он.

Работа закипела. Игорь принимал товар и считал. Илья выдавал наличные и Адам оттаскивал и укладывал в кровать на верхний ярус.

- Вы с коралловыми бусами подойдите немного попозже, ладно.

Через полчаса вся торговля была закончена.

- Игорь, позови человека с бусами и идите в мою комнату. Остальные слушайте. У нас появилась новый и очень чистый отель. Комнаты там небольшие, на 3-4 человека. Там нельзя готовить и шуметь, но зато это в самом центре. Старший там Адам, прошу любить и жаловать. Кто хочет туда, подходите и я вас запишу.

Появилась Бетина.

- Как дела?

- Все нормально, Цум Тюркен полный. Собираю людей, кто едет с Адамом.

- Очень хорошо, эти готовы?

- Да, Адам выводи своих на улицу, я вызываю такси.

- Все, кто со мной, берите вещи и пошли.

Едва они вышли на улицу, как стали подъезжать машины одна за другой.

- Вещи в багажники, в машины по четыре человека.

Вышла Бетина. Рассчиталась с водителями и сказала адрес.

- Адам!

- Да, мадам Бетина.

- Предупреди всех на месте, никакого шума и должно быть чисто.

- Конечно, мадам Бетина.

Машины тронулись, колонна понеслась по вечерней Вене.

- Как здесь красиво, столько огней.

Адам и сам словно впервые видел ночной город.

- Очень, очень красиво, но днем тоже очень здорово.

Машины подъехали к освещенному подъезду и быстро вытряхнули пассажиров и багаж.

- Господа! Соберитесь все вместе, я должен вам что-то объяснить.

- Да мы все здесь.

- Слушайте внимательно. Этот отель особый. Здесь нельзя готовить и сорить. Нельзя шуметь. Это бордель, который называется Ди Дамен фон Мадам.

- Ни хрена себе. Мы что с бл... и жить будем?

- Нет, нет! Мадам Бетина снимает любое возможное место.

Никто не ждал, что столько народу приедет.

- А у меня мальчику четырнадцать лет, а тут эти, тьфу, прости господи.

- Господа! Отель разделен на две части, мы занимаем правую часть, а они левую. Проходите за мной и все. У нас отдельный коридор с комнатами на втором этаже.

- Дожили, кому рассказать не поверят.

- Да бросьте вы, даже интересно.

- Все господа, берите вещи и потихоньку за мной.

Адам вошел первый, за ним гуськом потянулся народ с вещами. В баре полуголые девицы с интересом рассматривали эту разношерстную странную публику. Эсэсовец обалдело таращил глаза.

- Гутен абент.

Адам гордо проследовал мимо бара на правую половину. Женщина с ребенком, закрыла ладонью мальчику глаза.

- Пошли быстрее, какое бесстыдство.

Мальчишка вырывался и бурчал, что он не маленький. Они поднялись на второй этаж.

- Семья из троих живет в отдельной комнате, остальные по две пары и одиночки четверо. Комнаты все одинаковые, занимайте, отдыхайте. Встретимся завтра утром. Я за вами зайду.

Народ разошелся по комнатам и Адам, подхватив свой чемодан, отправился обживать свое новое жилище. Комнатка была очень уютная, со всеми удобствами! Он принял душ и впервые за много дней заснул сном праведника.

Едва проснувшись, Адам, чувствуя себя ответственным за порученных ему людей, обошел все комнаты и позвал всех встретиться через час на улице.

Народ собирался дружно.

- Как прошла ночь? Никто не беспокоил? Вот и хорошо! Есть

несколько моментов, о которых я хочу с вами поговорить. Первое, я знаю, что у вас всех есть электрические кипятильники. Я знаю, но не об этом речь. Вы должны между собой договариваться и включать по очереди. Если вы включите одновременно, то погаснет свет и будет ясно кто виноват. Результат или добровольная сдача всех электроприборов или выселение. Кто-нибудь этого хочет? Второе, в бар не ходить и с дамами не общаться.

- А если я хочу выпить за деньги, нельзя?

- Хочешь выпить, купи в магазине, а в баре нельзя. Я думаю, ваши финансы не позволят вам ни гулять по буфету, ни тем более, общаться с дамами.

- Хватит болтать ерунду, у меня здесь ребенок.

- Ему же тоже интересно.

Адам остановил поток веселья.

- Хватит, хватит трепаться, есть третье и четвертое.

- Ого, целая программа.

- Да, перестанете паясничать, дайте человеку говорить.

- Третий вопрос, в Вене полно перекупщиков, наших соотечественников, которые ходят по всем местам, где проживают наши иммигранты. Я знаю, что у многих из вас еще остались вещи на продажу, так вот, некоторые из перекупщиков, скажем, не совсем чисты на руку.

- Понятно? А что делать?

- Я вам скажу с кем можно, а с кем лучше не надо. Моя комната на площадке ниже этажом. Дверь днем всегда будет открыта и я буду видеть, кто приходит и, кто выходит. Вы все взрослые люди и сами отвечаете за себя, я только стараюсь вас предостеречь от глупых шагов. Все понятно?

- Да все ясно! Спасибо Адам!

- Следующий вопрос, сейчас я отведу вас в ХИАС. Это организация занимается всеми вашими вопросами и в Вене, и в Италии, и в США. Ясно! Запоминайте, как туда идти: мы находимся в первом бицирке, то есть районе, ХИАС тоже здесь недалеко. Запомните наш отель и как вернутся назад.

- Такой отель не забудешь.

- Господи, хватит уже ваших шуток.

Адам повел народ по освещенным солнцем улицам Вены. Народ шарахался от огромных витрин магазинов. Около витрины ювелирного магазина толпа замерла в восхищении.

- О! мой Бог! Это все настоящее?

Адам понимал, какое впечатление производит на иммигрантов подобные витрины. Он и сам два дня назад, бродил от витрины к витрине и не мог поверить, что все эти неисчислимые богатства - вот так просто выставлены на продажу. Адам вырос в Ленинграде, где даже в Гостином дворе, с его огромными стеклянными витринами, не было выставлено практически ничего. Дед, очевидно приехавший из провинциального местечка, качал седою головой.

- Какое бохатство! Он так и говорил, бохатство. А мы дураки, жили там и ничего не знали.

- Пошли ребята, у вас будет много времени полюбоваться.

Площадь перед зданием ХИАСа была запружена народом.

- Ребята я с вами прощаюсь. Занимайте очередь, регистрируйтесь и когда захотите, возвращайтесь в отель.

- Бальзак!

Адам обернулся, это был Карузо собственной персоной.

- Я слышал, что ты работаешь на Бетину и теперь главный в Ди Дамен фон Мадам. Отпираться было бесполезно.

- А кто тебе сказал?

- Здесь все становиться известно быстро. Я вечерком загляну, ты народ подготовь.

Адам напрягся.

- Послушай, Владик.

- Можешь звать меня Карузо.

- Хорошо Карузо. Если ты хочешь, что б я тебе помогал, дашь мне 10% от покупок.

- Бальзак, а ты не думаешь, что ты наглеешь и как ты узнаешь за сколько я купил?

- Я думаю это честно, и я тебе верю.

- Да ты борзой, но мне это нравится. Ладно, до вечера.

Адам перевел дух. Вот это да, ну если я с Карузо договорился, то и с другими договорюсь.

Адам отправился к своему любимому кафе, где продавались курицы гриль. Половину горячей вкусной курицы он съел на месте, другую завернул с собой. Это прекрасная идея для маленького предприятия. Вся работа для одного человека. Может в Америке я смогу это делать, подумал Адам. Мысли о том, что он будет там делать и как зарабатывать на жизнь все чаще беспокоили его. Во-первых, английский. Надо заниматься каждый день. У него был учебник и словарь английского языка, но столько происходило событий за последнее время, что не до учебы было. Надо, надо заниматься каждый день. Сейчас приду и сразу за занятия.

- Гутен таг! - Во гад! Даже не ответил.

Адам поднялся к себе и достал учебники.

- Привет, - в дверях стоял невысокого роста паренек, восточного вида.

- Привет. А вы ко мне?

- Да, меня зовут Янек. Я слышал, что вы старший здесь, и я хочу с вами подружиться.

- А зачем? Глупо спросил Адам.

- Покупаю сигары ну и другое, что попадается. Я знаю, что должен вам отдавать 10% от покупок.

- Откуда вы знаете?

- Нас здесь несколько человек, кто занимается скупкой у иммигрантов, мы все друг друга знаем.

- А вы откуда?

- Я из Ташкента, а вы я слышал из Ленинграда.

- Я, да. Янек приходи вечером, я поспрашиваю, у кого есть сигары.

- Ты только спроси сигары Черчилль, они самые ходовые и я плачу доллар за штуку. - Они сами не заметили, как перешли на ты.

- Договорились, приходи часиков в восемь.

- Хорошо, пока.

Адам был удивлен, насколько быстро распространяется информация. Про сигары он слышал впервые. Надо же и такие дорогие. В России этих кубинских сигар немеряно, и никто не покупает. Иди, знай. Ладно, заниматься, заниматься. Народ приходил с пакетами и свертками. Все уже немного освоились и проходили на свою территорию, правда, стараясь не смотреть на полуголых девиц в баре. Когда народ подсобрался, Адам постучал в каждую комнату и вызвал всех в коридор.

- Попозже к вечеру у нас будут гости. Одного зовут Владик-Карузо, а другого Янек. Можете им продавать товар, но не будете лохами. Цены вы знаете. Будут проблемы, зовите меня. У кого-нибудь есть кубинские сигары Черчилль?

- У меня есть, но я дешевле, чем 25 долларов за коробку, не продам.

- Молодец, так и стой. Вот учитесь у него. Ладно, идите, готовьте товар.

Адам пошел к себе и стал ждать покупателей. Первым появился Карузо.

- Бальзак привет!

- И тебе привет! Я всех предупредил, так что тебя ждут.

- Молодец Бальзак, я вижу с тобой можно иметь дело, - и он зашагал наверх.

Почти сразу за ним появился Янек.

- Подожди там сейчас Карузо.

Янек сразу сник.

- Ничего приходи минут через сорок, для тебя есть коробка Черчилль, я просил оставить для тебя, но он хочет 25 долларов.

- Все, спасибо Адам, я не хочу встречаться с Карузо, он такой ...

- Я знаю, приходи позже.

Через полчаса сверху спустился Карузо.

- Бальзак, что-то негусто.

- Да их в Цум Тюркине отбарабанили.

- Я знаю, работал там, но не поладил с Бетиной. Она взяла Илью. Я всё равно скоро уезжаю, в Париж.

- Как в Париж?

- А вот так! Я подписал контракт с рестораном "Распутин". Буду петь там.

- Вот здорово, я слышал, что это один из самых дорогих ресторанов-кабаре. Я тебе завидую.

- Правильно завидуешь, Бальзак. Ну, смотри, я купил коралловые бусы и палехскую шкатулку. Все вместе 100 шиллингов. Держи десять и будь здоров.

- Спасибо Владик.

А как проверить на сколько он купил товара? Да никак, хорошо хоть 10 шиллингов дал. Вскоре появился Янек.

- Ушел Карузо?

- Ушел, ушел, можешь идти.

Янек пришел минут через 20.

- Вот, купил коробку сигар и разные сувениры. Все на 30 долларов.

- Твои 3, это по 14 шиллингов за доллар, итого 42 шиллинга. Он отсчитал деньги Адаму, и они распрощались, довольные друг другом. Адам пересчитал заработок.

- Неплохо, 52 шиллинга за один день. Богатым не станешь, но жить можно.

Следующее утро проходило довольно спокойно. Позавтракав холодной половинкой куры, Адам включил кипятильник и чашка горячего чая с печеньем, завершила этот непритязательный процесс питания в заданных условиях.

Английский и еще раз английский. Это самообучение навевало непреодолимое желание спать и надо заметить довольно часто, подавив слабое сопротивление, уносило Адама в сладкие сны. Он мог пребывать в образе биржевого воротилы или владельца шикарного ресторана, но чаще снилась оставленная Родина в образе сотрудницы ОВИРа, отказывающая в разрешении на выезд. Он просыпался в холодном поту и только вид временного, но надежного приюта, вносил в его смятенную душу, покой и надежду на, если и не звездное, то по крайней мере, благополучное будущее. В один из таких дремотных перерывов, ему послышался стук в дверь.

- Входите, открыто.

- Да мы вообще-то уже здесь.

В дверях стояла молодая пара.

- Меня зовут Миша, а это моя жена Соня. Мы из Одессы.

Могли бы и не говорить, подумал Адам. Одесситов видно сразу. Какая-то смесь уверенности и нахальства.

- Я вас слушаю.

- Мы с женой здесь недавно и нам сказали про ваш отель. Условия мы знаем, так что представьте нас вашим иммигрантам.

Что-то было в облике этого человека, что Адам, вопреки собственному желанию, поднялся и послушно повел гостей наверх. Тогда Адам, да и никто другой, еще не знали, что перед ними будущий Брайтон Бич воротила, по прозвищу Миша-пароход. Адам вернулся в свою комнату и принялся ждать новоявленных бизнесменов. Вероятно, они умели убеждать людей, поскольку принесли большой пакет, набитый различным товаром.

- Всего мы потратили, 140 шиллингов сказал Миша. Хотите проверить?

Адам не хотел, что-то в голосе Миши, подсказывало, что проще верить.

- Вот 14 шиллингов. Мы еще зайдем.

- Буду рад, - соврал Адам.

- Герр Адам, телефон битте...

В дверях возникла женщина, в униформе, занимающаяся хозяйственными вопросами.

- Данке шён.

- Пожалюста!

- О, вы говорите по-русски?

- Немьножько, я з Югославия.

Адам поспешил вниз, телефон находился в конторке грозного "эсэсовца". Тот отодвинул створку окна и высунул телефонную трубку.

- Алле!

- Привет это Игорь, как дела?

- Все хорошо.

- Ты можешь приехать в Цум Тюркен?

- Когда?

- Прямо сейчас.

- Могу, а что случилось? - У Адама екнуло сердце.

- Да все в порядке, поможешь нам немного, приедешь, расскажу.

- По пути к себе, Адам вновь столкнулся с югославкой.

- А вы здесь убираете?

- Уборам здесь з этим, она понизила голос, курвочкам.

- А у нас тоже убираете.

- Кода уезжам и нови приежам.

- Понял, спасибо вам.

- Ничто.

Они расстались довольные друг другом. В дороге Адам раздумывал, зачем он вдруг понадобился. "Как я не люблю, когда мне вдруг звонят. Всегда кончается какими-то неприятностями."

- Привет. Спасибо что приехал.

- Да что случилось то?

- Все нормально. Я должен быть в отеле. А у нас есть заказ на товар. Поможешь Илье отвезти и сдать. Ладно?

- Да нет вопросов, только ты меня не пугай в следующий раз, а толком говори, что надо делать.

- Извини, не подумал. Иди, помоги Илье, он пакует товар.

В комнате Ильи были разложены четыре большие сумки, в которые он укладывал бутылки, банки с икрой и сувениры.

- Привет, говори, что мне делать.

- Я практически все разложил, закрывай и пошли.

Адам закрыл сумку и попытался ее поднять.

- Ого, это и поднять нельзя. Как мы это все потащим?

- Давай переложим так, чтоб каждую сумку можно было нести.

Они перепробовали несколько вариантов.

- Давай может, шампанское оставим?

- Нет лучше часть водки. Скоро Новый год и шампанское уйдет все.

Они отложили дюжину бутылок водки и сумки стали подъемными.

- Все, выносим.

Каждый взял по две сумки, и они вышли из комнаты.

- Игорь, вызови машину, мы идем на улицу.

Подошла машина. Илья назвал адрес и через полчаса они были на месте.

- Пошли, Адам.

Они поравнялись со зданием, внешне похожем на театр и остановились у служебного входа.

- Адам, постой здесь с товаром, я сейчас вернусь.

Илья вернулся с симпатичным моложавым человеком.

- Привет, пошли со мной.

Адам и Илья подхватили сумки и двинулись вслед за встречавшим. Внутри путь преградила охрана.

- Эти цузаммен.

Охрана молча расступилась. Они долго шли и оказались где-то за кулисами.

- Ну, вот здесь, вы принесли, что я просил?

Илья стал вытаскивать бутылки с шампанским и водкой и добавил 20 банок черной икры. Они отошли в сторону и стали подсчитывать, что-то записывая на бумажке. Илья пересчитал полученные купюры, и они потрясли друг другу руки, явно довольные обменом.

- Пойдёмте я вас провожу. Илья и Адам забрали заметно полегчавшие сумки, и они прошли через охрану на выход, сопровождаемые симпатичным и видимо постоянным покупателем.

- Спасибо, я вам позвоню. Они остались одни.

- Илья откуда он так хорошо говорит по-русски? Он кто, режиссер, актер?

- Вообще он русский, а что делает, в театре - не знаю, но иногда покупает, и я не спрашиваю зачем.

- Понял, куда теперь?

- Здесь недалеко есть магазин.

Они подошли к служебному входу, Илья позвонил в дверной звонок и их впустили. Илья и встретивший говорили по-немецки, Адаму оставалось только завидовать. В подсобке они выложили товар на стеллаж и Илья с покупателем вели оживленный торг. Все кончилось мирно и деньги перешли из рук в руки. Они вышли из магазина и обогнули его со стороны улицы. Адам подошел к витрине и стал рассматривать товар.

- Илья, смотри икра в стеклянных банках по 140 грамм, как наша, ого 750 шиллингов. Во гады, сколько наживают!

- Таковы правила игры.

- Понятно, куда дальше?

- Остались только сувениры и бусы. Пошли, есть человечек.

Они прошагали минут двадцать и подошли к магазину сувениров.

- Пошли, там наш человек.

Внутри магазин сувениров был больше похож на лавку старьевщика. Стеклянные витрины с орденами и медалями, палехские шкатулки и хохломские поделки, меховые шапки, шали, офицерские российские кителя и военные фуражки. Вообще российская военная атрибутика была представлена широким спектром.

- Какие люди, и без конвоя! Отель Цум Тюркен, всегда желанный гость.

Толстый дядька в русской рубахе, широко скалился, показывая желтые лошадиные зубы.

- Показывайте ваши драгоценности. Это все? Или народ обнищал или у меня серьезные конкуренты?

- Ни то, ни другое. Иногда бываю пустые дни, а иногда наоборот.

- Илюша, ты мне сказки не рассказывай, знаешь я сколько лет этим занимаюсь, так что давай договоримся, мне такой товар не нужен, посмотри сколько этого вокруг. Приноси ювелирные изделия, коралловые бусы, старенький палех.

- Да я знаю, но пока нету, как будет, тебе первому.

- Ну смотри, а сколько за это все тебе дать. Они принялись торговаться, а Адам рассматривал бесконечные витрины, словно музейные запасники где хранятся вещи всех времен.

- Все ребятки, пока и не забывайте старика.

Они оказались на улице.

- Какой неприятный тип.

- Да уж настоящий скряга, он ничем не брезгует. Краденое или контрабандное скупает все. Для кого только. Живет один. Подохнет все пойдет прахом.

Они вернулись в отель.

- Ну наконец, а то я тут издергался.- Встретил их обрадованный Игорь .

- Ты бы лучше стол накрыл.

- Да все готово. Только вас и жду.

Стол действительно был накрыт.

- Опять этот иммигрантский набор.

- Ты Илюша зажрался, народ мечтает об икорочке и винтовой водочке, но, есть сюрприз. Я попросил сварить нам борща с мясом. Он горячий, на плите стоит. Давайте по первой, а потом и по тарелке борща. За удачный день. Аминь.

Борщ оказался отменным и по дороге домой Адам вспоминал с огромным удовольствием, после долгого перерыва, душистый и наваристый с большим куском мяса, настоящий украинский борщ.

Глава 7

"Цум Тюркен"

Неделя прошла без особых всплесков и волнений. Адам с упорством учил английский, достойным лучшего применения, но оказалось, что слава о его познаниях разнеслась широко среди проживающих в Ди Дамен фон Мадам и даже проникла в среду его развеселых обитательниц. В один из дней на пороге его комнаты возникла одна из этих самых дам. Она была явно под шафе и очень оживленна.

- Ю спик инглиш! Уес?

В таких пределах Адам спикал.

- Уес, ай ду.

Она закрыла дверь, оперлась об нее спиной и разразилась длинной тирадой на чистом английском языке. Адам растерянно сидел на кровати и не понимал ни одного слова. Время от времени он кивал головой и тупо соображал, чего ей надо.

"Секс? - Это вряд ли подумал он.- Она же зарабатывает этим на жизнь. Общения, но я ни мур мур не соображаю. Может, хочет выпить? Но у меня ничего нет."

Дама говорила все быстрее и убедительнее. Адам мучительно вслушивался, пытаясь услышать хоть одно знакомое слово, но сама дурная ситуация, российская зажатость и стеснительность делала общение нереальным. Наконец она выговорилась или поняла бессмысленность возможности быть понятой.

- Ауфидерзеен! - Пробормотал Адам что-то похожее в ответ и с облегчением вздохнул вслед закрывшейся двери.

"Ну, басурманка. И чего ей надо было?"

Он долго размышлял об этом и решил пойти за очередной курицей гриль, голод, как известно не тетка. Проходя мимо бара, Адам уловил насмешливые взгляды полуголых дам и поспешил ретироваться.

"Чего это я? Какая чушь. Они всегда так смотрят на всех лиц мужского пола. Но что-то, долго не давало ему покоя. Кура гриль, это конечно вкусно, горячая, со множеством всяких травок и специй, но одно и тоже изо дня в день, как-то надоедает.

- Эй! Адам! Привет! Ты куда идешь? Как дела?

Это был Янек, шедший навстречу.

- Привет! Слушай, ты же давно в Вене и немного говоришь понемецки.

- Говорю, но действительно немного, а чего ты хочешь?

- Хочу попробовать венский шницель, и чем он отличается от российского?

- Ну хорошо, а при чём здесь я?

- Пойдем со мной в какое-нибудь кафе, ты поможешь мне заказать.

- Хорошо пойдем, но ты хоть представляешь, сколько он стоит?

- Не знаю, но пойдем, посмотрим, я давно хочу это попробовать. Они пошли по улице, присматриваясь к вывескам, в поисках недорогого кафе.

- Смотри Адам. Как тебе это? Народу мало и вроде недорого?

- Пошли, посмотрим меню и можно вообще спросить.

Они вошли внутрь. Свободных столов было много, они сели, выбрав место в углу. Подошла официантка с меню.

- Гутен таг.

- Гутен так, дружно ответили друзья.

- Янек, посмотри, есть шницель по-венски и сколько стоит?

- Есть, но очень дорогой, 40 шиллингов. Может, пойдем отсюда?

- Нет, я закажу. Я думал, гораздо дороже будет. А что ты будешь?

- Я ничего. Я коплю деньги для Нью-Йорка. Хочу маленький бизнес открыть.

Подошла официантка.

- Майне Херрен, вас зи волен?

Ага, чего надо. Янек заказал венский шницель для Адама:

- А мир нихтс, данке шён.

- Возьми хоть чаю стакан, а то мне неудобно как-то. Я заплачу, а то я буду есть, а ты смотреть?

- Нет, я ничего не хочу. Ты не обращай на меня внимания.

- А какой бизнес ты собираешься открывать?

- Пока не знаю. Может кто-нибудь возьмет меня в долю. Денег очень мало.

Официантка поставила перед Адамом большую тарелку со шницелем, размером практически во всю тарелку. Там был один шницель без какого-либо гарнира.

- Ничего себе, вот это шницель!

Адам отрезал кусок и с наслаждением принялся жевать.

- Слушай, какой вкусный и абсолютно не жирный, не то, что у нас.

- Адам, здесь шницель делают из телятины, а в России из свинины.

- Нет, ты попробуй кусочек. Корочка хрустит, а внутри сочный.

- Спасибо Адам. Я тебе и так верю. Я дома с женой и детьми обедаю.

Мы через месяц, должны получить визу и уедем в Нью-Йорк. А ты куда?

- Я тоже собираюсь в Нью-Йорк, а что буду делать еще не решил, но увидимся. Адам доел свой шницель, смакуя каждый кусочек. Официантка принесла чек в папке и убрала со стола.

- Как ты думаешь, сколько на чай надо оставить?

- Оставь два шиллинга и пошли отсюда.

Адам, поколебавшись, оставил пять и довольный собой, отдал официантке.

Возвращаясь к себе, Адам раздумывал о том, что вместо шницеля мог купить полторы курицы гриль, но побывать в Вене и не попробовать венский шницель - это преступление.

На следующий день должна была состояться отправка людей на поезд в Италию. Адам еще раз обошел, все комнаты и всех предупредил. Народ был в курсе и паковал чемоданы. Игорь позвонил вечером.

- Привет! Ты помнишь, что твои завтра уезжают?

- Конечно, помню. Все готовы и к двенадцати будут с вещами на улице.

- Ну и чудно! Я закажу машины и оплачу, а ты проследи за отъездом и приезжай, после того как всех отправишь, в Цум Тюркен.

- Все понял, спасибо. Завтра увидимся.

На следующий день все шло по плану. Народ освобождал номера и собирался с вещами на улице. Адам нашел югославку и попросил сменить белье.

- Всем зделам, герр Адам. Не сволнусям. Они понимали друг друга.

Машины пришли вовремя, народ прощался, все махали руками, расставаясь, едва не со слезами на глазах. Адам тоже успел привязаться к этим людям. Они были связанны одной судьбой, и всех ждала неизвестная и потому немного пугающая, новая жизнь.

- Отель Цум Тюркен, битте, - это водителю.

Игорь сидел за стойкой и что-то писал.

- Привет! А где Илья?

- Спит, как всегда. Проходи, я хочу с тобой поговорить.

“Господи, опять что-то стряслось? Что на этот раз?”- подумал Адам.

- Ты чего такой пугливый? Все нормально, не боись. Я должен, где-то, через месяц, получить визу в Америку и уехать. Я хочу этот месяц позаниматься языком. Мне ведь нужно подтверждать диплом врача и Марго тоже.

- Да, я знаю. Без вас будет скучно. А зачем ты мне это рассказываешь?

- Я хочу, чтоб ты занял мое место. Я говорил об этом с Бетиной и она согласна.

- Вот это да. А кто будет там, за меня? А я справлюсь? Мой немецкий не очень...

- Туда нашли парня, он сегодня поедет с тобой. Все покажешь и вернешься сюда.

Адам был ошарашен неожиданным повышением, страшился нового назначения, и какая-то грусть, от скорой потери друзей, сжала его сердце.

- Я понимаю, что это все неизбежно, но не думал, что это так скоро.

- Зато мы встретимся в Нью-Йорке и я смогу тебе помочь устроиться поначалу.

- Спасибо Игорь! Знаешь ты для меня как брат.

- Свои люди, сочтемся. И я, и Марго, к тебе тоже привязались. Скоро Новый Год! Марго с подругами организовывают вечеринку и тебя естественно приглашают.

- Здорово, а то пришлось бы с Ильей встречать Новый Год!

Они посмеялись.

Появилась Бетина.

- Здравствуйте мадам Бетина.

- Привет, тебе Игорь все сказал?

- Да мадам Бетина.

- Должен прийти новый мальчик, покажешь ему все.

- Конечно мадам Бетина.

- Где Илья? Спит? Ладно. Скоро прилетает самолет из Ленинграда. Отправьте Адама с мальчиком в Ди Дамен фон Мадам. Игорь, все покажи ему, он начинает завтра здесь.

Она умчалась, решая на ходу десятки дел. Ее энергии и хватке можно только позавидовать. Встречать всех эмигрантов, расселять по всей Вене, вести денежные дела со всеми участвующими людьми и это в беспрерывной череде людей и событий. Она была поистине неутомимой.

В отель вошел человек, в котором безошибочно можно было угадать иммигранта. Что-то в одежде или поведении выдавало любого, принадлежавшего к этому племени.

- А мадам Бетина здесь?

- А как тебя зовут? И зачем тебе мадам Бетина понадобилась?

- Я, Коля, живу в Донау и мадам Бетина сказала, что здесь есть для меня работа.

- Ага, засланный казачек от Миши! Нет, голубчик, твоя работа не здесь. Скоро приедут люди и ты с Адамом поедешь на свое место работы.

- Привет, я Адам! Не слушай его. Скоро поедем и я все тебе покажу.

- Тогда я пока покурю. Коля вышел на улицу.

- Нет, ты представляешь Адам. Этот Миша постоянно пытается поставить сюда своих людей. Он давно просит Бетину привозить людей в Донау напрямую, а не через Цум Тюркен. Мы их здесь барабаним и его это не устраивает.

- Его можно понять, но, наверное, так удобно Бетине.

Вернулся Коля.

- Там приехали люди на машинах.

- Зови их сюда, а ты Адам буди Илью. Скажи, люди приехали.

Холл отеля наполнился людьми с чемоданами и баулами. Появился Илья и занял место за конторкой.

- Уважаемые господа, меня зовут Игорь, здесь господин Илья и господа Адам и Коля. С прибытием в свободный мир. Подходите по одному представителю от семьи. Господин Илья вас зарегистрирует и выдаст деньги на первые три дня. После инструктажа господа Адам и Коля отвезут вас туда, где вы будете жить до отъезда в Италию.

Все шло быстро и четко. Народ получал деньги и отходил в сторону.

- Все зарегистрировались? Все получили деньги? Сейчас вас повезут в вашу гостиницу. Правила расскажет на месте господин Адам. А сейчас те, кто захочет избавиться от шампанского, водки и икры, могут это сделать сейчас, по ценам, которые вам известны из писем друзей и знакомых. Желающих нет, тогда выходите на улицу с вещами. Адам забирай людей, я вызываю машины.

На улице Адама и Колю народ забросал вопросами.

- А это ничего, что мы ничего им не продали? Может, надо было хоть что-то продать?

- Господа! Все в порядке. Это свободная страна и вы можете делать что хотите. Машины пришли, рассаживаемся по четыре в машину, ехать 25 - 30 минут.

Машины тронулись. Адам и Коля сидели в последней машине.

- Слушай меня внимательно. Сейчас приедем, выгрузимся и я проведу инструктаж. Тебе надо будет делать это каждый раз для новой группы. Я тебя проведу и объясню, как и что, понял?

- Спасибо Адам. Я все понял. А то я боялся, что меня одного отправят.

Машины подъехали и выгрузили багаж и людей.

- Господа, возьмите багаж и отойдите в сторону от дверей. Пожалуйста, слушайте внимательно. Чего нельзя: шуметь, бегать по коридору, заходить в бар, общаться со служащими отеля. Все вопросы к господину Коле. Этот отель называется, Ди Дамен фон Мадам, то есть дамы от мадам, надеюсь понятно?

- Ну, все, приехали в публичный дом. Пожилой, профессорского вида старичок, выражал крайнее возмущение.

- Я, молодые люди, оставил в Ленинграде трехкомнатную квартиру и требую хотя бы две комнаты для меня и моей жены.

Супруга профессора, всем своим видом, выражала согласие с мужем. Кто-то из толпы крикнул: - А прислуга отдельная не требуется? - Народ язвительно смеялся.

- Дома надо сидеть, профессор!

- Тихо ребята. Ну, сказал человек глупость, с кем не бывает. Комнаты на четыре человека. Маленькие дети спят вдвоем на кровати. Вы здесь всего на неделю, так что придется потерпеть. Завтра господин Коля отведет вас в ХИАС, и все ваши проблемы решайте там. Сейчас берем вещи и без шума, по очереди входим в отель. Идите не останавливайте и не глазейте, словно вы в цирке.

Они благополучно продефилировали мимо злобно таращившегося управляющего, украдкой осмотрели полураздетых девиц в баре и поднялись в отведенный коридор.

- Все господа. Все номера одинаковые. Выбирайте, кто с кем будет жить в одном номере. Отдыхайте до утра и не включайте все одновременно кипятильники для чая. Иначе вас или выселят, или потребуют сдать все электроприборы.

После небольшого переполоха все разошлись по своим комнатам, и даже профессор смирился с тем, что комнату пришлось разделить с юной девушкой.

- Все, пошли Коля, я покажу тебе твою комнату. Все тебе понятно? Держи днем дверь открытую, будешь видеть, кто входит и выходит. Здесь есть уборщица, югославка. Если что, спрашивай у нее.

- А кто хозяин отеля?

- Не хозяин, а хозяйка. Она живет в Швейцарии и раз в месяц приезжает за деньгами. Я ее видел один раз. Настоящая леди. Здесь все решает управляющий.

- Видел, такой злобный немчура, сидит в своем офисе.

- Да уж! Видок зверский.

Они распрощались, Адам забрал вещи и пошел на улицу ловить такси. Он не хотел просить, эсэсовца, вызывать ему машину.

Глава 8

Вена "Диана-Бад"

-Адам, привет! Все прошло нормально, как Коля?

- Да. Привет, все хорошо. Этот Коля вроде ничего, соображает.

- Окей! Смотри, Илья тоже скоро должен уезжать. Спокойно, это еще не завтра. Запоминай все, что он делает и все. Тут ничего заумного нет. Ты будешь жить здесь. У Ильи есть своя квартира. Скоро приедет чоповский поезд и ты следи за ними, что и как. Регистрация, выдача денег и самое главное, расселение.

- Я понял. Сначала гостиницы мадам Бетины, а потом все остальное.

- Молодец, конечно, свои в первую очередь.

Они обсудили встречу Нового Года, и кто за что отвечает. Адам приносит эмигрантский набор, а все остальное делают другие. Будет елка, музыка, домашняя еда и много выпивки.

- Адам, там будет одна подружка Марго, ее зовут Алла. Очень ничего, правда со взрослым парнем, ему где-то, 13-14 лет, но тебе-то не всё равно?

- Ну и хорошо, а то одному скучновато.

Появилась Бетина и с ней большая толпа новых эмигрантов. Работа закипела. Илья регистрировал вновь прибывших, Бетина выдавала деньги. Адам разводил народ по комнатам и показывал где кухня, а где прочие удобства. Игорь собрал группу для Донау и отвел их в сторону. Остальных распределяли по квартирам и отелям. Бетина, понимающе подмигнула Илье.

- Ладно. Будете барабанить? Дайте мне списки. Я через час приеду.

Илья согласно склонил голову.

- Игорь, занимай мое место, я пойду, приготовлю все.

Илья пошел к себе.

- Слушай Игорь, он что, всегда уходит, когда надо говорить с людьми?

- А ты заметил? Да, всегда, и ты должен будешь говорить. Иди, зови всех!

Народ собрался, Игорь произнес тронную речь и народ оживился. Появился Илья с деньгами и все пошло по накатанным рельсам.

- Все господа, больше нет желающих расстаться, заметьте, за деньги, от ненужной тяжести, тогда кто в "Донау", с вещами на выход.

- Адам, вот деньги за четыре машины. Рассчитайся с водителями и отправь людей.

Посадка как всегда проходила со скрипом.

- Да что вы, в самом деле? Никто вас не разлучает. Ваша семья воссоединится через двадцать минут. Все, поехали.

- Вы, две семьи, едете на квартиру. Вот адрес, на бумажке. Адам покажешь адрес водителю и вернешь людям. Вот деньги для водителя.

- Остальные едут в отель "Австрия". Все на сегодня. Адам посади и приходи.

Когда Адам вернулся, стол в его комнате, уже был накрыт.

- Адам! С началом новой карьеры! А Игоря с отвальной!

- Ребята, я вам так благодарен.

- Ладно, будем здоровы. Разговор вертелся вокруг закупленного товара и дальнейших планов.

- Илья, а ты в какой город хочешь поехать?

- Я хочу поехать в Германию.

- А почему именно в Германию?

- Во-первых, есть немецкий, во-вторых там дают шесть месяцев обучения, и все оплачивают.

- А как ты попадешь в Германию?

- Вечером садишься на поезд, а утром выходишь в Германии и все. Ребята, давайте я посплю, сегодня здесь, а завтра уже Адам обоснуется. Они допили бутылку водки и было видно, что Илья уже поплыл.

- Ладно, отсыпайся. Адам поедет ко мне, а завтра приедет попозже, мы сходим в Диана-Бад. Адам возьми плавки. Утром будет тишина. Все пока.

В машине Адам спросил, что это за Дайана-Бад?

- Завтра увидишь. Это такой крутой банный комплекс с парилками, бассейном и всякими процедурными, просто очень здорово.

- А Илья не будет ругаться? Он уже был такой кривой, что вряд ли понимал, о чем речь.

-Не будет. А пьет он действительно каждый день. Но внешне не скажешь, что бухает. Да нет, уже и Бетина замечает. Ладно, это его проблемы.

- Марго, у нас гость.

- Проходите я сейчас. О, Адам, привет! Я слышала о твоем бурном карьерном росте. Скоро ты будешь правой рукой Бетины!

- Тьфу, тьфу не сглазить, но я не о такой карьере мечтаю.

- Да мы знаем о твоей мечте, открыть в Нью-Йорке собственный ресторан.

- Будете ужинать? Есть котлеты с пюре?

- Какой дурак откажется от домашних котлет, правда мы немножко перехватили...

- Я вижу, что немножко. С этим Ильей и Игорь стал пьяницей.

- Скажешь тоже пьяницей. Но все, теперь никакого алкоголя, будем заниматься.

- Садитесь, я сейчас накрою и тихо, а то Мишка спит.

За столом разговор шел о будущей жизни в Америке и сложных экзаменах для подтверждения дипломов врачей. Марго ушла спать, а друзья все сидели и строили планы на жизнь, в столь далекой, но желанной стране.

- Все, пошли спать. Марго постелила тебе в гостиной. Завтра пойдем в баню.

Адам лег в гостиной, то есть в комнате с роялем и долго ворочался, пытаясь уснуть. Как он будет совсем один, когда ребята уедут? Он к ним очень привык.

Утром его разбудила Марго.

- Вставай, Игорь уже моется, ты следующий.

- Доброе утро. Мы не очень громко говорили вчера.

- Все нормально. Будешь яичницу и бутерброд с сыром к кофе?

- Мне бы такую жену, а то я всегда все готовлю сам.

- Игорь говорил, что на Новый год, придет моя подружка, Алла? Очень, даже окей!

- Говорил, надеюсь, я ей понравлюсь. Игорь, что скажешь?

Игорь с полотенцем на шее, шутку не принял.

- Иди мыться, кавалер.

- Мы с Адамом идем в Диана-Бад, потом Адам поедет на работу, а я вернусь и будем заниматься.

- Слушаюсь, господин командир. Плавки положить?

- Смейся, смейся! Посмотрим, кто на экзамене будет смеяться?

Они подошли к большому зданию.

- Вот это все здание и есть баня.

- Ничего себе баня, да здесь пять этажей. Они вошли в огромный холл. Игорь пошел в кассу за билетами, а Адам осматривал громадный вестибюль и восторгался чистотой и порядком. Никто не орал и не шумел, даже дети ходили чинно и не носились сломя голову. Они прошли в раздевалку.

- Набери изнутри на двери код и запомни его. Нет номерков, которые привязывают к ноге.

- Игорь, ты только посмотри какая чистота. Помнишь наши бани?

- Лучше не вспоминать. Грязь и пьяные рожи. Ну, а здесь неудивительно, немцы.

- Халат махровый пока не бери, возьми только полотенце и пошли.

- Сначала идем в душ, такой здесь порядок.

Адам еще раз помылся с удовольствием под горячим душем. Следующее отделение открылось мраморными чашами, в некоторых сидели люди.

- Наливай горячую воду и садись задом, не бойся.

-Нет, какая красота. Такого я еще не видел. Чтоб задом сидеть в чаше, это круто.

- А то, это специально для мужчин. Видел, сколько мужиков болеют, в России.

- Это очень здорово и помогает. Так приятно, что не хочется вставать.

- Пошли дальше, мы еще вернемся сюда.

Они прошли в следующий зал, где оказались три больших бассейна.

- Эти бассейны все с разной температурой: теплый, горячий и совсем горячий, а там видишь вход в сауны. С вениками здесь никто не ходит.

Вдруг раздался свисток и двери саун открылись, и оттуда высыпало много разгоряченного народа. Люди полезли в бассейны, какой кому нравиться.

- Игорь, пойдем в сауну.

- Подожди, здесь все по свистку. Пока сиди в бассейне. Раздался свисток и народ хлынул в парные. Игорь и Адам вошли вслед за ними. Двери закрылись, и можно было только видеть, через стекло в двери, дежурного в белом халате, который прогуливался и заглядывал, все ли в порядке.

- Здесь двери закрыты и только через пятнадцать минут откроются.

- А если кому-то станет плохо?

-Поэтому и ходит надзиратель и смотрит.

- Ну, немчура, тихо прошептал Адам.

- Точно концлагерь.

- Может быть он там тоже работал. Очень жарко, но нужно терпеть и получать удовольствие.

Прозвучал свисток, двери открылись и все рванули к бассейнам.

- Нет, это конечно здорово, а то у нас каждую минуту то заходят, то выходят, а здесь не забалуешься. Есть порядок и все тут.

-Это точно. Пойдем еще раз, погреемся?

- Конечно. По свистку они снова вошли в сауну, где тихо и молча потели.

- После второго захода, возьмем плавки и пойдем в бассейн.

- А бассейн здесь большой?

- Подожди, скоро увидишь. Они зашли в раздевалку, надели плавки и стали подниматься по лестнице на верхний этаж. Игорь толкнул закрытую дверь, и они оказались на верхней площадке, громадного зала, а далеко внизу взрослые и дети плескались в большом бассейне. Здесь все были вместе. Мужчины, женщины и дети. Раздался знакомый свисток и бассейн превратиться в большой бушующий океан. Высоченные волны вздымались и опускались. Дети с визгом и воплями бросались в морские волны и выскакивали как маленькие пеликанчики.

- Ну это вообще, что-то из Голливуда. Игорь, пойдем, поплаваем.

Пока они спускались с верхнего этажа, волны пропали, как будто их никогда и не было. Друзья залезли в бассейн и поплыли от одного края до другого. Вновь раздался свисток, волны вздымались и требовались серьезные усилия, удержаться, не вынестись на мраморный берег из воды вместе с волной. После двух раз, усталые, но счастливые, друзья решили вернуться на мужскую половину. Они вернулись в раздевалку, и поменяли мокрые плавки на махровые халаты.

- Адам, здесь прекрасный буфет, пиво и солёненькие бутерброды с ветчиной.

- Вообще я к пиву равнодушен, а бутерброд с удовольствием!

Буфет располагался между мужской и женской половинами. Верхняя часть прилавка была открытая. Мужчины и женщины переговаривались и сыпали шутками. Все были в белых махровых халатах, и обстановка была праздничная и несколько игривая. Пиво оказалось очень приличное, а солёненькие булочки с ветчиной просто отменные.

- Да! Это место просто класс. Спасибо Игорь. Я хочу вас с Марго пригласить сюда перед отъездом.

- Спасибо Адам. Но это не дешевое мероприятие. Мы должны сейчас беречь деньги.

- Во-первых, я приглашаю. Во-вторых, я хочу с тобой поговорить. Ты же точно не знаешь, когда придет твоя виза, и потом вы же не сразу поедете. Пока билеты, пока то да се, тоже пройдет неделя, а то и две.

- Ну и что ты предлагаешь?

- Я предлагаю тебе еще какое-то время поработать.

- А ты что будешь делать? Бетина троим платить не будет.

- Да наплевать на Бетину. Вы что, за 80 шиллингов у нее работаете?

- Ну допустим, но Илья не согласится делить на троих.

- А мы поделимся с тобой. У тебя семья, а я один. Соглашайся!

- Ладно, я подумаю, и поговорю с Марго. На том и порешили. Адам завез Игоря домой и поехал в Цум Тюркен.

Глава 9

Вена. Новый Год!

- Привет, Илья! Извини, задержался. Мы с Игорем ходили в Диана-Бад.

- Все нормально. Можешь занимать комнату. Я свои вещи собрал. Чистое белье в тумбочке.

- Спасибо, Илья. Я сейчас все сделаю и вернусь.

- Ты погоди, не суетись. У нас сегодня гости из израильского Сохнута.

- А в честь чего? Они что, решили попробовать уговорить людей ехать в Израиль?

- Эта официальная причина, но я думаю скорей купить что-то на Новый Год, а у нас цены эксклюзивные. На водку, советское шампанское и черную икру.

- Понятно. Накрыть стол для приема гостей?

- Накрой, но ничего не выставляй. Посмотрим, кто придет и чего им надо.

Гости появились около четырех часов. Их было двое. Молодой человек по имени Яков и женщина по имени Света. Они попросили разрешения пообщаться с постояльцами и Адам пригласил всех свободных в холл отеля. Надо сказать, что речь агитаторов не являла образца риторического искусства и не произвела ни на Адама, ни на слушателей никакого впечатления. Гораздо позже, уже сидя за столом и после пары рюмок водки, Адам решил высказать свое впечатление. Они уже подружились и не казались Адаму грубыми и хамоватыми, каковое впечатление он вынес от первой встречи. Наоборот они были симпатичными и простыми ребятами, которые любили свою страну Израиль и вот такая у них работа, убеждать и встречать, помогать и заботиться о тех, кто решил стать израильтянами.

- Ребята, вы извините, но можно я скажу?

- Конечно, говори!

- Вот смотрите, я не был уверен, куда я точно хочу ехать. Возможно в Америку, а возможно в Израиль. Я не столько хотел куда-то ехать, как только уехать из этого коммунистического рая. Я не хотел там жить. А вы встретили меня так, что я понял, что я туда обратно приехал. Те же прихваты, такие же манеры и обращение. Все, я тут же решил, еду в Америку.

- Ты, наверное, прав, Адам. Но пойми, Израиль не простая для жизни страна. Нам нужны люди, которые для себя твердо решили, Израиль. Они выживут и будут бороться за эту страну, а те, кто не готов, пусть едут в Америку.

Адам не мог с ними не согласиться. Ребята попросили продать советское шампанское, водку и икру.

- Это к Илье. Сейчас я его позову.

- Илья, ребята просят продать водку, икру и шампанское.

- Ты и продай, цены продажные знаешь?

- Может, сделаем скидку, всё-таки свои люди?

- Мне они не свои? Хочешь, делай скидку за свой счет.

- Ребята, цена вот такая, ниже не могу.

- Да и так спасибо. Мы возьмем все по две. Они расстались довольные друг другом.

- Илья, вот деньги, я свой процент им не считал.

- Это твои проблемы.

Поздно вечером позвонил Игорь и о чем-то долго говорил с Ильей.

- Игорь хочет вернуться на работу. Говорит, что ты ему это предложил.

- Да, это так.

- Моя половина от бизнеса, а свою делите, как хотите.

- Спасибо Илья, нас это устраивает.

- На сегодня все, иммигрантов больше не будет. Я уезжаю, остаешься дежурить. Будут проблемы, звони Бетине. Дверь закрой и никого не пускай.

Адам расстелил постель и провалился в сон. Проснулся от стука в дверь.

- Кто там?

- Господин Илья откройте дверь. Муж хочет в магазин сходить.

- А сколько время?

- Скоро 9 часов.

Утра, сообразил Адам. Вот это храпнул! Он оделся и вышел открыть дверь.

- Извините, господин Адам. Мы думали, здесь господин Илья спит.

- Нет, теперь я буду здесь жить.

Первым появился Игорь.

- Привет, как первое дежурство?

- Ты знаешь, спал как убитый. Наверное, после вчерашней бани.

- Спасибо Адам что позвал. Мы вчера с Марго поговорили, действительно деньги нужны, особенно на первое время. Снять квартиру, что-то купить.

- Все правильно, поработаешь сколько получиться, все будет полегче.

К полудню появился Илья.

- Все в сборе, Бетина не звонила? Тут же раздался звонок телефона.

- Говори про дьявола, и он появится. Отвечай Адам.

- Отель Цум Тюркен, битте. Нет мадам Бетина, это Адам! Позвать Илью?

- Понял. Она везет четырнадцать человек, Москва.

- Все ребята, работа началась.

День покатился как обычно. Прилетели два самолета с иммигрантами и к вечеру большой заезд с поезда. Отправок не было, еще три дня и Бетина моталась по городу в поисках свободных мест в отелях и квартир на съем. Иммигранты сидели в холле на чемоданах и ждали пока их, куда-нибудь, поселят. Это был очень тяжелый год. Наконец наступил последний день уходящего года. Новых иммигрантов на сегодня не предвиделось. Да и какой дурак поедет в такую ночь. Провести новогоднюю ночь, неизвестно где, и неизвестно с кем, плохая примета. Игорь и Адам готовились к празднику, первому Новому Году в иммиграции. Было и грустно, оттого что вся прошлая жизнь ушла безвозвратно и тревожно, что ждет в году наступающем. Коробка с эмигрантским набором, была собрана. Осталось пройти по отелю и пожелать всем Нового Года. Илья решил остаться и дежурить. Игорь шепнул Адаму:

- Бухать будет.

- А что еще делать в такую ночь?

Они вызвали машину и поехали к друзьям, где их давно и с нетерпением ждали. Едва они нажали на звонок, как дверь распахнулась. На пороге стояла Марго, в необыкновенно красивом платье.

- Ну, наконец, то! А то Мишка затюкал. Где папа? Где папа?

- Дай поцелую, сынок.

- Только вас и ждут.

- Пошли быстрее, надо еще успеть старый год проводить. Все знакомьтесь. Это - Игорь и Адам, это - хозяева квартиры, Нина и Гриша, а это моя подруга Алла и ее сын Виталик.

Все были в приподнятом настроении.

- Все припасы выставляйте на стол, консервы на кухню, открывать и все садитесь,

Стол действительно был отменный. Селедочка, посыпанная зеленым лучком с горячей картошкой и сливочным маслом, винегрет в большой хрустальной вазе, салат оливье, естественно, язык отварной с тертым хреном, розовая ветчина ломтиками, ну и икра черная и красная, дополняли этот натюрморт.

- Ребята, смотрите какая красота. Это все наши дамы постарались.

Мужчины дружно и искренне похлопали.

- Наливайте, кто скажет тост? Игорь, Игорь давай ты.

- Хорошо, хорошо.- Он встал.

- Друзья, давайте проводим этот непростой для всех год, проводим всех друзей и близких, оставшихся там, на нашей бывшей Родине. Нам всем было непросто в этом году, но мы его пережили. Прощай прошлая жизнь. Иногда она была очень злой и жестокой, но там была молодость, друзья и надежды, что все когда-то изменится, но жизнь только одна и она быстро проходит. Поэтому мы здесь, пока на перепутье и полны новых надежд. За год, уходящий и за тех, кто остался.

Народ погрустнел, у каждого было что вспоминать в той жизни.

- Игорь, ты уверен, что ты доктор, а не поэт? Ты такую грусть на всех навел.

- Закусывайте все, картошка стынет.

- Что вам положить?

Это Алла решительно взяла инициативу в свои руки. Было видно, что она привыкла командовать и решать все сама. Адам относился к решительным дамам с некоторой долей скептицизма.

- Да, селедочки с картошечкой, - это то, что доктор Игорь прописал.

- А я, как доктор,- добавила Марго,- могу прописать винегрет, поскольку сама его делала. Кому винегрет от доктора Марго? Кстати, Нина и Гриша тоже врачи - дантисты и мы все вместе учились в медицинском, а кандидат медицинских наук господин Игорь там преподавал.

- А, вот вы где познакомились. Игорек, значит, студентку соблазнил?

- Было дело, но на первом свидании, трясся от страха как первокурсник. А ты Марго?

- Это я тряслась от страха. Я не знала, зачем он меня позвал.

- А теперь знаешь? Друзья осталось пять минут до Нового Года!

Открываем шампанское. Все готовы? Все начинаем обратный отсчет, 10, 9, 8,7,6,5,4,3,2,1 - ура, с Новым Годом!!!

Все чокались, кричали и радовались, особенно дети.

- Игорек, давай еще тост, ты так красиво говоришь.

- Хватит с меня. Пусть Адам говорит.

- Дамы и господа!

- А можно не так пафосно?

- Тише, тише дайте человеку сказать.

- Друзья! Я благодарен всем, кто в этой комнате и с кем я встречаю этот праздник. Наша власть, подменила Рождество Новым Годом, но сохранила все атрибуты, елку, подарки, Деда Мороза и так далее. Этот праздник прижился и навсегда останется самым любимым и самым главным. Не знаю, как и где мы будем праздновать следующий Новый Год, но я предлагаю выпить за счастливый и успешный. С Новым Годом.

Тосты следовали один за другим. Все пили, ели, танцевали и веселились как дети. Дети тоже не отставали и танцевали со всеми взрослыми по очереди. Разъезжались под утро. Игорь и Марго, довезли Адама до Цум Тюркена.

Марго не вытерпела:

- Ну как тебе Алла?

- Очень симпатичная женщина, но не мое.

- Ну, ты знаешь тоже не подарок.

- Не сердись, но мне сейчас не до этого.

- Ладно, вылезай, вот твой Цум Тюркен.

- Ребята с Новым Годом!

- Смотри не упади, а то выпили ведро. Игорь вообще никакой. Пока, пока.

Его кровать была занята и Адам уселся за стойкой, уронил голову на сложенные руки и заснул сном, крепко поддатого человека.

Глава 10

Вена. Встречи

Первые две недели нового года, были относительно спокойными. Иммигранты приезжали и поток был более или менее равномерный, но с конца января снова все зашумело, и вновь Бетина металась по городу, пытаясь расселить людей, где только можно. Все заметно нервничали, люди скандалили и требовали поселить где угодно, лишь бы жить где-то. В один из таких дней появился в отеле Цум Тюркен, персонаж, так напоминавший бывшую Родину и все, уже подзабытые, прихваты и наезды. Для начала он представился как известный корреспондент газеты, «Комсомольская Правда».

- Меня зовут Эрнест Ясень. По моим сценариям сняты известные фильмы. Мне необходимо отдельное жилье и условия для работы. Кстати у меня тут в стакане черная икра.

Он протянул тонкий стеклянный стакан и снял с него фольгу. Половину стакана занимала черная икра.

 - Сколько я могу получить за эту икру денег? Я слышал, что вы покупаете икру. Такой типаж появился впервые, хотя были всякие характеры. С одной стороны, не хотелось говорить, что человек не понимает где он, и кто он на сегодняшний день. Убеждать что он равный среди остальных, было явно бесполезно. Прежние заслуги перед партией и государством, тоже значения не имели и скорее наоборот, ревностный комсомольский вожатый здесь несколько неуместен. Игорь взял на себя эту неблагодарную задачу.

- Простите меня Эрнст, прошу прощения не знаю вашего отчества, я конечно понимаю ваши заслуги перед страной и народом, но здесь другая страна и люди все равны. Сейчас есть проблемы с поселением, поскольку народу очень много и мест для всех не хватает. Сначала мы селим семьи с детьми, а затем и всех остальных.

- Значит вы не умеете работать и пользуетесь тем, что у людей нет выбора. Вот вы кто по профессии?

- Я врач.

- Ага, врач, значит, вы знаете, как действует на людей стрессовая ситуация. Я видел, как вы покупали у людей икру, а у меня вы почему-то не хотите.

- Простите Эрнест, но у них икра в банках.

- Ну и что? А у меня в стакане.

- Но в стакане она никому не нужна.

- И что мне прикажете с ней делать?

- Скушайте, икра очень полезная.

Адам видел, что Игорь едва сдерживается. Адам подошел к Илье.

- Ради Бога. Отправь куда-нибудь этого корреспондента. Он у нас всю кровь выпьет.

- Куда я его отправлю? Приедет Бетина и надеюсь, у нее есть какие-нибудь места.

Появилась Бетина.

- Илья, есть места в новом мотеле. Вот адрес, отправляйте всех.

- Наконец-то, все с вещами на выход. Народ радостно загомонил и потянулся к выходу. Корреспондент гордо прошагал мимо.

- Вы еще обо мне услышите.

- Вот гад комсомольский, - не выдержал Адам.

- Да забудь его, хотя меня он тоже достал. Илья, Адам пошли, отметим это событие, встречу с прошлым.

Прошла еще неделя и Игорь получил визу в Америку. Прощанье вышло грустное. Все уже привыкли друг к другу.

- Адам, ты можешь занять мою квартиру. Рав Тов ее всё равно оплачивает.

- Да, но вас трое, а я один. Вряд ли они согласятся.

- Я завтра буду там и все узнаю. Уверен, проблем не будет, а квартира хорошая. Все, ребята, давайте прощаться. Спасибо, за все и удачи нам всем.

Игорь уехал и Адам чувствовал утрату, ставшим близким человека. Работа, как всегда, лучшее лекарство от всех забот. Работы было много и им вдвоем было необходимо крутиться быстрее. Адам жил на квартире, где раньше жила семья Игоря, но бывал там крайне редко. Уезжать поздно, чтоб вернутся рано, казалось неразумным. Прошло еще две недели. Вечером поздно позвонил Игорь.

- Привет из Нью-Йорка! Илья как у вас дела? Как Бетина?

- Все по- старому. Бетина всё также. Как устроились?

- Сняли квартиру. Запиши мой телефон. Когда ты уезжаешь?

- Ты меня случайно застал. Я пришел кое-что взять.

- Удачи тебе и дай мне Адама. Адам, привет! Ты теперь будешь самым главным помощником Бетины.

- И не говори. Сам не знаю, гордиться или плакать.

- Ладно, не притворяйся. А кто будет с тобой работать?

- Сюда Бетина переводит Колю, а на его место кого- то нашла.

- Ну и ладно. Слушай, чего я звоню. Мне из Москвы звонили друзья с большой просьбой. У их родственников, завтра улетает дочь. Она естественно будет в Цум Тюркене. Меня прямо слезно умоляли помочь ей. Она совсем молодая и неопытная. Родители думали, их вместе выпустят, но их тормознули и там теперь трагедия. Помоги ей чем только можешь и отправь в Италию со знакомыми.

- Игорь, не беспокойся. Сделаю все что смогу. Как устроились?

- Все хорошо. Приедешь, увидишь. Позвони, когда будешь вылетать. Мы тебе присмотрим квартиру в нашем районе. Будет веселее вместе.

- Обязательно позвоню. Привет твоим. Слушай, а как ее зовут?

- Ната!

- Понял, не переживай, я отзвонюсь. Пока, пока.

На следующий день, Бетина привезла эмигрантов с московского самолета. Адам увидел ее сразу, но решил поговорить, когда всех расселит. После регистрации и выплаты денег, Адам произнес традиционную речь. Народ молчал. Вдруг эта девочка достала бутылку водки и бутылку шампанского.

- Вы у меня возьмете вот это?

- Конечно, пойдёмте со мной.

Адам отвел ее в свою комнату.

- Вот ваши деньги. Вас ведь Ната зовут?

- Да. Откуда вы знаете?

- Меня попросили о вас позаботиться.

- А кто? Это наверно мама с папой. Я должна срочно написать им письмо.

- Немножко попозже. Сейчас мы всех расселим и решим, где будете вы жить.

- А где я могу купить марки и конверты?

- Я все вам помогу, потерпите. Побудьте здесь, и принесите свой чемодан. Адам с Колей быстро расправились с небольшой московской группой и Адам отправился на кухню, где как в клубе, постоянно собирались женщины.

- Дамы, мне нужна ваша помощь.

- Мы вам, а вы нам и всем хорошо.

- Ну без трепа, кто может отвести одну девочку на почту, купить марки и конверт.

- А что за девочка, твоя подружка что ли? Вот тихоня.

- Да нет, меня попросили ей помочь, а она совсем ребенок.

- Знаем мы этих детей. Ладно, я всё равно собиралась в магазин. Зови ее.

Адам увидел Нату, что-то пишущей на листе бумаги.

- Я нашел того, кто отведет вас на почту, и там сможете купить марки с конвертами.

Когда все ушли, Адам стал раздумывать, куда ее поселить. Проще всего здесь в отеле. Будет на глазах и можно присмотреть за ней. Правда здесь комнаты большие и в них много чужих людей. Она совсем домашняя и не приспособленная. Как родители могут отпускать таких детей в эмиграцию? Тут и взрослые ломаются. Отправлю ее в свою квартиру. Я там практически не бываю. Есть телевизор и все что надо для жизни. Решено. Ната появилась с конвертами и марками в одной руке и бананами в другой.

- Я купила много марок и на оставшиеся деньги купила бананы.

- Вы потратили все деньги, что я вам дал за водку и шампанское?

- Да, но я могу теперь писать письма каждый день.

- А кушать что будем?

- Вот, я же купила бананы.

- Понял. Значит так. Пока побудьте в этой комнате, а вечером я отвезу вас на квартиру. Все понятно?

Она тут же села и стала писать письма. Поздно вечером, Адам вызвал машину и повез полусонную Нату домой.

- Вот квартира, где ты будешь жить. Это моя квартира, но я бываю здесь редко. Твоя комната с ванной. Посиди в гостиной, пока я сполоснусь и потом все в твоем распоряжении. Завтра поедем обратно, тебе надо будет пойти в ХИАС и зарегистрироваться.

Когда он вышел из ванной она уже спала. Надо постелить ей здесь, и пусть тут и спит. Адам постелил на диване и потормошил Нату за плечо.

- Ложись на диван и спи, я разбужу тебя утром.

Она вряд ли понимала где она и что с ней происходит. Утром Адам принял душ, приготовил завтрак и пошел будить Нату. Она спала, как спят дети. Может пока не будить и дать поспать? Да нет, надо на работу и ее отправить с кем-нибудь в ХИАС. Он позвонил на работу.

- Все окей?

- Нет проблем.

- Ната, просыпайся. Завтрак остынет и нам пора идти, скоро.

- Ой, а сколько время? Я проспала? Не ругайте меня.

- Я не собираюсь тебя ругать, просто иди, мойся и будем завтракать.

- Сейчас, сейчас. Я быстро соберусь.

- Быстро не надо. Просто собирайся и после завтрака поедем в отель.

И что прикажете с ней делать? Ну, чисто, дитя. Он, конечно мог оставить ее в Вене, но он сам должен скоро уехать и как она здесь будет жить одна. Нет, надо найти какую-то семью и попросить их присмотреть за ней. Чего это я так расчувствовался? Я что, ее папа? Ну, по возрасту, как бы да. И Игорь просил. Да нет, просто совсем дитя и не для нее все это.

- Все, я готова, можем ехать.

- Сначала мы позавтракаем нормально, а потом поедем. Чай или кофе?

- Можно кофе? Это что все мне? Каша, яйцо, бутерброд с сыром.

- Ешь все что хочешь, но обед будет нескоро. Ты пойдешь в ХИАС.

- А что я буду делать в этом ХИАСе?

- Там тебя зарегистрируют. Скажешь, что живешь в отеле Цум Тюркен, получишь деньги, на неделю и тебе назначат дату отъезда в Италию!

- Мне надо написать письмо маме с папой. Все, я не могу больше есть.

В машине Адам, еще раз проинструктировал, как надо вести себя в ХИАС. В отеле они застали одного дремлющего Колю.

- Бетина не звонила?

- Да нет!

- А где все люди? Уже разошлись?

- Нет, только недавно встали. Завтракают.

Адам пошел на кухню. Женсовет был в полном составе.

- Дамы, кто сегодня идет в ХИАС?

- Да мы вот и разговариваем, когда идти. Сейчас или лучше попозже?

- Лучше с утра, народу поменьше. И у меня просьба. Присмотрите за девочкой.

- Сколько годов то девочке? Это вчерашняя что ли? Во дает!

- Ну что за языки такие, это дочка моего товарища.

- Ну и че? Товарища, не товарища. Всё одно, деваха.

- Вот языки без костей, перестаньте трепаться. Я ее сейчас пришлю.

Отправив народ и Нату вместе с ними, Адам вздохнул спокойно. Есть несколько часов спокойно поработать. В отеле появился совершенно удивительный человечек. Он был внешне похож на Чарли Чаплина. И рост, и одежда, только башмаки лакированные и нормального размера. Подмышками, этот карикатурный персонаж, держал двух крохотных черных собачек. Они были невероятно злые и свирепо лаяли, на все что видели. Он поставил их на стойку конторки, и они заметались взад и вперед, злобно морща носы и показывая маленькие крысиные зубки.

- Бетина здесь? Он говорил с тяжелым акцентом.

- Нет, ее нет, а вы простите кто?

- Я муж Бетины! Я ее подожду.

- Конечно, конечно. Какие милые собачки. - Адам внутренне поежился.

- Да, но только очень злые, но я их люблю. - Коля, с опаской вылез из-за конторки и обходя лающих зверушек, убежал.

- Я здесь уже давно работаю, но вас раньше не видел.

- Это бизнес Бетины. Я занимаюсь картинами, езжу на аукционы. Покупаю и продаю. Это мой бизнес. Я не вмешиваюсь в ее дела, а она в мои.

- Как интересно! Наверно очень прибыльный бизнес?

- Не жалуюсь. На жизнь хватает. - Он засмеялся, показывая такие же как у собачек зубы. - А что мне надо. Вот это мои дети.

Он ухватил собачек, и они все вместе стали теряется носами и повизгивать. Вошла Бетина. Увидев хозяйку, песики пришли в абсолютно неистовое состояние. Они тряслись на своих тонюсеньких ножках, взвизгивали от нетерпения и тявкали на хозяйку, которая не торопилась хватать их в объятья. Наконец они воссоединились, и это был апофеоз счастливой встречи. Адам, не желая портить такой момент, скромно отошел в сторону, дожидаясь своей очереди. Бетина и ее муж, заговорили между собой сначала тихо, потом все громче и громче, хотя слов было не разобрать, но это явно был не немецкий. Кончилось тем, что муж одел свой котелок, схватил зверушек и сердито, хлопнув дверью, ретировался.

- Адам!

- Да, мадам Бетина.

- Ты уже давно живешь в Австрии. Тебе нужно получить временный вид на жительство. Поедешь со мной в офис и там все оформят.

- А когда, мадам Бетина?

- Я заеду за тобой. А сейчас приедет группа с Ленинграда. Где у нас есть свободные места? - Она проверила журнал. - Хорошо, сегодня есть куда селить, а завтра большая отправка в Италию. Будем селить в "Цум Тюркен" и "Донау".

- Все ясно, мадам Бетина.

Она ретировалась. Далеко за полдень появилась Ната в сопровождении симпатичного молодого человека.

- Познакомьтесь - это Саша, а это господин Адам.

- А где ты живешь, Саша? Я вроде тебя уже видел.

- Да господин Адам. Вы же меня принимали. А живу я у друзей.

- Ты что ж, не поехал в Италию? И куда собираешься? Чем занимаешься?

- Я вообще дантист. Хочу поехать в Германию. У меня там друзья.

- Адам, Саша пригласил меня погулять, я приду позже вечером.

- Конечно, конечно, а поесть не надо?

- Мы с Натой поедим где-нибудь в кафе, не беспокойтесь.

- Ну хорошо, возвращайтесь не позже 9 часов.

- Коля, ты видел этого типа?

- Адам, по-моему, очень приятный парень.

- Вот тото и оно, приятный. И что это все вдруг дантисты поехали, а кто будет лечить зубы в России? В Германию он едет. Мне такие типы не нравятся.

- Адам, сейчас многие едут в Германию, там учат языку 6 месяцев, и все оплачивают.

- Я, лично, не поеду ни в Германию, ни в какую другую страну, где говорят по-немецки. Я всегда буду думать, как писал Галич " ... о маме, там, в выгребной яме ". И никакие блага в мире, или деньги не имеют значения.

- Я с тобой согласен, Адам, но это прошлое, а сейчас другие люди и время другое.

- Умом я это понимаю, но, когда я слышу: ахтунг, все - это Дахау.

- Народ приехал, давай работать.

Дел было много, но весь день он думал о том, где Ната с этим, любителем Германии. Он и об Илье вспоминал с неприязнью, в Германию видишь, ему понадобилось.

- А что мне за дело с этой Натой? Пусть родители беспокоятся. Придет, ничего Время шло, их все не было. Адам несколько раз выходил на улицу, всё было тихо.

Чего я так нервничаю? Ну что случится с молодой девочкой в чужом городе, да еще с молодым дантистом? Даже если б она была твоя дочь, что мог бы ты сделать? Ну, если моя дочь, я мог запретить ей встречаться с такими типами. Да, сейчас, запретить. Кто тебя будет слушать? Ты кого-нибудь слушал? Но я мальчик, а она девочка, и вообще, это не твое дело. Вот это правильно. Надо заниматься своими проблемами. Когда всякое терпение подошло к концу, она появилась.

- Спасибо что пришла! А где твой немецкий дантист.

- Он не захотел заходить. Он хороший мальчик, но немножко скучный.

- Слава богу, то есть я хотел сказать, тебе сейчас не до этого. Надо готовиться к Италии. Надо подобрать тебе какую-то приличную семью и с ними подружиться.

- А зачем? И в какой семье я буду жить?

- Ты пойми. В Италии надо ждать визу до полугода. Надо снять квартиру. Одной - это очень дорого и нереально. Всех иммигрантов везут в Остию. Это пригород Рима. Надо ездить в Рим на электричке в ХИАС за деньгами и любыми вопросами. Там тебе некому помочь.

- Спасибо тебе Адам. Я понимаю, ты заботишься обо мне, потому что тебя попросили. Ну а там, я устроюсь как все, и все обойдется.

- Ты права, меня попросили. Но потом я увидел тебя, такую молодую и наивную, доверяющую всем и вся и мне стало очень тревожно. Я хочу тебе помочь.

- Я знаю. Я тоже к тебе очень привязалась.

Они перешли на ты и сами не заметили этого. Всю неделю Адам опекал Нату как мог. Покупал вкусности, так она это называла и устраивал вечерние посиделки. Она оказалась настоящей художницей. Рисовала целыми днями веселые картинки и часто котов.

- Меня все звали кот, я училась в школе рисованию и потом в архитектурном институте по классу рисования, но не закончила, поскольку надо было уезжать. Мне было четыре года и мои рисунки выставлялись в Японии.

- У тебя настоящий талант. Чем ты собираешься заниматься в штатах?

- У папы с мамой есть друзья в Америке. Они приезжали к нам и обещали мне помочь как родной дочери. Я хочу поступить в институт и заниматься рисованием. Я уверена, они мне помогут. А потом приедут мама и папа.

- Ну, чисто ребенок, но лучше не разрушать иллюзии, толку всё равно не будет. Подошло время отъезда. На душе Адама было неспокойно. Он успел привязаться к этой славной девочке и беспокоился, как волнуются родители, провожая дитя в неизвестность. Он познакомил Нату с приличной на взгляд семьей, но кто может сказать, что ждет нас завтра. Провожание вышло грустным, хотя Ната твердо обещала писать, но куда, это никто не знал.

Глава 11

Вена. Виза

Адаму говорили, что сначала его должны вызвать в Американский консулат и после собеседования, где-то через месяц, если все пройдет хорошо, он получит визу в США и сможет уехать. Он ждал вызова на собеседование и волновался, впрочем, как и все, не зная какое впечатление он произведет. В один из дней за ним приехала Бетина. Она всегда все делала быстро.

- Адам, собирайся, мы едем получать временный австрийский паспорт.

В машине Бетина спросила его о планах на будущее.

- Я жду вызова к американскому консулу и потом поеду в штаты.

- Что вы все ищете в этой Америке? Вы думаете, там золото валяется на дороге? Нет, там ничего хорошего нет. Никакой культуры, города грязные, неухоженные. Что там делать? Австрия находится в центре Европы. Здесь прекрасная архитектура, цивилизованная страна. Культура во всем, а что ваша Америка? Кому ты там нужен? Сейчас получишь фремдемрасс - это временный паспорт. Я могу тебе помочь получить гражданство в Австрии. Есть работа, чего тебе не хватает? Живи, работай, заведи семью и наслаждайся жизнью.

- Спасибо вам, мадам Бетина, но я давно собрался в Америку и Игорь ждет меня.

- А, доктор! Как он там? Устроился. Учится, работает?

- Он готовится сдавать экзамены на подтверждение диплома.

Они подъехали к большому мрачному зданию. Бетина провела Адама внутрь здания и они поднялись на второй этаж. В одной из комнат сидел мрачноватый дядька и выслушав Бетину забрал бумаги и фотографии.

- Он говорит, чтоб ты подписал форму и расписался на каждом листе. Все пошли, паспорт пришлют по почте. Ты подумай, о чем я тебе говорила.

Бетина отвезла Адама в отель и умчалась. В этот день Адама ждал еще один сюрприз. В самолете из Ленинграда прибыли двое его хороших знакомых. Они приехали с семьями и знали, что Адам работает в Цум Тюркене. Они стали хорошими друзьями, в бытность Адама, директором одного из ленинградских ресторанов. Ребята работали инженерами в каком-то СМУ, которое специализировалось на сантехнических работах. В ресторане у Адама были постоянные проблемы с канализацией и он подчас не расставался с мотком стальной проволоки, которой чистил канализацию. Сантехника найти вообще было сложно, а такого, чтоб не пил, вообще не реально. Когда вечером вдруг случался засор канализации в ресторане, то всегда звали Адама. Ленинградские подвалы были, как правило, залиты водой, а туалеты там и располагались.

Встреча с Аликом и Женей, которых искал Адам, состоялась в подвале ресторана. Ребята оказались специалистами своего дела и помогли Адаму, решить сантехнические проблемы. Ребята, как, оказалось, тоже подумывали об отъезде. Адам подружился особенно с Аликом, и они решили собираться вместе и учить английский язык. Они даже наняли преподавательницу, которая выезжала вместе с ними на природу и учила по какой-то специальной ускоренной системе. Адам со своей бывшей женой и Алик с женой Ирой добросовестно пытались освоить новый для них язык, но все эти учебные пикники кончались очередной попойкой. Тем не менее, удовольствие получали все. Учительница в виде денежной компенсации, мужчины заслуживали выпить и закусить на природе, ну а женщины покалякать о своем, о девичьем. Встречу было решено отметить грандиозной попойкой.

- Ребята, я вас поселю в хорошей квартире. Там можно готовить, что очень важно в условиях эмиграции. Сейчас я вызову машины и вас отвезут. Вы там обживайтесь, а я попозже подъеду, и мы пообщаемся. Выпивка за мной и закуску я тоже привезу. Все пошли, я вас посажу в такси.

Поздно вечером, Адам, нагруженный коробкой с алкоголем и закуской, постучал в двери. Его встретили как дорого гостя. Было выпито много и много съедено и разговоры затянулись далеко за полночь. Вопросов было множество. Адам ввел народ в курс процедур в Вене, вплоть до отправки в Италию. Ребята собирались ехать во Флинт, город около Детройта. Пили и за Нью-Йорк, и за Детройт и договорились о встрече на американской земле.

Адам проснулся утром с жуткой головной болью. - Да, давно я так не выступал. Теряется форма.

Горячий душ помог обрести какое-то равновесие. Через две недели пришел по почте паспорт и Адам всем показывал этот документ, что выделяло его, среди абсолютно не имеющих никаких документов, иммигрантов. В один из дней открылась входная дверь и в отеле появился Карузо собственной персоной.

- Бальзак!

- Карузо, тебя каким ветром занесло?

- Я приехал к тебе из Парижа. Ты слышал, что я пою в "Распутине"?

- Слава твоя пронеслась по всей иммигрантской земле, а что ты делаешь в Вене?

- Бальзак, я приехал к тебе. Мне нужна вся черная икра, какая у тебя есть.

- Карузо, ты всегда был коммерсантом. Икра есть, но у меня есть и партнер...

- Я возьму по 150 шиллингов за 140 грамм. Устраивает?

- Давай по 155 и по рукам.

- Да, Бальзак! Ты заматерел. Ну давай по 155, только все что есть.

- Пошли, посмотрим, сколько банок есть сейчас!

В комнате, Адам откинул простынь, они пересчитали количество и Карузо уложил товар в привезенный чемодан. Они посчитали сумму и Карузо рассчитался.

- А как ты собираешься перевезти это через границы?

- Сяду на поезд и выйду в Париже.

- Ну ты герой, Карузо. Был рад тебя увидеть.

- И я тебя, Бальзак. Если понадобится еще, я позвоню. Будь здоров.

Он исчез, а Адам долго вспоминал их первую встречу около ХИАСа.

В один из дней в группе иммигрантов из Ленинграда оказался давний товарищ Адама, Нолик с женой Ирой и взрослым сыном Матвеем. Адам в то давнее время, отбывал опалу в районе Купчино. Район еще только застраивался. Возводили здания научно-исследовательских институтов, корпуса автомобильного техникума, института киноинженеров и первую станцию техобслуживания автомобилей ВАЗ. Как водиться сначала строили здания и в последнюю очередь дороги. Люди ходили в резиновых сапогах, что было особенно актуально в дождливую погоду. Построены были корпуса ЦНИТА, то бишь центральный научно- исследовательский институт топливной аппаратуры, попросту автомобильные двигатели и, напротив, через будущую дорогу, корпуса другого центра научной мысли. В каждом из них были построены столовые, для питания, более тысячи сотрудников в каждом и Адам был направлен организовать это самое питание.

В этом ЦНИТА Адам и встретил Нолика, работавшего главным механиком. Они были нужны друг другу. Нолику нужны были продукты, а Адаму электрики, плотники и сантехники, находящиеся в подчинении у Нолика. Они подружились. Ходили друг другу в гости. Пили, как водится, закусывали, чем бог посылал, и говорили об отъезде. Все это было в той жизни. Было что вспомнить и о чем поговорить. Адам отвел их в свою комнату и исчез. Через полчаса он вернулся.

- Все ребята. Сделаем так. Выбирайте где вы хотите жить. Есть гостиницы и неплохие, есть квартиры. Но в квартире можно готовить.

- Ира, куда поедем?

- Конечно в квартиру. Ты знаешь, как я люблю готовить.

- Значит я сейчас отправлю вас на квартиру, а вечером заеду и поедем ко мне и отпразднуем ваш приезд. Договорились?

- Как скажешь, Адам. Ты здесь хозяин, а мы твои гости.

- Все садитесь в машину, все оплачено. Вот ключи от квартиры и до вечера.

Вечером Адам заехал за друзьями.

- Вы готовы? Поехали.

- Но Матвей не хочет. Ему с нами не интересно.

- Ну и оставьте парня в покое, пусть смотрит телевизор.

- Проходите, это моя квартира.

- Ничего себе, ты один в таких хоромах.

- Да, вот так и мучаюсь. Слушай Ира, вот кухня. В холодильнике все есть, что надо для ужина. Ты же любишь готовить. Приготовь что хочешь, а мы с Ноликом смотаемся в баню и минут через 40 - 50 вернемся и будем ужинать.

- Ну хорошо, только покажи где что.

Баню Нолик оценил по достоинству, бассейн с волнами вообще привел его в восторг, а солёненькие булочки с ветчиной к пиву были оценены на большой палец. Время шло быстро и когда они вошли в квартиру, то застали Иру в состоянии истерики. Она рыдала навзрыд и не хотела успокаиваться.

- Господи, да что случилось? Сюда кто-нибудь приходил?

- Не, не при... при ходил. Но я.... я ... так ... испугалась. А вдруг... с вами... что-то...

- Все, все успокойся. Видишь с нами все в порядке. Ну, немножко задержались.

Они успокаивали ее как могли. Но вечер был всё равно испорчен, и они недолго посидели. Адам собрал всю оставшуюся еду, всучил ее ребятам и отправил их домой. Ира всегда воображала, что она гениальный повар. Нолик тоже так считал и гордился, какая у него талантливая жена. Адам этих восторгов не разделял и во время редких визитов в их семью, старался не показать вида, что ему что-то не нравится, а даже наоборот расхваливал вовсю. На следующий день в Цум Тюркене раздался звонок. Господина Адама приглашали на следующую неделю в американский консулат на интервью.

Адам очень волновался и готовил ответы на всевозможные вопросы. Все прошло довольно спокойно. Консул листал досье Адама, время от времени уточнял некоторые детали и под конец спросил:

- Почему вы уехали? У вас была хорошая работа и очевидно неплохо материально. Какая причина вашего отъезда?

- Я не хотел жить в той стране. Там тебе ничего не принадлежит. Работа не твоя и ее могут завтра забрать. Квартира не твоя, её тоже могут отобрать. Да и сама жизнь не твоя. Завтра тебя могут посадить. Просто так, ни за что. Просто ты кому-то помешал.

- Ну, хорошо, спасибо! Вы получите ответ в течение месяца.

- Спасибо, до свидания.

Адам ушел со смешанным чувством. Понять, что человек о тебе думает невозможно. Остается только ждать и верить, что все будет хорошо.

В один из дней, звонок в отель "Цум Тюркен", объявил, что господину Адаму разрешен въезд на территорию США и он может прийти в американское консульство за визой, предварительно согласовав время и день. Вот и настало время уезжать. Адам думал об этом со смешанным чувством. Было жаль уезжать из этого налаженного быта и от этой тяжелой, но привычной работы. Адам желал и боялся встречи с новым, неизвестным для него миром и думал о том, как он впишется в него. Его давняя мечта, попробовать свои силы и возможности в той действительности, становилась реальностью. Назад пути нет. Будет, как будет. Не я первый и будут еще множество других после меня. Говорят, надо ввязаться в драку, а там посмотрим, как ни крути, а ехать надо!

Адам пришел в американский консулат в назначенный день. Получил визу и поздравление, пожал протянутую руку и гордо, с документом в руке, прошагал на улицу. Виза с его фотографией, именем и фамилией на английском языке, разрешала въезд на территорию США в статусе беженца. Еще утром он был временно пребывающим на территории Австрии, бомжом. Теперь он беженец, с перспективой стать гражданином, через четыре года, самой сильной и самой богатой страны мира. Адам отправился в Рав Тов и предъявил свою визу. Получив поздравления и договорившись об отъезде, через две недели, Адам вернулся в отель. Бетина была на месте и естественно в курсе.

- Всё-таки решил ехать. Еще есть время передумать и остаться жить в Вене.

- Спасибо вам мадам Бетина за все, но я решил ехать.

- Решил, так решил. Отработай еще неделю, пока подберу замену на твое место. Хорошо?

- Конечно, мадам Бетина. Я обязательно помогу новичку освоиться.

После ухода Бетины, Адам и Коля проверили свои запасы товара.

- Коля, за эту неделю мы должны распродаться, а что останется, посчитаем.

- Адам, я так тебе благодарен за все. Ты меня учил и помогал.

- Все нормально. Ты остаешься за старшего и будем учить новенького вместе.

Через пару дней, Бетина привела юного, симпатичного человека.

- Знакомьтесь - это тоже Игорь, врач из Москвы, но не дантист, а терапевт. Учите его, но не только барабанить, а все что надо знать.

- Ну что вы, мадам Бетина. Какое там барабанить, скажите тоже.

Когда Бетина ушла, Игорь заинтересовался выражением, барабанить.

-Увидишь на практике и все станет сразу понятно.

Неделя прошла быстро. Товар был продан. Деньги поделены и отвальная отпразднована. Адам приехал домой, пересчитал заначку и порадовался кругленькой сумме. Имею право побаловать себя подарком. Куплю хорошие тапочки и халат. Эта мещанская мечта была осуществлена на следующий день с большим размахом. Халат был куплен красный бархатный и тапочки под стать. Надо хоть походить, погулять по Вене. А то за шесть прожитых месяцев, так и не удосужился толком ничего посмотреть. Собор Святого Стефана, по праву считался не просто шедевром, но и символом города Вена. Красивый и величественный, внутри еще больше помпезный, произвел на Адама неизгладимое впечатление. Все здорово, вот лошадиные экипажи, с тяжелым запашком - это не очень... Следующая достопримечательность, Шенбрунн. Венская резиденция австрийских императоров, Габсбургов. Все хорошо, все красиво, но если сравнивать с Эрмитажем, ну не тянет. Там залы огромные, лестницы парадные, все величественное и грандиозное. А здесь небольшие помещения, все как- то не по-королевски, мелковато. Наверное, деньжат маловато было. Здание венской оперы, центр классической музыки в Европе, был разрушен во время второй мировой войны, но выстроен заново и производил грандиозное впечатление, особенно при ночном освещении.

Адам сунулся в кассу театра, но его пыл тут же остыл, при осознании стоимости билетов. Ладно, завтра в Венский лес и все на этот раз.

Сначала на метро, затем на автобусе Адам добрался до Венского леса и дальше отправился пешком до смотровой башни, дабы с самого верха осмотреть всю красоту столь популярного места. Говорят, что там любили гулять, Кафка и Зигмунд Фрейд и последнему даже что-то там приснилось и стало основой для теории психоанализа. Мелодия сказок Венского леса, часто звучала по российскому радио и надо сказать, что правительство заботилось о культурном развитии послушного народа. Вид со смотровой башни был отменный. Это были отроги Альп. На дворе был месяц май, и все цвело и пахло волшебно.

Наступил день отъезда. Адам, с новым шикарным портмоне, в котором лежала виза и билет на самолет, был отвезен в аэропорт. Показав все имеющиеся документы, временный австрийский паспорт и американскую визу, Адам был пропущен к самолету и слегка волнуясь, вступил на борт американского лайнера.

- Велком а борт!

- Данке, данке! - Вот черт! Зачем я заговорил по-немецки? Ну ладно. Это от волнения.

Адам сел на свое место и смотрел, не отрываясь в иллюминатор.

Заканчивалась еще одна глава его жизни и впереди ждала новая и неизведанная.

Глава 12

Джей Эф Кей

Самолет садился в аэропорту Джей Эф Кей в Нью-Йорке. Имя - это инициалы Джона Фицджеральда Кеннеди. Американцы любят своих президентов, хотя и не всех. В отличие от них, россияне своих не любят, и, после смерти, поминают недобрым словом. Самолет был большой, народу прилетело много и Адам, вновь прибывший иммигрант, шагал вслед за двигающейся толпой. В огромном зале прилета было множество стоек, за которыми сидели таможенники в униформе. Паспортный контроль. Это первая встреча с официальными лицами страны, если не считать консула в Вене. Адама отправили к стойке для эмигрантов. У него на руках была выданная в Вене американским консулом виза и временный австрийский паспорт. Сидящий за стойкой таможенник, помахал пальцами и что-то сказал. Адам подошел, протянул визу и австрийский временный паспорт. Таможенник повертел паспорт в руках и вернул за ненадобностью. Визу, напротив, изучал долго и внимательно.

"Сейчас с позором прогонят в Россию", - подумал Адам, но таможенник стукнул штемпелем, изобразил что-то вроде улыбки и сказал, вероятно, очень приятное. Адам понял, что ему разрешили войти в эту страну. За дверями начинался зал ожидания. По коридору двигались прилетевшие пассажиры, а справа от натянутого каната махали цветами и плакатиками с именами, встречающие. Адам шел вдоль канатов, пытаясь прочитать свое имя, написанное английскими буквами. Его предупредили, что кто - то встретит и поможет на первых порах.

"А если никто не встретит? Куда ехать? Что делать?".

Страх одиночки перед огромным незнакомым и непонятным миром, грозил перейти в панику. Вдруг он увидел свое имя, написанное по-русски. Господи, какое это счастье, когда ты понимаешь и тебя понимают. Встречающая дама говорила по-русски, хотя и с большим акцентом. Адам был счастлив, как если б встретил давно пропавшую родственницу. Встречающаяся дама, тоже чрезвычайно обрадовалась, найдя того, ради которого она приехала в аэропорт. Из иммигрантов, летящих через Вену, Адам был единственным. Дама посадила его в такси, назвала водителю адрес и оплатила поездку.

- Вот адрес Рав Тов в Нью Йорке, постарайтесь съездить в ближайшие дни.

Таксист привез Адама в район, который назывался Брайтон Бич. В этом районе Бруклина, селилось множество эмигрантов из России, в основном выходцы из Одессы.

Здание, к которому его подвез таксист, внешне мало походило на гостиницу и внутри оказалось таким же. Адама отвели на второй этаж, показали комнату и предупредили, что она оплачена на неделю. В комнате стояла узкая железная кровать с постелью, накрывая солдатским одеялом и тумбочка. Окно выходило на улицу, в этот час довольно пустынную. В то время Брайтон Бич, еще только заселялся и был мало похож на будущую столицу " маленькой Одессы". Адам сидел на кровати и чувство тоски и одиночества в этом большом и незнакомом мире, было настолько сильным, что хотелось завыть, как одинокому волку. Он не знал, что сейчас он похож на персонаж известного фильма о Вито Корлеоне. Тот, попав в Нью-Йорк, десятилетним мальчуганом, также сидел на кровати и, болтая ногами, раздумывал о своей судьбе.

"Надо позвонить Игорю, а то я здесь сойду с ума. - подумал он." Адам спустился вниз. Там сидел какой-то хмурый человек и читал газету на русском языке.

- Простите, можно от вас позвонить?

Тот выдал ему телефонный аппарат.

- Только недолго, все стоит денег. А куда звонить хочешь?

- Это здесь в Нью-Йорке. Я быстро, не волнуйтесь.

- Але! Игорь? Привет Адам! Да, я прилетел сегодня. Меня поселили в гостинице на Брайтон Бич. Завтра могу приехать. А куда? Сейчас запишу, подожди.

- Простите, нельзя попросить у вас ручку и бумажку.

- А ключ от квартиры не надо?

От какой квартиры? Человек махнул рукой и выдал карандаш и клочок бумаги.

- Игорь, говори я записываю, Квинс - это улица? А это район. Метро номер 7, остановка 72 стрит. Сесть на метро, доехать до 42 стрит, пересесть на номер 7. Я думаю, найду, но, если что буду звонить. Понял, понял, когда доеду позвонить и ждать на остановке. Марго и Мишке большой привет. Все, пока, а то тут чужой телефон.

- Большое спасибо за то, что позволили позвонить.

- Спасибом сыт не будешь, - загадочно сказал человек, - ладно иди к себе.

Адам вернулся в свою комнату. Мир больше не казался чужим и враждебным.

Ночь прошла тревожно, и Адам проснулся абсолютно разбитым. Взяв чемодан, он спустился вниз. Внизу его встретила пожилая женщина.

- Уже уезжаете от нас? А что так быстро? Не понравилось?

- Нет, нет. Все хорошо. Но меня ждет мой друг.

- А вот это хорошо, очень даже.

- Подскажите, как мне добраться по этому адресу?

- Это милок я и сама не знаю. Но метро идет по верху. Выйдешь из двери и поверни направо. Иди пока не увидишь рельсы наверху. Там и спроси. Там все по-русски говорят.

- Спасибо и будьте здоровы.

- И тебе не хворать.

Адам повернул направо и пошел вдоль улицы.Она была довольно неприглядная. Небольшие домишки, похожие на сараи. Валялись коробки и всякий мусор. Дойдя до угла, Адам увидел небольшое кафе. Войдя в полутемное пустое помещение, он увидел, за стойкой, молодого парня.

- Кофе плиз.

- Можешь говорить по-русски.

- О как здорово. Можно кофе?

- С молоком?

- Нет, спасибо. Просто черный с сахаром. А не подскажете где здесь метро.

- А куда тебе ехать?

- Я записал адрес. Сначала до 42 стрит, а там пересесть на семерку и до 72 стрит.

- Это очень далеко.

- Как далеко?

- Мы на Брайтон Бич. Тебе надо доехать до Манхеттена, до 42 стрит, там пересесть на трэйн 7 и ехать в Квинс до 72 стрит.

- И как долго это надо ехать?

- Да часа два уйдет.

- Ну да, неужели так долго? Это реально далеко.

- А ты как я понимаю только приехал.

- Да, вчера.

- Чем собираешься заниматься?

- Не знаю еще, вообще то я всю жизнь занимался ресторанным бизнесом.

- Ну да, так купи у меня кафе.

- Как это купи?

- Молча. Даешь деньги, а я тебе кафе.

- И сколько стоит это кафе?

- Ну с тебя по-дружески, тысяч пятнадцать.

- Долларов?

- Нет, рублей. Проснись, нас обокрали.

- Извини, я понимаю. Но у меня нет денег.

Тот потерял к Адаму всякий интерес.

- Сколько с меня?

- 50 центов. - Адам положил мелочь на прилавок и тихонько вышел.

Ничего себе, 15 тысяч долларов. Кто ему даст такие деньги? Тогда никто не мог угадать, что за это место, через десять лет можно было просить и 100, и даже 200 тысяч долларов. У Брайтон Бич было большое и веселое будущее. Блестящие магазины, множество ресторанов, кафе и книжные магазины. Овощные и фруктовые развалы на каждом шагу и ночные клубы. Пивные бары и пельменные. Но все это предстояло построить. А вот металлические столбы с рельсами для поездов метро, казалось были всегда. Появлялся поезд с шумом и скрежетом тормозов, заглушающих все остальные звуки. Поезда шли в обе стороны, и надо было угадать на какой стороне улицы садиться. На углу стоял газетный киоск с большим количеством газет и журналов на русском языке. Он подошел и увидел газету с заголовком "Новое русское слово". Адам купил газету и спросил:

- Не скажете, на Манхеттен где садиться.

 Продавец промолчал.

- Да он ни бельмеса по-русски. Перейди на ту сторону, поднимись наверх и в кассе попроси карту, а по ней и разберешься.

- А как будет карта?

- Мап. Спроси мап.

- Спасибо вам.

- Сам таким был год назад, удачи.

Есть же добрые люди. Адам поднялся по металлической лестнице наверх и вышел на перрон. Подойдя к будке кассира Адам протянул доллар и попросил, "Мап плиз." К его удивлению тут же вылезла свернутая карта, жетон и сдача. Вот это сервис. Он сунул жетон в щель турникета, толкнул его и тот послушно крутанулся и пропустил Адама на территорию перрона. С грохотом подлетел поезд, двери распахнулись и Адам торопливо забежал внутрь. Двери захлопнулись, поезд набирал скорость все быстрее и быстрее. Он несся на высоте мимо домов и было страшно, что поезд со всего маха рухнет с высоты или влетит в стену ближайшего дома. Но все шло по плану. Поезд подъезжал к очередной платформе. Люди входили и выходили. Адам успокоился и решил ознакомиться с картой метро. Она развернулась во всю ширину его распахнутых рук. Карта метро или как это называют в Нью-Йорке, сабвей, была вся испещрена цветными линиями. Эти линии пересекались и разбегались по всем районам города. Были линии, которые обозначались буквами, а другие номерами. Адаму говорили, что метро, запустили еще в 1868 году, но оно было надземное, а вагоны тащили лошади. Первая подземка появилась, страшно сказать, в 1904 году. Не удивительно, что по сравнению с венским, вылизанным до блеска метро, Нью-Йоркский кажется трущобой. И кстати не только сабвей, но и улицы и дома на этих улицах, подчас напоминают трущобы. Адам смотрел на карту сабвея и пытался понять, как ему попасть в Квинс, на загадочную 72 стрит. Так, вот 7 линия метро, а вот и 72 стрит, теперь откуда начинается? Ага, 42 стрит, но туда не идет линия Д, на которой он ехал. Значит надо пересаживаться на пересечении Д и 6, или 5, а можно 4. Он с трудом прочитал название остановки delency, ага деленси. Поезд нырнул под землю, и в вагонах зажегся свет. "Так, через остановку выходить. А если б я не взял карту? Катался б в этом сабвее до следующего потопа."

Высадка на узловой станции прошла успешно. Дальше было сложнее. Надо найти, где останавливаться номера 6,5 и 4? Сабвей был, многоуровневый и надо было идти, руководствуясь стрелками, нарисованными повсюду. Искомые номера были зеленого цвета и Адам поднявшись на верхний этаж, шел долго за стрелками, послушно сворачивая то влево, то вправо и наконец, они показали вниз. Внизу была платформа и рельсы по обе стороны. Заветные номера были и справа и слева, впору бросать монету на орла или решку. Адам снова сверился с картой. Все точно, все они шли в одном направлении и только где-то далеко расходились. Слева подошел поезд и Адам заскочил в вагон. Голос громко возвестил, что поезд номер шесть экспресс и следующая остановка, канал стрит.

Понял, не дурак, значит 6 - это экспресс, а два другие нет. Теперь как узнать, экспресс останавливается на 42 стрит или нет? Было очевидно, что составители карты думали и о таких умниках тоже. Все эти номера были прописаны только на узловых остановках. Нет, ну что тут скажешь, Америка! Пересев на 7 поезд Адам доехал до 72 стрит в Квинсе.

Адам вышел из вагона и оказался на платформе, высоко над землей. Он двинулся вслед за народом и спустился вниз по лестнице, где и увидел телефон. Во страна. Прям все как надо и надеюсь, работает.

Адам бросил монетку и набрал номер. В автомате что-то звякнуло, ага монета провалилась и знакомый голос сказал але.

- Игорь это я, Адам. Я на 72 стрит, у сабвея.

- Понял, молодец. Стой там, я скоро подойду.

Господи, какое счастье, когда есть такие друзья. Адам не был избалован дружбой. Ему приходилось сталкиваться с равнодушием, а еще чаще с лицемерием и предательством и сейчас возможность кому-то доверять и не бояться быть обманутым в своих ожиданиях, дорогого стоила.

Игорь появился через пять минут. Они обнялись, похлопали друг друга по спине.

- А ты молодца, сам добрался. Были какие-нибудь проблемы?

- А чем ты говоришь? Всё так просто, соврал Адам. На самом деле я очень боялся, но карта сабвея, которую мне дали, оказалась удивительно простая.

- Я вижу ты подтянул английский, раз научился читать названия.

- Я в самом деле немного занимался, но все идет очень туго.

- Ладно, пошли, а то Марго нас ждет и готовит торжественную встречу.

- Вы ребята, мои самые лучшие друзья. Мне очень вас в Вене не хватало.

- Как там Бетина? Как Цум Тюркен? Мне Илья звонил из Германии. Звонит мне "коллект". У меня спросили, принимаете звонок? Я ответил нет.

- Игорь, а что это - "коллект".

- Это когда тебе звонят и просят, чтоб оплатил тот, кому звонят и это дорого.

- А разве так можно?

- Бывают всякие случаи. Денег нет или человек в аварию попал, а Илья живет на всем готовом, заработал достаточно, а мне звонит коллект, зная, что сейчас каждая копейка на счету. Кстати, я тебе очень обязан Адам, за то, что заставил меня еще почти месяц поработать.

Они подошли к пятиэтажному кирпичному зданию.

- Вот здесь мы и живем. Этот район называется Джексон Хайтс.

- А я думал Квинс.

- Нет, Квинс это один из пяти районов большого Нью-Йорка или, как здесь говорят, боро. А в каждом боро есть свои районы.

- Понял, я тоже хочу здесь жить, недалеко от вас.

- Завтра пойдем искать тебе квартиру, а сегодня переночуешь у нас и будем праздновать твой приезд в Америку.

Они поднялись на второй этаж и Игорь открыл ключом дверь.

- Марго, встречай гостя.

Его ждали. Было видно и Марго, и Мишка искренне ему рады.

- Проходи, раздевайся. Хочешь сполоснуться с дороги?

- Нет, спасибо. Я в гостинице помылся перед уходом.

- Ну тогда сразу за стол.

- Подождите ребята, я ведь с подарками.

- Да, Мишка уже все уши прожужжал. Он тебя так и зовет Адам, он обязательно привезет мне подарок.

- Молодец Мишаня, во-первых, он прав и во-вторых так и зови меня, Адам.

- Держи вот тебе немецкий паровоз, а вот рельсы и всякие причиндалы к нему.

- Ой, как здорово, спасибо. Папа, можно я пойду играть?

- Сейчас будем кушать, а потом игры.

- Ребята, это из Цум Тюркена, к столу. Адам вытащил из чемодана, иммигрантский набор.

- Вот это да, всплеснула руками Марго. Мы уже соскучились по черной икре и шампанскому.

- А вот тебе отдельно баночка икры. Я знаю, как ты ее любишь. А тебе Игорь, отдельно, бутылочка винтовой. Выпьешь, когда сдашь экзамен.

За водкой и разговорами время шло быстро. Марго всегда умела вкусно готовит. От еды, переживаний и длинной дороги, Адам чувствовал такую благодарность судьбе, неожиданно пославших таких друзей, что не мог не выразить обуревавших его чувств.

- Ребята, друзья мои, я вас так люблю. Я все, что хотите для вас сделаю, только скажите, что нужно.

- Все ясно. Марго, ему пора почивать. Ты постелила?

- Конечно, пойдем Адам, я покажу тебе твою комнату.

- А чья эта комната?

- Это Мишкина, но сегодня он поспит с нами.

- Ай как стыдно!

- Ложись, ложись, стыдно ему. Завтра пойдете с Игорем искать квартиру.

Глава 13

Первая квартира

Проснувшись наутро Адам почувствовал, что выпито было много. Игорь сидел на кухне и пил кофе.

- Как головка? Бо-бо? Иди, прими душ и будем завтракать.

- Слушай Игорь, я вчера набрался, надеюсь, ничего не наплел?

- Еще как наплел. Признавался в любви Марго и предлагал деньги.

- Нет! - От страха Адаму стало плохо.

- Да шучу я. Все нормально.

- Ты так не шути, пожалуйста, а то я не понимаю с похмелья.

- Ладно, не буду, иди мойся.

После душа и завтрака Адам пришел в себя.

- А как мы будем искать квартиру?

- Здесь есть агентства, они подбирают тебе квартиру, берут за это месячную аренду. Плюс надо заплатить за месяц вперед и еще за один месяц, называется секьюрити депозит, то есть эти деньги возвращают, когда уезжаешь, но обычно люди не платят за последний месяц.

- Значит, я должен сразу отдать три месячных аренды. Не хрена себе.

- Месяц ты будешь жить, плюс последний месяц при отъезде и еще один агенту за поиски. Без него тебе никто квартиру не сдаст.

- А почему?

- Ты понимаешь, в Америке хозяин не может никому отказать, если квартира выставлена на аренду. Агент, если ему человек не нравится, может сказать, что у него сейчас ничего нет и таким образом фильтрует жаждущих. Это конечно незаконно, но так защищаются хозяева квартир. У тебя вообще есть деньги?

- Я привез пять тысяч долларов.

- Ничего себе, чувствую, вы там неплохо зарабатывали.

- Да, работы было очень много. Бетина чуть с ума не сошла. Просила меня остаться и обещала гражданство.

- Может зря ты Адам не остался?

- С чего это вдруг?

- Ты знаешь, я иногда жалею, что не поехал в Германию.

- Игорь, ты же еврей, какая Германия?

"

- А мне надоело быть евреем. Америка издали кажется раем, а я сейчас подумываю съездить на разведку в Германию и, если там понравится, мы туда переедем.

"А как же я? - Хотел сказать Адам, - как же я без вас, без моих лучших друзей".

Комок застрял у него в горле и плохое предчувствие постучалось в его сердце. Они нашли агентство недвижимости в десяти минутах ходьбы от Игорева дома. Игорь говорил с агентом, а Адам пытался угадать, о чем они говорят.

- Слушай Адам, он предлагает, здесь недалеко студию, за 195 долларов.

- А что такое студия?

- Это одна комната с кухней - тебе одному, то что надо.

- А можно сходить посмотреть?

- Надо оставить депозит за месяц и он даст адрес.

- А если не понравиться?

- Если не понравится, депозит вернут.

Квартира оказалась неподалеку. Это был второй этаж в четырехэтажном кирпичном доме, большая комната, без какой-либо прихожей.

- Адам, мы с Марго осмотрели множество квартир. Здесь вообще прихожих нет. Входишь прямо в комнату. Посмотри вот кухня. Есть газовая плита, есть холодильник. Пошли, посмотрим ванную. Есть шкаф, ванна и туалет. Ну как тебе?

- Вообще мне все нравиться. Вот только окна, как у нас в поездах, поднимаются вверх, а не открываются. И еще эта железная лестница, за окном.

- Адам, так устроена Америка. Здесь боятся пожаров и лестница, пожарный выход.

- Это понятно, но это может быть и входом для воришек.

- На окне решетка и заметь изнутри. Она закрыта на замок и тебе дадут ключ. Решать тебе

- Да нет, все нормально и от вас близко. Пошли оформлять.

Они вернулись в агентство. Адам подписал договор аренды, оплатил услуги и стал полноправным арендатором, сроком на один год.

- Все Адам, устраивайся. Тебе нужна пока только кровать, а остальное потом. Слева улица, где проходит по верху метро, называется Рузвельт авеню. Там полно всяческих магазинов. Походи, посмотри, что тебе понравиться. Выберешь кровать или диван, тебе привезут это сегодня. Будут проблемы, звони. Я пошел заниматься.

- Спасибо тебе, Игорь, ты и так целый день из-за меня провел.

Адам прошел до Рузвельт авеню. Ага, это где проходит 7 трэйн, на котором я приехал с 42 улицы. С обеих сторон располагались магазины, на всем протяжении этого нескончаемого проспекта. Множественно мебельных магазинов, одежды, электроприборов и всяких супермаркетов, как, впрочем, и любых других были открыты и приглашали зайти и купить. После недолгих осмотров, Адам остановился на диван-кровати, не очень дорогой, но сказали, с хорошим матрасом. Он показал адрес на полученных документах и на пальцах ему объяснили, что привезут к 7:00 вечера. Адам так разошелся, что решил купить подержанный телевизор. Он видел недалеко от дома, мастерскую, торгующую не новыми телевизорами. Пообщавшись на языке жестов и поторговавшись, Адам приобрел большой цветной телевизор и мальчуган, работавший в магазине, погрузил обнову в магазинную тележку и пошел вслед за Адамом. Он же помог поднять тяжелый телевизор наверх и даже подключил к антенне. Времени было много и Адам решил вернуться на Рузвельт авеню. Надо купить постель и может быть исполнить давнюю мечту и купить джинсовый костюм. С постелью все оказалось просто, а вот костюм все не подходил. То цена была высока, то размер не его. Наконец Адам увидел то, что сразу покорило его сердце. Это было не совсем, чтоб уже прямо ковбойский костюм, поскольку был вельветовый, но примерка показала, что сшит точно на него. Адам принес домой обновку, одел и пошел в ванну обозреть свою новую внешность. В зеркале отразился еще не старый, в элегантном вельветовом ковбойском костюме, новоиспеченный американец. Надо пойти к Игорю и похвастаться. На звонок открыла Марго. Увидев Адама, она всплеснула руками и зарыдала от смеха.

- Что случилось? Кто там? - Появился Игорь и тоже принялся хохотать.

- Вы чего? Друзья называются! Я, между прочим, пришел вас пригласить на новоселье.

- Ты нас, конечно, извини Адам, но очень смешно. Тебе еще шляпу ковбойскую и пару пистолетов, ...и они снова принялись хохотать.

- Ладно, я тоже над вами посмеюсь.

- Хорошо, хорошо, так что там, насчет новоселья.

- Давайте послезавтра. Будет суббота, и я все приготовлю. Часов в шесть, нормально?

- А на чем будем сидеть?

- Приходите, все будет. Ну, пока, а то мне кровать должны привезти.

- Молодец, кровать купил.

Адам вернулся домой и стал ждать кровать. Надо завтра пойти купить журнальный столик и пару стульев. Сидеть можно на кровати и на стульях. Ровно в семь привезли кровать и матрас. Адам застелил постель. Комната стала приобретать жилой вид. Ночью ему снились ковбои и резная мебель из Эрмитажа. Приняв утренний душ, Адам решил составить список вещей необходимых в первую очередь.

Кастрюля, сковородка, чайник, посуда. Стол журнальный, стулья и тумбу под телевизор. Телефон. Всё остальное может подождать. Надо выяснить, как добраться до Рав Това. Узнать про курсы английского языка. Искать работу. Вот прямо по этому списку идти, делать и никуда не сворачивать.

Выйдя из дому, Адам сразу наткнулся на небольшую тумбочку, вероятно выставленную за ненадобностью. Среди эмигрантов шли разговоры, что американцы выносят на помойку, совершенно нужные вещи. Продать здесь ничего нельзя, потому что никто не купит. Вот и тащат на помойку все, что уже не нужно в доме. Тумбочка идеально подошла под телевизор и протертая, выглядела почти как новая. Вот бы еще найти стол и стулья, ну это уж вряд ли. В ближайшем супермаркете Адам приобрел по списку хозяйственные товары и еду разную из расчёта на неделю. Он решил приготовить для гостей красивые бутерброды из семги, шпрот, зеленого салата, вареного яйца и помидор. Селедочка с зеленым лучком, понятное дело и на второе, запеченную в духовке курицу. Он вспомнил, как в Ленинграде пригласил друзей в гости на баранью ногу. Выпили много, нога здорово подгорела, и Игорь часто над ним издевался. Ладно, только курицу не сжечь. Вернувшись, домой, Адам устроил себе первый домашний завтрак из овсяной каши с сухофруктами, чай и тосты с твердым сыром. Дома то лучше, а стоит в десять раз дешевле. Что там дальше? Телефон. Он видел на Рузвельт авеню офис, где вроде оформляют и продают телефонные аппараты. Офис нашелся быстро. Адам предъявил документы на квартиру, американскую визу.

- Вам нужно сошиал секьюрити карту, - втолковывал Адаму клерк.- Андерстенд?

- Но. На помощь пришла женщина из очереди.

- Я говорю по-русски. Вам нужно встать, в сошиал секьюрити офисе. Зарегистрироваться. Вам дадут такую карту. С вашим номером. Это навсегда. Его спрашивают везде и на работу не возьмут без него.

- А где этот офис?

- А где вы живете?

- Здесь, в Джексон Хайтс. На 37 авеню и 82 стрит.

- Офис есть на 74 стрит и 37 авеню. Это не очень далеко.

- Спасибо, я найду. Нашел он его действительно быстро, но народу оказалось там великое множество. Адам занял очередь и довольно скоро попал за стол к одному из клерков. Выложив все имеющиеся документы, Адам следил, как полная женщина заполняла бумаги.

- Раша?

Раша, раша, обрадовался Адам. Она показала место на бланке и протянула ручку.

- Саин хир. - Она жестом показала, как писать.

А, подписать, догадался Адам. Вздохнув она дала ему лист бумаги с цифрами и его именем и фамилией по-английски.

- Меэл,- она повторила меэл и еще несколько слов.

Надо срочно идти на курсы английского, а то ходишь, как баран, они блеют, а ты не понимаешь, и тебя не понимают. Адам вернулся в телефонный офис. Заново простояв в очереди, Адам предъявил все документы. На него написали много разных листов бумаги. Он послушно подписывал где показывали.

- Телефон, купить. - Его отвели к стенду, где лежали телефонные аппараты. Адам выбрал самый простой и дешевый. Наконец он оплатил требуемую сумму. Клерк показал Адаму 4 пальца и Адам пошел домой, гадая по пути, что означали эти пальцы. Придя домой, он подключил телефонный аппарат в розетку, но тот не издавал ни звука.

- И чего делать? Может аппарат плохой, а может розетка? Ладно, завтра спрошу у ребят.

Глава 14

Курсы английского языка

В пятницу Адам приводил квартиру в порядок. Мыл, чистил, прибрался и готовился к субботней вечеринке. Он прикупил разовую посуду и приборы, и остался этим очень доволен. Закуски были готовы, курица запекалась в фольге в духовке, телевизор работал и все говорило о том, что здесь живет человек, умеющий принять гостей. Они не заставили себя ждать.

- Да ты прекрасно здесь устроился. Мишка наш уже включил мультики и ему больше никто не нужен. Может поешь сначала? - обратилась Марго к сыну.

- Марго скажи ему, что сначала ужин, а кино потом, - сказал Игорь.

- Пусть посмотрит немного. У Адама большой телевизор, не то, что наш.

- Вот когда я сдам экзамены и начну работать, тогда и будем покупать большие телевизоры. Но сначала я хочу поехать в Германию и посмотреть, что и как, а потом будем решать.

Адам понимал, что решение принято и он не сможет Игоря отговорить. Жаль терять друзей, но что тут поделаешь.

- А когда ты хочешь поехать?

- Где- то через неделю. Адам, я хочу тебя попросить присмотреть за моими. Помочь, если что.

- О чем разговор, вы как моя семья.

- Я знаю Адам. Ладно давайте есть, пить и веселиться. Бутерброды отменные, красивые и вкусные. Салат тоже очень хороший. А как баранья нога?

- Очень смешно, до конца моих дней будешь издеваться с этой ногой. Сегодня курица и она готова.

- Я шучу. Я вспоминаю Питер, и как мы погуляли последние месяцы. С новосельем тебя, Адам.

Курица была что надо и веселье продолжалось.

- Слушайте ребята, я же хотел спросить, как узнать, что с телефоном и где хорошие курсы английского.

- Телефон тебе включат через 4-5 дней, а курсы, мы слышали, самые хорошие, Кембридж ленгвич институт. Тебе дали желтые страницы?

Здесь так называют телефонные книги.

- Да, дали. Это когда я подписался на телефон.

- Поищи там название и найдешь адрес и телефон.

- Вот здорово. Спасибо, ребята.

Они засиделись допоздна. Мишка уснул и его накрыли одеялом.

- Если в Германии все нормально, ты тоже можешь туда переехать Адам.

- Нет ребята, как не жаль с вами расставаться, но я не поеду в Германию. Не хочу ни язык учить, ни жить там. А вы сами решайте.

- Мы оба врачи и в Германии нам будет лучше.

Впервые между ними образовалась глубокая трещина и Адам понимал, что он опять остается один. Поздно, уже к полуночи, он пошел провожать ребят домой. Игорь нес абсолютно сонного Мишку, Марго и Адам шли позади и переживали как это все будет с этим отъездом. Возвращался Адам один, по абсолютно пустой улице и все казалось враждебным и чуждым.

Адам нашел в телефонной книге название курсов английского и решил отправиться рано утром в понедельник. Адрес указывал на 42 стрит в Манхеттене дом 34 вест.

“Доеду на 7 трейне до сорок второй стрит, а там спрошу.”

Выйдя из поезда, Адам оказался в огромном помещении центрального вокзала. Толпы народа шли во всех направлениях, и все спешили. Выходов было великое множество и поначалу он попал на станцию пригородных электричек. Развернувшись, он пошел вслед за только что приехавшими, и они вывели его на поверхность. Адам стоял оторопело, и смотрел на открывшуюся картину. Улицу сжимали тесными стенами высоченные небоскребы. Толпы народа и нескончаемые потоки машин неслись во все стороны. Никому не было дела до стоявшего Адама. Его все обходили, даже не замечая. Надо искать номера по домам. Он пошел в сторону уменьшения и вскоре нашел искомый номер.

“Вот как просто, а вы боялись”, - неизвестно кому адресовался Адам.

Он толкнул тяжелую дверь и оказался в огромном холле со стойкой за которой находились двое мужчин в форме.

- Мэй ай хелп ю?

- Это чего? - Адам показал бумажку с написанным адресом.

- Сори! - Это Адам знал. - Чего сори?

- Хир зэ ист 34 стрит, ю нид вест 34 стрит. Андерстенд?

- Сори. - Они потолковали между собой и затем один из них вышел и поманил Адама.

- Лец гоу. - Они вышли на улицу. Человек в форме терпеливо говорил что-то Адаму и показывал вдаль, по улице, повторяя вест, вест. Похлопав Адама по плечу, он ушел внутрь.

И чего это было? Вест, вест. Идти туда что ли? Вот бараны. Это же 34 дом. Не хотят пускать что ли? Адам пошел в ту сторону, куда ему показали. Номера на домах уменьшались и когда он дошел до угла цифра показывала два. А что же на другой стороне, улица уже другая? Не зря про американцев говорят, что они тупые. Та же самая улица, а номера уже кончились. Адам решил пойти и посмотреть, как называется эта улица дальше.

На стене дома сверкала золотом надпись с цифрами. Цифры, понятно, 2 и 42. Так, надо читать, вест и стрит. А следующий 4 и 42. Вест и стрит. Значит 4 вест 42 стрит. А я написал 34 вест 42 стрит. Это я болван, а не они. Надо же читать. Это надо же на одной улице те же номера, но вест и ист. Всё-таки эти американцы не совсем здоровые. Зачем на одной улице такая путаница? Что мало циферок? Бред собачий. Так размышляя, Адам добрёл до нужного дома. В холле никакой стойки не оказалось, но на стене были перечислены все офисы, находящиеся в этом здании. Нашлась и искомая школа на втором этаже. Найдя нужную дверь Адам вошел во внутрь и уже привычно наткнулся на стойку и услышал уже привычную фразу.

- Мей ай хелп ю?

- Да...

- О! Раша. Холд он. - Она исчезла и вернулась с другой девушкой.

- Я говорью по русска.

- Ой, слава богу, - зачастил Адам. - Я хочу записаться на курсы английского языка.

- Пидем зо мнаю! - Он привела его в какой-то кабинет.

- Езть докумэнт? - Адам протянул все документы и льстиво добавил.

- Вы хорошо говорите по-русски.

- Ньет, я з Польши, немного знам рузки.

- А, понял. Дзенкуе бардзо. - Много разных фраз застревали в его голове, взявшиеся неизвестно откуда, но эта привела девушку в полный восторг.

- Пан разумее по-польску?

- Нет, нет извините.

- Нечого. За тре мезяца 300 доллари. Она написала цифры для верности. Понимал?

- Да, да понял. Сейчас платить? - Она кивнула. Адам отсчитал деньги, она куда-то ушла и вернулась с квитанцией.

- Следуша неделья, мондэй. О, пониделник в 9 часов. Новая группа. Понимал?

- Да, я все понял. Спасибо! - Адам вышел на улицу окрыленный.

Все получилось. Адрес нашел, записался, с понедельника занятия, если я не молодец, то и свинья не красавица. Теперь домой и заниматься, заниматься и еще раз заниматься, как завещал нам великий Ленин. Но он вроде талдычил учиться. У него своя компания, а у нас своя. Всю неделю Адам учился, изредка включая телевизор. Тупо смотрел и пытался понять, о чем народ толкует. Иногда ему казалось, что он что-то понял, но затем вроде не очень. Зазвонил телефон и Адаму кто-то стал горячо втолковывать.

- Нет, я не понимаю. - Телефон стих. Ого, значит работает. Адам набрал Игоря.

- Привет, а я собирался тебя уже разыскивать. Ну как дела? На курсы поступил?

- Да, с понедельника начинаются занятия. Как вы там?

- А я в понедельник уезжаю в Германию. Не забывай про моих. Мало ли что.

- Конечно, не беспокойся, а когда обратно?

- Через две недели. Хочу там основательно осмотреться и поговорить с людьми.

Адам повесил трубку и ему стало очень грустно. Мы были почти как братья, но оказалось, что не совсем. У каждого своя жизнь, и привязываться к кому бы то ни было, нельзя. Это очень болезненно, расставаться с теми, к кому привязан. Он уже привык быть в жизни один. Каждая встреча заканчивалась расставанием и каждый раз как заново.

Пора бы научиться. Кто учится на чужих ошибках? Да никто. Пока сам не обожжешься, не поймешь. Печально. На следующий день позвонила Марго.

- Адам, у меня сидит Алла, помнишь мы справляли вместе Новый Год?

- Да, конечно помню. Она тоже в Нью Йорке?

- Да, здесь и собирается завтра ехать в Рав Тов. Можешь с ней договориться.

- Алло, привет Адам, как дела? Мне Марго сказала, что тебе нужно в Рав Тов. Я завтра еду, если хочешь давай договоримся, где встретиться.

- Конечно хочу, а где?

- Как ты ориентируешься в городе?

- Честно говоря, пока не очень.

-Ладно давай пересечемся на гранд сентрал.

- А это где?

- Сядешь на 7 трейн и доедешь до 42 стрит. Это и есть гранд сентрал, центральная станция.

- А, я знаю. Я уже там был.

- Вот и молодец. Когда выйдешь из вагона, там недалеко и находись. Я тебя найду, давай часам к 10, хорошо?

- Да, конечно, спасибо тебе.

Адам вышел пораньше, на всякий случай. Дойдя до 72 стрит, поднялся наверх, едва успел купить жетон, как подошел поезд. Адам бросил в автомат жетон, крутанул турникет и заскочил в закрывающиеся двери вагона. На гранд сентрал он прибыл за полчаса до встречи. Делать было нечего, и он рассматривал захваченную карту метрополитена. Метро было везде кроме Стэйтен Айленда. Значит в Нью Йорке 5 районов и в четырех везде проходило метро. Но этот самый Стэйтен Айленд, судя по карте был островом и туда вели только мосты. Появилась Алла.

- Давно ждешь?

- Да я чего-то рано приехал.

- Я тоже никак не научусь рассчитывать время. Пошли, у нас две пересадки.

- А где они находятся?

- Этот район называется Вильямсбург и нам нужен трейн М. А до него надо еще доехать, до даунтауна.

Адам старался все запоминать. В следующий раз придется ехать самому. Они сели на 6 трейн, доехали до Канал стрит и долго шли по переходам и наконец вышли на платформу с надписью М трейн.

- Смотри, ехать до Бродвея.

- Мы что так все и будем в Манхеттене ездить?

- Нет, такая улица есть в каждом районе, и мы едем в Квинз.

- Я вижу у них очень скупо с номерами и названиями. Я тут был на сорок второй стрит, так представляешь номер 34 есть и ист и вест.

- Ты просто не понимаешь, как устроена нумерация. В Манхеттене пятая авеню разделяет город на две половины. И номера от нее начинаются от начала и идут вест и ист.

- А что просто нельзя по порядку.

- Смотри как удобно, между пятой и шестой авеню все номера от 1 до 50. Между шестой и седьмой все номера от 50 до 100, и все вест.

- А между пятой и четвертой?

- Опять с 1 до 50, но только ист и так далее. Вообще это удобно. Посмотрел номер и уже знаешь где искать. Нет, американцы не тупые, это мы тупые. Улица танкиста Хрупицкого. И где ее искать? А у них все просто, авеню вдоль, а стриты поперек. Все в номерах и примитивно просто искать. Все приехали.

Они поднялись наверх и оказались в довольно страхолюдном районе. Невысокие кирпичные дома были разрисованы граффити. Вообще все было разрисовано. Трейн на котором они приехали. Все здания и столбы. Даже тротуары. На баскетбольной площадке, обнесенной высоким проволочным забором, темнокожие подростки стучали мячом с криками и руганью. Все вокруг было какое-то неухоженное и замусоренное.

- Что это за район?

- Вильямсбург, здесь живут пейсатые и латинос.

- Это что?

- Это очень религиозные евреи, которые носят пейсы и выходцы из латиноамериканских стран. Смотри, мы вышли из метро, идем по 21 стрит, никуда не сворачиваем, минут двадцать, а потом я тебе покажу дом.

Они двинулись вдоль по улице и понемногу им стали попадаться местные жители. Мужчины, все как один носили черные костюмы и черные шляпы, женщины в длинных, до земли серых платьях и с платками на головах. Дети были одеты так же как взрослые. Все мужское население имело те самые пейсы и Адаму стало не по себе от собственного вида. Алла, вызывающе одетая, в короткой юбке, в кофте с оттопыренной грудью и большими солнечными очками, нимало не смущаясь, шагала впереди. Наконец они подошли к неказистому зданию, на котором виднелись надпись Рав Тов.

Внутри было много народу, и все шумели и говорили одновременно. Оказалось, что многие уже приезжают не первый раз и не могут получить денег. Какой- то мужчина принялся громко стучать в деревянную перегородку и под конец стал ее ломать. Выскочил человек в черном и на ломаном русском языке просил еще подождать. Толпа была настроена агрессивно и не желала ждать больше ни одной минуты. Наконец открылось окошечко кассы и началась выдача денег со скандалами и угрозами. Подошла очередь Адама. Кассир долго искал его фамилию, вот здесь подпишись. Адам получил на руки 300 долларов и счастливый отошел.

- Алла ты получила деньги?

- Да пошли отсюда. В ХИАСе людей держат по шесть месяцев и помогают в устройстве на работу, а эта шарага на третий месяц все, последний раз.

- Слушай, могли и этого не давать. По мне и за это спасибо. Ладно пошли на метро.

 Они доехали до 42 стрит и распрощались.

- Все, пока Адам. Если что, звони. Телефон возьми у Марго.

Адам возвращался домой на своем трейне номер 7 и думал, что вряд ли будет ей звонить. Все вроде ничего, но нет. Он иногда думал про Нату и какое-то неясное сожаление, о неизвестно где существующем юном создании, приносило грусть и воспоминания. Учиться и учиться, в понедельник на курсы.

Наступил долгожданный понедельник и Адам, сидя в поезде, раздумывал, какие будут там ученики и какие учителя. В классе было шумно, говорили все на разных языках и Адам сразу познакомился с парой, говоривших по-русски.

- Вы давно здесь?

- Нет, только приехали. Нам друзья посоветовали эти курсы.

- И мне тоже.

Вошел небольшого роста, молодой мужчина и давешняя польская девушка. Она произнесла на нескольких языках приветствие и объяснила: хи тычер, хи из тычер. Она ретировалась. Тот сразу взял быка за рога. Ми тычер. Андерстенд? Ю? Он ткнул пальцем в ближайшего. Он сверил со списком. Ю? Это к следующему. И снова проверил по списку. Так он перетыкал весь класс. Адам прошептал соседям: он по-русски не бельмеса. У тычера был прекрасный слух и мгновенная реакция. Он вообще был очень живой и энергичный. "Но, но, но. Нет русский. Онли англиски. Ай эм тычер. Ю ар стюденс. Хау ду ю ду." Он потряс руку одного студента, затем другого, изображая радость от встречи и знакомства.

- Найз то мит ю! Андестенд? Но. Вай нот? Найз то мит ю. - Он состроил такую сладкую физиономию, что не уяснить было нельзя. На переме только и разговоров было, о методе преподавания в школе.

- Нам рассказывали, что здесь так учат, только по-английски.

Адам этого не понимал.

- Ну хоть немного по-русски. Хоть понять, о чем речь.

- Нет, здесь вот так.

В классе трое из России, двое из Японии, есть из Ирана и еще бог знает откуда. Надо иметь словарь и учить язык. Это ужасно сложно. Никто и не обещал, что будет легко. После первого дня Адам был в полном отчаянии и подумывал пойти на может не такие знаменитые, но попроще курсы.

А деньги никто не отдаст. Ну и черт с ними. Ладно надо немного походить, а там видно будет. На второй день тычер раздал картинки и дело пошло повеселей. Картинки его вдохновляли мало, и он постоянно втягивал всех в какие-то игры и разговоры в которых не все и далеко не всегда угадывали, о чем идет речь. Адаму было тяжело. Он смотрел на спокойных вежливых японцев и понимал, что им еще тяжелее. Нужно было сказать простую фразу ай хав, японец наливался красным цветом, дико тужился и выкрикивал гортанным голосом айхаб. Вот бедняги. У них же горло по-другому устроено. То, что все мучились и плохо понимали было видно, но день за днем приносил свои плоды и когда прошел незаметно месяц, в класс пришел другой преподаватель.

- А где наш тычер? Что с ним случилось?

- Ничего не случилось. В школе такие правила. Каждый месяц меняется тычер.

- Это еще за чем?

- Чтоб вы понимали другой голос, манеру говорить и общаться.

Господи, только научились немного понимать и на тебе. Но эта школа не зря называлась лучшая и Адам это почувствовал, когда стал понимать немного, о чем его спрашивают, что сказать в магазине или кассиру в метро. Он смотрел по-прежнему телевизор по вечерам и теперь различал если не содержание, то отдельные слова и фразы.

Три месяца промелькнули абсолютно незаметно. Пришла прощаться с новыми знакомыми, к которым уже привык и даже японцы стали немного говорить, а не выкидывать из горла слова. Конечно можно было взять следующий уровень и поучить язык получше, но пособие платить перестали, и пора было искать работу.

На курсах о работе говорили все. Как ее искать? Что вообще делать? И как найти себе место в этой жизни. Адам прекрасно понимал, что его прежняя должность, менеджера ресторана в Ленинграде, здесь в Америке абсолютно неприменима. Можно вероятно начать с нуля и строить карьеру по лестнице вверх, но помимо неизвестного количества времени, затраченного на карьерный рост, есть еще конкуренция со стороны тех, кто здесь родился. Для которого этот язык родной. Помимо того, что они знают, чего хотят эти люди и что ждут от них. Нет, такой путь Адаму не подходил. Во-первых, уже не юный. Во-вторых, не за этим сюда ехал. Значит надо думать, как найти средства для открытия собственного бизнеса и самое главное, какого? То, что это должно быть связано с питанием это понятно. Не зря же всю предыдущую жизнь потратил именно на эту сферу. Но начинать придется с самого нуля. Для начала научиться профессии и параллельно искать возможности финансирования будущего бизнеса. Ресторан, это очень дорогой и неподъемный, проект. Что можно создать, за небольшие деньги и не используя наемную силу? Зарплаты здесь высокие и помимо зарплат еще наверняка всякие налоги, нет только сам поначалу, а там с божьей помощью, если получиться. Надо пойти в какой-нибудь фаст фуд, поработать и присмотреться.

Адам набрал газет и стал просматривать объявления о найме на работу. Его внимание привлекла реклама компании Бургер Кинг. За последнее время Адам заходил во всевозможные предприятия фаст фуда и присматривался, за чашкой кофе как они работают. Ему нравился фаст фуд. Все красиво, чисто, быстро и очень профессионально. Но все они с точки зрения, организации, требовали более чем серьезных денег и огромного опыта, и знаний. Адам познакомился с новым для него словом, франчайзинг. Оказалось, что все крупные компании продают право на приобретение бизнеса под эгидой компании. Ты покупаешь имя, право, продукцию и все остальное. Компания находит тебе место, строит, обучает, помогает подобрать персонал и прочее. Нужны деньги. Оказалось, не просто громадные для Адама финансы, но еще диплом о высшем образовании в этой области и опыт менеджмента в несколько лет. Этот путь закрыт. Надо пойти в Бургер Кинг и посмотреть.

На курсах учили, что нельзя просто прийти с улицы. Надо обязательно позвонить и заказать апоинтмент, то есть договорится о встрече. Он набрал номер, указанный в газете и его, пригласили назавтра на 10:30 на вест 56 стрит в офис компании. На курсах предупреждали, что опоздания недопустимы. Адам пришел заранее, и минут 15 гулял, посматривая на часы. За 3 минуты до назначенного времени он толкнул дверь. В холле за стойкой стоял охранник. У меня есть апоинтмент на 10:30. Он сверился со списком. Проходите, второй этаж. Наверху Адам подошел к ресепшен. Сколько полезного преподавали на курсах. Про этот ресепшен поминали много раз. Во всяком приличном офисе есть такая полезная для офиса должность, ресепшенист. Это тот, кто отсекает занятых людей от тех, кому не назначена встреча. Адам еще раз повторил, что ему назначено. Он получил на руки лист с вопросами, который ресепшенист назвала апликейшен. Этому его тоже учили. Адам читал вопросы и бойко проставлял ответы. Закончив он вернул апликейшен и ему предложили посидеть. Прошло десять минут и его пригласили в кабинет на интервью. Надо же интервью. У нас интервью берут у знаменитостей, а здесь это слово такое, с тобой знакомятся. В кабинете сидел человек ненамного старше Адама.

- Прошу садится. Меня зовут Джо Сандерс. Адам, я ознакомился с твоим апликейшен и хочу спросить на какую позицию ты претендуешь?

- Простите мистер Сандерс...

- Можешь звать меня Джо.

- Спасибо, Джо. Я ни на какую позицию не претендую. Я готов начать с самого начала.

- Это очень хорошо Адам. У тебя неплохой английский, но я вижу, ты работал менеджером большого ресторана и как ты адаптируешься на должности младшего помощника?

- У меня на сегодня нет никаких амбиций, я просто хочу научиться работать как все.

- Это не есть хорошо, отсутствие амбиций. Это значит человек не хочет расти в профессии.

- Я не говорю, что не хочу расти, но сегодня я готов на любую работу.

- Ну хорошо, мы возьмем тебя с двухнедельным испытательным сроком, помощником менеджера. Устраивает?

- Конечно, большое спасибо.

- Получишь на ресепшен направление и удачи.

Адам пожал протянутую руку и радостно отправился за направлением. Девушка на ресепшен протянула ему листок с направлением и поздравила с началом деятельности в компании. Ресторан Бургер Кинг находится в этом же здании.

- Здесь проходят стажировку все начинающие. Завтра к десяти. Форму вам выдадут. Спасибо и до свидания.

Адам возвращался в радужном настроении. Он хорошо прошел интервью, его приняли на работу. Он, конечно, не собирался там задерживаться, но всё равно было приятно. Вечером позвонил Игорь.

- О, привет! Ты давно приехал?

- Да уже порядочно. Ты даже ни разу не позвонил. Марго на тебя очень обижена.

- Я очень извиняюсь, но курсы и занятия, всё так закрутилось. А что ты решил, переезжаете в Германию?

- Да пока нет, будем сдавать экзамены здесь. Ладно, давай. Надо заниматься.

Адам повесил трубку с каким-то осадком, после разговора. Вот собственно и все. Я конечно виноват, что не звонил. Она могла сама позвонить и узнать, как дела. Но Игорь, собственно, первый отстранился и дружба вдруг растаяла и ушла. Жаль, но что можно поделать? Ладно завтра на работу.

В ресторан, со служебного входа народ входил дружно. В основном это были молодые мальчишки и девчонки. Менеджером оказался парень моложе Адама. Он почитал направление, выдал Адаму форму и сказал:

- Генерального менеджера пока нет, так что присматривайся пока.

Этого собственно Адам и хотел. Он заглядывал в каждое подсобное помещение, в большие холодильные и морозильные камеры. Рассматривал оборудование и организацию рабочего процесса. Через час появился главный менеджер, познакомился с Адамом и тоже повторил, присматривайся пока. Адам нутром чувствовал, что он здесь не ко двору. Они работали с девчонками и мальчишками и Адам явно не вписывался в общую массу.

К 11:30 все было готово. Все стояли на своих местах. В зале стояло 10 кассовых аппаратов. За каждым из них стоял кассир. Ему помогали два помощника. Кухонная бригада из 10 человек тоже была разбита по позициям. Ресторан вдруг наполнился покупателями. К каждой очереди выстроились люди и полетели заказы. Кассир, слушая заказ, набирал его на кассовом аппарате, одновременной дублируя через микрофон. Все пришло в движение. Жарились гамбургеры или как их здесь называли воперы. Жарились тоненькие ломтики мороженой картошки под названием, френч фрайс. Воперсы укладывали на теплую разрезанную булочку, добавляли по заказу майонез или кетчуп, салат, помидор, сыр. Все быстро заворачивалось, отправлялось на 30 секунд в микроволновку и затем переходило в зону зала на специальные теплые металлические секции для каждого вида продукции. Упаковщики слушали что заказывает покупатель и мгновенно собирали заказ. Они укладывали или на пластмассовый поднос, или в пакет, зависимости от заказа, и пока человек заказывал и расплачивался его заказ был готов. Никто не суетился и не метался. Повара жарили воперы, френч фрайс, куриные панированные филе или панированное в сухарях рыбное филе. Все упаковывалось в специальные коробочки, стаканчики. Пакетики с солью, перцем, кетчупом, салфетками выдавались в каждом заказе и очереди двигались беспрерывно. Да это был один слаженный механизм и Адам там был абсолютно не нужен. Адам позже спросил, сколько времени полагается на заказ. Хороший кассир умудряется взять заказ, получить деньги и выдать сдачу вместе с заказом за 30 секунд. Такой сумасшедший темп, продолжался часа два и затем стал гораздо слабее. Менеджер стал часть работников отправлять домой. Те не очень охотно, пробивали на часах свои карточки, получали свой обед и уходили переодеваться.

- Адам что ты хочешь на обед?

- А можно сандвич с рыбой и фрайс.

Заказ тут же был пробит на кассе, подписано менеджером и выдано на подносе.

- Энджой ит. - Адам присел за стол и стал перебирать в памяти это слово. Что это "энджой"? Вроде он это слышал. Да, точно, "получай удовольствие от этого".

Он действительно его получил. Все было горячее и вкусное. Но это дико сложный монстр. Столько народу работает. Это все надо быстро готовить, собирать, паковать. Нет это не то, что мне надо. Опыт конечно колоссальный, но неудобно уже увольняться, надо хоть еще два дня поработать. В середине дня Адам заметил, как оба менеджера о чем-то шушукаются. Затем младший ушел в подсобку и через какое-то время вышел с большим пакетом и передал старшему. Адам сделал вид, что крайне заинтересованно рассматривает как работает оборудование. Старший менеджер впустил через дверь, которая предназначена для приемки товара какого-то человека. Деньги перекочевали из рук в руки и человек ушел с пакетом в руках. Вот и ответ, почему Адам им не нужен. А как же они списывают недостачу и что можно продать? Да те же воперы и филе. Вся Америка этим питается. А списывают на еду, да есть наверно какие-то нормативы на порчу и поломку. Закладывать я их не буду, но спасибо за науку. К вечеру домой отправили большую часть работников, а остальные были заменены вечерней сменой. К Адаму уже понемногу привыкли и не особенно стеснялись. Адам заметил, как главный менеджер вносил поправки в рабочие карточки, пробитые на часах. Он вычеркивал все лишние минуты и всем ставил четыре часа. Заметив взгляд Адама пояснил, им всем еще нет шестнадцати, и они должны работать не больше четырех часов. Поздно вечером, возвраща-ясь домой, Адам думал о том, что в Америке, как и, наверное, везде, есть жулье и обманщики. Работать там больше не хотелось, и он еле дотянул два назначенных дня. На четвертый день Адам попрощался с бывшими начальниками, сдал форму и пошел в офис. На его стыдливое желание уйти, никто не обиделся и предложили зайти через неделю и получить заработанные деньги. Все очень просто.

Адам снова обложился газетами и нашел агентство, которое специа-лизировалось на работниках ресторанов. Адам заметил, что абсолютно все заведения, связанные с едой, назывались ресторанами. Были еще кофе-шопы, тоже похожие на простые ресторанчики или ланченеты, это совсем смесь магазинчика и небольшой стойки, где заказывали сэндвичи горячие и холодные, яичницу или что-нибудь очень простое. - Может что-то такое открыть? Но здесь еще магазин и они работают с утра и до ночи, а оборот не о чем. Нет, это работа, а не бизнес.

Адам вошел в агентство. На стульях сидело несколько человек и чего-то ждали. Адам подошел к женщине за столом.

- Хелло, ищу работу в ресторане, официантом или помощником.

Она внимательно его оглядела.

-Первый раз? - Адам кивнул. - Есть работа кассира.

- Но я не знаю. Я кассиром не работал.

- А что там знать? Кассир и все.

- Хорошо я попробую.

- Порядок такой. Ты оплатишь одну неделю зарплаты и я дам тебе адрес. Понял?

- А сколько надо?

- Там 225 долларов в неделю. Адам отсчитал требуемую сумму и в ответ получил клочок бумаги с надписью, 102 ист 54 стрит, ресторан "Рома ди Нотте".

- А если не возьмут?

- Вернешься и получишь деньги. Найдешь там хозяина и покажешь направление, я ему позвоню.

Адам ушел, провожаемый завистливыми взглядами сидящих не счастливчиков. Хозяин был на месте. Он сел с Адамом за стол и стал задавать ему множество вопросов. Адам старался отвечать быстро и правильно.

- Ну что же, завтра приходи к десяти. Черный пиджак, белая рубашка и галстук бабочка. Понял?

-Конечно, спасибо.

Он шел домой и не мог нарадоваться, как он здорово отвечал по-английски.

- Прямо как надо, все прошло. Нет, курсы золотые.

Глава 15

Ресторан "Рома Ди Нотте"

Иммигранты в первом поколении. Все повторяется в этом мире. Фраза довольно избитая, но не стала от этого неактуальной. Сегодня, в 21 веке люди перебираются из страны в страну либо под давлением обстоятельств, либо в поисках лучшей доли. Америка построена эмигрантами, и не только не пострадала от постоянного притока новых и новых волн, а наоборот стала более процветающей и могучей. Старушка Европа захлебывается от стихийных потоков из восточной Европы, Азии и Африки. Эмигранты заполонили практически все страны Европы, и требуют создания возможностей для нормальной жизни и уравнивания в правах с местным населением. Тенденция или мода на толерантность не позволяет политикам принимать жесткие решения, позволяющие разрулить сложившиеся условия совместного проживания. Растущие националистические настроения, раскачивают и без того шаткое равновесие и грозят потрясениями и нестабильностью. Быть эмигрантом, это в первую очередь разорвать все привычные связи, начать все с нуля, выучить новый язык, приспособиться к абсолютно другой ментальности, обычаям и нормам совместного проживания. Как правило, новые эмигранты обвешаны детьми, пожилыми родителями и ко всем проблемам адаптации, внутри постоянно живет страх ответственности за всех кто от них зависит. По сути нет ничего. Весь скарб, привезенные пожитки, оказываются совсем ненужными и надо обживаться всем, о чем раньше и не думалось. Проблемы во всем. Где и как найти работу? Это с примитивным языком и при огромной конкуренции. Как не потерять, если повезло и нашел? А если кто-то заболеет? И они болеют. Главное найти работу. Адама самая первая работа в Америке, кассир в ресторане. Это только так называется кассир. В ночном ресторане, при шуме оркестра и говорящей громко толпы народа, официант приносит кредитную карту и чек. Сейчас все просто, провел картой через сканер на кассовом аппарате и жди пока распечатается чек со всеми реквизитами. На дворе начало 80-х, века прошлого. Все только начинается.

Что делать с этим? Первый раз в жизни Адам держал кредитную карту и то не свою.

- Позвони в кредитную компанию, попроси апрувал код и заполни форму.

- Куда я буду звонить, с кем я буду разговаривать, на каком языке и что спрашивать, если я ни бэ ни мэ.

Ответ типично американский.

- Это твоя работа, мэн! - Это слово слышно постоянно.

- Э, мэн! Хау ар ю?

Это ничего не значит. Он совсем не хочет знать хау, то есть как ты. Ему вообще наплевать на тебя и твои проблемы.

- Итс еуор проблем, мэн! - "Это твои проблемы парень"!

И он прав. У него куча своих проблем, которые у Адама еще все впереди. Первый раз в жизни Адам набирал номер кредитной компании. и переживал что и как надо спросить и при этом надо еще и услышать и понять и записать. Шум стоял невероятный. Но произошло чудо, его услышали, поняли и продиктовали трижды проклятый апрувал код. Почему трижды, потому что ей пришлось повторить это три раза. Оказалось, что это цифры, которые надо вписать в форму для оплаты. Официант забирал готовую форму и карту, клиент подписывал и корешок приносился обратно.

- Потеряешь, приготовь баксы.

- Не потеряю, я даже в туалет пойду с ним.

Какой туалет? Официанты подбегали один за другим.

- Давай, русский, шевелись.

Всех выходцев из России называли русскими. Зазвонил телефон." О, Господи!".

- Давай русский, отвечай.

Адам поднял трубку. Оттуда полилась абсолютно невнятная речь, во всяком случае для него. Трубка спросила:

- Уес?

Он со страху сказал:

- Ноу, - и с облегчением повесил трубку.

Тут же нарисовался босс.

- Почему ты сказал нет?

Сейчас уволит.

- Я перепутал.

- Ты не имеешь права говорить нет, это не Россия.

- Я понял, извините.

Дурак и зачем я сказал нет, он же не денег просил. А чёрт его знает, чего хотел. Телефон снова звякнул. Адам выслушал невнятное бормотание, бодро сказал:

- Уес, - и довольный собой повесил трубку. Босс появился снова.

- Зачем ты сказал, что есть сейчас, "оссобуко"?

- Вы сказали, что нельзя говорить нет.

- Сказал, но, это самое и он повторил новое в его жизни слово, готовится час, а ты сказал уес, уже готово.

Я сказал? Босс посмотрел на него как-то странно. После полуночи Адам сдавал выручку и ждал увольнения, но босс сказал:

- Завтра к 10 не опаздывай.

Прошла неделя, а Адам все еще работал и даже немного обнаглел и лихо звонил в Визу, Американ экспресс и Мастер кард. На работе все говорили о какой -то забастовке.

– Эй, русский, ты где живешь?

- Я? В Квинсе.

- А как ты завтра попадешь на работу?

- Как и сегодня, на метро.

- Ну, русский, ты чего не знаешь, что завтра начинается забастовка?

- Какая забастовка?

- Метро не будет работать, понял.

- А как я попаду на работу?

- Это твои проблемы, мэн! Приезжай на машине, только в машине должно быть не меньше двух человек.

- У меня нет машины.

- Ты решай свои проблемы сам.

Манхэттен - большой остров, со множеством мостов и туннелей. Адам жил в районе, который называется Квинс. На вскидку от его дома до работы часа три пешком.

Встану в шесть, выйду в семь и вперед. Адам шел вдоль шоссе, до моста, в просторечии называемого 59 стрит бридж. Значит мост выходил на 59 стрит, а он работал на 54 стрит. Нет проблем. Проблема возникла потом. Адам шагал на работу в красивых кожаных туфлях, ведь он работал в первоклассном ресторане, но эти красивые туфли не приспособлены шагать по три часа без перерыва. На работу он пришел вовремя, но ноги гудели и было очень больно. Босс похвалил его и добавил:

- Хочешь работать, приходи вовремя.

Поздно к ночи Адам брел устало домой, проклиная всех, кто придумал забастовку, кто изготовил эти треклятые туфли, босса и даже страшно сказать, Америку. Было темно и жутко, брести по пустынным улицам. Иногда выбегали собаки и облаивали. Слава богу, что не люди. Это же бандитская страна. Кто живет в этом районе? Беднота, чернота и латинос. Страх, да и только. Ноги уже горели и отказывались идти. В три часа он был дома, а в шесть вставать. Утром, с трудом одел на распухшие ступни свою единственную пару обуви и охая, отправился зарабатывать на вторую пару, каких-нибудь мягких ботинок. Вероятно, Господь услышал его страдания. Радом со ним взвизгнула тормозами машина.

- В Манхеттен? - Он кивнул головой.

- Прыгай внутрь. - Это Адам так перевел для себя его речь. За рулем сидел молодой парень.

"Чего ему от меня надо? Наверно хочет ограбить или убить! У меня нет денег." На всякий случай сказал.

- Без денег! Одного в машине не пускают в Манхеттен.

А вот оно в чем дело! Он не грабитель и не добрый самаритянин, а просто на время забастовки мэр запретил въезд по одному человеку в машине. А добрый ангел Адама, высадил его сразу за мостом, но он был и так ему благодарен. На работе он спросил одного из официантов какие туфли ему купить и где?

- Тебе надо сникерсы. Пойдем.

Он отвел Адама в магазин поблизости и сказал продавцу, что Адаму нужен 43 размер.

- Ага, значит 9,5 или 10. - Он принес обе пары. Адам одел те, что побольше. Он понял, что это обувной шедевр.

- Давайте я вам заверну.

- Нет. Спасибо, я в них пойду.

Счастливый Адам летел на работу как на танцы. Первый с кем Адам подружился, был бармен, которого звали Джино. Это был небольшого роста, очень полный добродушный итальянец. Рома ди Нотте, был типичный итальянский ресторан, при входе которого, стояла во весь рост скульптура одного из цезарей. Собственно, в этом здании находились два разных ресторана, хотя кухня была общая и располагалась в подвале. Название Рома ди Нотте относилось к ночному клубу, расположенному на нижнем этаже. Эта часть подвального помещения была сделана в виде переплетённых пещер и в каждой из них стоял стол и стулья. Тусклое освещение придавало им уют и интимность.

Посередине находилась танцплощадка, и играл живой квартет. Все это было очень колоритно и в пятницу и субботу клуб набивался под завязку. Верхний зал назывался Иперболе и торговал очень слабенько, да и то только в ланч. Вечером приходила парочка постоянных клиентов и иногда были какие-то залетные. Адам днем сидел за кассой наверху, рядом с барной стойкой. Джино читал газеты, когда не было посетителей или как в Америке называли, костюмеров. Иногда они беседовали на разные темы и Адам расспрашивал Джино о ресторанном бизнесе в Америке и о хозяине заведения. Джино когда-то имел свой собственный ресторан, но увы не получилось.

- Я смотрю и наш бизнес не очень, чтобы очень, - заметил Адам.

- Внизу еще ничего, а наверху вообще глухо. На кухне дежурят повара, мы с тобой сидим здесь, в зале официант кукует.

- Во-первых официанта в Америке называют вейтер - тот, кто ждет тебя. Во-вторых, Андрео, это наш босс, был очень лаки, то есть счастливчик.

- Это почему?

- В этом здании когда-то был городской морг.

- Ни хрена себе!

- Да, так вот Андрео получил его в аренду на 49 лет. Понял?

- Ну и что?

- Это считай твоя собственность. Четырехэтажное здание, в центре города, угол Лексингтон авеню и пятьдесят четвертой стрит, соображаешь? Но рестораны прибыли дают мало. Для Андрео это просто престиж. Он сдает в аренду три верхних этажа и ему хватает с лихвой.

- Действительно счастливчик.

- Вот и я говорю. Когда-то, итальянских ресторанов было мало и Андрео неплохо торговал. Сейчас в городе итальянских ресторанов, полным-полно, да и кухня здесь никакая. К тому же Андрео сам работает за кэптена, а это многим костюмерам не нравится.

- А что такое кэптан и почему людям не нравится?

- Все должно быть профессионально. В зале должен быть метроди. Это хозяин ресторана. Ему подчиняются все. Зал и кухня. Затем идет кэптан, он принимает заказы и должен всегда быть в зале и смотреть, если кому-то, что-то понадобиться.

- А что делает вейтер?

- Приносит напитки, еду и помогает кептану.

- Это же сколько народу работает?

- Есть еще бас бой.

- А это то, кто?

- Это тот, кто убирает грязную посуду и когда люди встают, меняет скатерть и накрывает приборы и стекло.

- А босс только деньги собирает?

- Нет, Адам. Деньги собираешь ты, а босс должен проходить по залу, здороваться с постоянными костюмерами и улыбаться. Иногда пошутить и все.

- Джино, ты так интересно рассказываешь, я многому от тебя научился. Я хотел бы стать барменом. Может мне пойти на курсы барменов?

- Просто купи книжку для барменов. Там есть все рецепты, а я покажу здесь как делать.

- Джино ты мой учитель, спасибо.

Это не были пустые слова. Адам многому научился от Джино и иногда тот позволял Адаму сделать тот или иной коктейль. Но самое главное, он рассказывал о ресторанном бизнесе, что для Адама было абсолютно вновь. В один из дней босс привел моложавого, вертлявого парня и представил его как нового кэптена. Адаму он сразу не понравился, и он поделился с Джино.

- Поживем увидим, я давно говорил Андрео про кэптена, может теперь он уйдет из дайнинг рума.

А, это обеденный зал, перевел для себя Адам. Но ожидания Джино не оправдались. Босс по-прежнему, во время ланча находился в зале и принимал заказы, чиркая и перечеркивая заказы помногу раз. Он очень нервничал, когда принимал заказы и Адам понимал, о чем говорил Джино. Босс чиркал в блокноте заказ под копирку, и первая копия шла на кухню, а вторая Адаму. Он должен был переписать заказ на фирменный типографский бланк, с отрывным корешком. На бланке указывался номер стола, количество персон и заказ. При требовании счета в зал, Адам подсчитывал итог, вписывал сумму в счет и в отрывной корешок. Счет укладывался в небольшую папку, которую называли презентор и кэптен относил на стол костюмера. Через небольшое мгновение, презентор возвращался с кредитной картой внутри. Звонок в кредитную компанию, апрувал код вписывается в откатанный бланк, вписывается сумма счета и все это несется назад к костюмеру. Тот вписывает чаевые. Ему отрывают его копию, корешок чека с суммой и на этом конец. Кэптен помогает отодвинуть стул, благодарит за посещение и произносит слова о надежде непременно увидеть костюмера еще раз и как можно скорее. Все расстаются к всеобщему удовольствию. Адам всегда ждал этого момента. Поскольку работы в верхнем ресторане было очень мало, то босс не мог никого найти и сдать в аренду гардеробную. Это называлось чек рум.

- Почему это странное название?

- Потому, объяснил Джино, что туда сдают, то есть, чек ин, верхние вещи и головные уборы.

- Почему это снимают в аренду и за сколько?

- Ну, в хорошем месте, за сезон просят пять тысяч или больше.

- Ну и ну. Зарплату платить не надо и еще можно сдать.

- В Америке принято давать девушке в чек рум, один доллар за каждое пальто или просто шляпу.

- Теперь понял, меня босс попросил помогать людям, и все дают доллар и просят передать это чек рум герл.

Это было приятно. Адам работал наверху шесть дней в неделю и уносил от 6-10 долларов каждый день. Неплохое подспорье к зарплате. Три раза в неделю Адам должен был по вечерам работать внизу, в ночном клубе. Это был настоящий ад. Адам хотел подняться на следующую ступень и найти работу бармена. Этот случай представился быстрее чем Адам ожидал. Неожиданно умер Джино и Адам горько переживал, поскольку это был его единственный друг в новой для него стране. Босс стоял за барной стойкой и было видно, что он этим тяготится.

- Я могу и за кассой работать и за баром, - предложил Адам.

Боссу это явно пришлось не по душе. - А кто будет подменять кассира в Рома ди Нотте? Нет, я позвонил в агентство, чтоб мне прислали бармена.

Адам уже закусил удила.

- Ищите на мое место тоже. Я поработаю неделю или пока не пришлют человека.

Этого босс не ожидал.

- Ты, подумай хорошо и успокойся. Потом поговорим.

Рано утром Адам был в агентстве и попросил найти работу бармена.

- Есть заявка в ресторан Орсини'с на 56 стрит 35 вест. Это очень хороший ресторан.

- Сколько с меня?

- 250 долларов. Адам рассчитался и получил направление. В ресторан он добрался быстро. При входе за стеклянной перегородкой сидела молодая особа.

- Вы по какому вопросу?

Адам предъявил направление. Она набрала телефон:

- Сеньор Орсини, здесь по поводу работы, хорошо.

Она проводила Адама к двери хозяина.

- Проходи.

За столом сидел среднего возраста худощавый итальянец с довольно длинным носом.

- Где работал?

- Я и сейчас работаю, в Рома ди Нотте.

- А, у Андрео.

- Да, там. Но хочу перейти в другой ресторан.

- А почему?

- Там очень мало работы и очень скучно. - Очевидно ответ мистеру Орсини понравился.

- У нас умер бармен.

Что это за мор напал на профессию, подумал про себя Адам.

- Когда ты сможешь начать?

- Я сейчас пойду и узнаю у мистера Андрео. Я ему уже говорил, что хочу уйти.

- Хорошо, вернись к секретарше, возьми у нее телефон и как узнаешь, ей позвони.

- Спасибо, сеньор Орсини, до свидания.

Адам пришел на работу с небольшим опозданием. Босс сидел за кассовым аппаратом и пересчитывал деньги.

- Мистер Андрео я нашел работу и хочу попросить отпустить меня.

Тот заметно расстроился.

- Не думал, что ты такой быстрый. И где, если не секрет?

- Ресторан Орсинис.

- Вот как? Братья Орсини. Мои конкуренты. Хорошо, доработай эту неделю и можешь идти. Даю тебе две недели. Надумаешь вернуться, я тебя приму обратно.

- Спасибо мистер Андрео.

“Как же, вернусь я. Ну уж нет”.

Адам отзвонил и получил добро, выходить на работу на следующей неделе.

Глава 16

Ресторан "Орсини'с"

Неожиданно начали всплывать старые и казалось уже утерянные связи. Первая позвонила сестра Соня! Она уехала за год до отъезда Адама и практически по его совету. Они с сестрой никогда особенно не ладили. Она была старше и всегда любила давать советы, даже если её не спрашивали. После смерти матери они остались вдвоем и отношения немного наладились. Соня родила ребенка и жила в рабочем районе Ленинграда в коммунальной квартире. Работала на вредном производстве и по большому счёту её жизнь была беспросветная. Вокруг все только и говорили о евреях, которым разрешалось уехать из страны.

- Уезжай, - посоветовал Адам. - Я через год приеду в Штаты.

Связи никакой не было и вдруг звонок.

- Привет! Как ты меня нашла?

- Через еврейское агентство.

- А где ты живешь?

- Мы в Вашингтоне.

- И как дела?

- Да не очень. Мы живем в районе где в основном живут те, кто получает пособие.

- Приезжай в Нью Йорк и здесь обсудим, может вам перебраться сюда.

- Я тоже так подумала. Дай мне адрес, я позвоню, когда буду выезжать, но ты меня встреть.

- Конечно, встречу, ты же не знаешь города. Пока, до встречи.

Утром Адам нашел в почтовом ящике письмо от Наты. Этого он не ожидал. Во-первых, он сам не знал где он будет жить. Во-вторых, он думал, что такая разница в возрасте, делает их отношения не очень возможными, хотя иногда ловил себя на мысли что жалеет о том, что нет никакой связи. И вдруг письмо! Как она узнала адрес? Он разорвал конверт. Она жила у друзей на Лонг Айленде. Они приняли её как свою. Собирается поступать в архитектурный институт по классу рисования. Маме и папе пришел отказ и они очень горюют. Узнала она адрес от Игоря, через знакомых родителей и попросила написать Адама домашний телефон, и надеется встретиться. Адам позвонил Игорю и рассказал о письме.

- Надеюсь ты не собираешься с ней встречаться Адам? Если ты будешь дурить ей голову, то нашей дружбе конец. Это мои хорошие знакомые, и я не хочу быть ответственным за эту девчонку.

Адам повесил трубку серьезно оскорбленным. Какое он имеет право ставить мне какие-то условия? Наши отношения и так сошли на нет. Он не собираесь с ней встречаться, а если решит, то это никого не касается. Он написал Нате вежливое письмо и номер телефона.

Адам отработал последний день в Рома ди Нотте.

- Все, спасибо, мистер Андрео, можно мне получить зарплату?

- Да, конечно, но помни, я тебя жду две недели, а потом все.

- Помню, спасибо.

Адам, прошел и со всеми попрощался, хотя ни с кем кроме покойного Джино не дружил.

В свой первый рабочий день на новом месте, Адам пришел в точно назначенное время. На входе его встретил небольшого роста, лет 45 симпатичный черноволосый итальянец. Он был в черном костюме, белой рубашке и галстуке бабочкой.

- Хелло, я новый бармен, Адам.

- Привет, а я Нино. Пойдем я покажу твое рабочее место.

Они поднялись на второй этаж. Там оказался большой и светлый обеденный зал и стойка бара за которой Адаму предстояло работать. В зале находились несколько человек, которые занимались подготовкой столов к ланчу.

- Ребята, это Адам, наш новый бармен. Он новенький, поэтому полегче и помогайте. - Он добавил несколько слов по-итальянски, и все посмеялись.

- Иссидоро и Марио идите сюда.

Они подошли и поздоровались с Адамом за руку. Эти двое были одеты, как и Нино в черные костюмы.

- Это наши кептаны. По всем вопросам к ним. С остальными познакомишься в процессе, а сейчас готовим ланч.

- Все проверь, где что стоит, чеки ставь сюда.

Иссидоро показал на металлический ящик на стене, с прорезями и цифрами на боку.

- У нас 20 столов и для каждого чека свой номер стола. Ты с чеками работал?

- Да, конечно.

- Все проверь и посмотри. У нас ланч очень бизи.

Это значит очень много работы, перевел для себя Адам. Он осмотрел зал. Часть ребят была в коричневых куртках, а часть в белых. Значит в коричневом официанты и в белом, бас бои. Спасибо Джино за уроки. Столы были накрыты не скатертями а свернутыми салфетками. Стояли фужеры для воды. И все.

Как же они будут обслуживать? Надо свое хозяйство осмотреть. Честно говоря, Адам изрядно трусил. Он принес книжку бармена, а вдруг попросят что-то, чего в книге нет? Подошел один из официантов.

- Привет, меня все здесь зовут Югославо. Я из Югославии.

- Адам из России.

- Тебя все будут звать русский.

- Я знаю, меня так звали в Рома ди Нотте.

- Ты не обижаешься?

- Нет, я привык.

- Пойдем, покажу как приготовить белое вино.

Они зашли в большое подсобное помещение, примыкающее к бару.

- Вот смотри, бутыли галлоновые переливаешь в большую колбу и включаешь холодильник. Налей еще один галлон. Мы во время ланча наливаем вино в карафы.

- Это что такое?

- Кувшины для вина. Большой - это караф, а маленький пол карафа.

- А как я узнаю?

- Мы сами вписываем, ты главное чеки открывай и не перепутай.

- А где чеки?

- Тебе даст Иссидоро, он вообще здесь за главного.

- А кто Нино?

- Нино метроди, Иссидоро или его жена родственники Орсини. Пошли на кухню, есть еще минут 15 выпить кофе или чай. - Рагаци, это новый бармен, Адам. - Обращение было к поварам, но они метались по кухне все вчетвером и им было не до Адама.

- После ланча, сейчас их лучше не трогать.

Они налили себе кофе и взяли по бутерброду с сыром.

- Давай быстро здесь поедим и работать.

Они допили кофе и вышли в зал, появился Иссидоро с пачкой чеков и листом бумаги.

- Держи чеки и не путай. Остальные слушайте. Стол 1 - 4 персоны, стол 2 - 3, стол 3 - 4 и так до самого конца.

Официанты и бас бои бросились сервировать столы приборами и салфетками в соответствии с количеством заказов. Все столы были зарезервированы. И закрутилась карусель. Нино встречал костюмеров, отмечал в своем списке и провожал до лестницы, наверху стоял один из кептанов. Нино громко представлял костюмера и номер стола, кептан встречал и провожал к назначенному столу, официант помогал сесть, отодвигая и придвигая стул. Бас бой наливал в фужеры холодную воду со льдом официант осведомлялся, что господа желают выпить. Все это рассаживание и прием костюмеров происходило в течении десяти минут. 70 человек сидели, смотрели ланч меню, пили воду, макали теплый хлеб в оливковое масло, принесенное бас боями и громко разговаривали. Официанты прибегали, наливали белое вино, хватали чеки, вписывали номер стола и заказ и так же быстро убегали.

- Русский, бокал красного.

- А какого? - Тот сам схватил бокал, налил и записал.

- Бутылку Санта Маргарита, бланко! - Это был Иссидоро.

- А где она? - Тот махнул рукой забежал в подсобку и выбежал с бутылкой белого вина. Он записал заказ и отправился к столу показывать бутылку костюмеру.

- Русский, виски сауэр он зе ракс.

Это я знаю. Одна часть виски, одна часть лимонный сок, три кубика льда и в шейкер, приготовить широкий виски стакан. Адам смешал в шейкере коктейль, вылил в широкий стакан, который называют виски гласс и выжал кусочек кожуры лимона.

- Давай быстрее, русский. Запиши, стол 6, апельсиновый сок.

- А во что?

- Хайбол.

Адам побежал в подсобку. Там стоял пресс для соков и апельсины в холодильнике. Адам разрезал два апельсина и выжал в подставленный хайбол, высокий узкий бокал.

- Русский, ты скоро? Запиши на 6.

- А сколько?

- Два доллара.

Начали поступать заказы, написанные кептанами на листках из блокнотов. Адам переписывал заказы в типографский бланк, проставлял номер стола и убирал в соответствующее гнездо. С кухни понесли первые заказы. В обеденном зале находились несколько сервировочных тележек на колесиках. На верхней полке тележек стояли по две газовых походных плитки. Кухонный официант приносил в судках с крышками заказанные блюда и ставил на газовые плитки. Горячие тарелки передавались официанту, работающему в зале. Кептан подкатывал тележку к столу, чей заказ был вынесен, разжигал плитки и готовил прямо на глазах, у заинтересованно наблюдающих костюмеров. В ланч в основном заказывали на закуску, или как говорили здесь, апетайзер, какую-нибудь пасту на двоих, а на основное блюдо обычно заказывали телятину с гарниром. Пасту в итальянском ресторане готовили виртуозно. На судок со спагетти, уже отваренные до состояния аль денте, то есть чуть-чуть не до..., или любую другую пасту выкладывался приличный кусок сливочного масла, соль и свежемолотый перец. На соседней плитке прогревался соус, паста посыпалась тертым сыром пармезан и изящным движением столовой ложкой и вилкой, закручивая укладывалась на две равные порции. Сверху все это поливалось горячим соусом подавалось костюмеру с непременным, бон аппетит. Как только с закуской было покончено, бас бой убирал посуду и приборы со стола, и накрывались свежие приборы. Наступало действие второе. Кептан подкатывал тележку, кухонный официант приносил свежие судки с крышками и ждал пока кэптан не снимет и не вернет ему крышки. Все подогревалось на огне и тут же выкладывалось на горячие тарелки. Сбоку гарнир, как правило брокколи в чесночном соусе, зеленый горошек в сливочном масле и морковка, нарезанная соломкой и припущенная со сливочным маслом. Готовая телятина в винном соусе с лимоном, укладывалась рядом и все это произведение кулинарного искусства под названием, вил пикатта, подавалось с неизменным, бон аппетит. Естественно были отклонения от меню в ту или иную сторону, но большинство постоянных костюмеров, возвращались к такому, простому, но вкусному меню. Заканчивался ланч чашечкой кофе или капучино и кусочком одного из двух видов тортов. Самый популярный шоколадный мусс торт и второй назывался зуппа инглезе, то есть английский суп. И тот и другой были превосходны. Но Адам, однажды попробовав шоколадный мусс, понял, что ничего вкуснее не ел в своей жизни. Всем одновременно нужно было закрыть счета и выдать официантам. Подошли Иссидоро и Марио, и они в три руки писали, подсчитывали и вложив в презенторы счета, раздавали официантам. Те в свою очередь разносили по столам и тут же возвращались с кредитными картами и счетами. Каждую карточку тотчас прокатывают вместе с бланками, Адам звонил в кредитные компании за кодом подтверждения. Все данные заносились в бланки для кредитных карт и все возвращалось к костюмеру. Тот в свою очередь подписывал, вписывал чаевые и итог и отрывал свою копию. Пока все прощались и обменивались любезностями и пожеланиями скорой встречи, Адам должен был проверить есть ли подпись, правильную ли копию оторвал костюмер и правильно ли записана общая сумма. Наконец последний костюмер покинул ресторан и все облегченно, враз заговорили в голос.

- Рагаци, рагаци вы видели эту на шестом столе, четыре стакана апельсинового сока, я думал мужика хватит удар.

- Это же не шампанское. Помните Нуриев приходил? Заказывал раз десять бокал шампанского. Я ему говорю: закажите бутылку. А он нет, я люблю бокалами.

- А тебе не все равно?

- Бокалами мы продаем простое шампанское, а бутылку можно выбрать и за эти деньги можно взять Дом Периньон. - Все стали подшучивать над Иссидоро. Но очень осторожно.

- Югославо, а чего они над Иссидоро смеются?

- У него есть слабое место. Он обожает шампанское и особенно Дом.

- И что?

- Ты сам увидишь. Когда заказывают Дом Периньон, Иссидоро всегда наливает себе фужер. Он не может сдержаться.

- А сколько стоит это шампанское?

- 500 долларов.

- Боже милостивый! Ладно, пошли обедать.

На кухне был приготовлен обед для работников. Повара обедали на кухне, а остальные в подсобке около бара, за большим столом. Русский, открывай галлон шабли. Мистер Орсини предупредил Адама, что на обед он должен всем выдать или бокал вина, или бутылочку соды. Американцы все называли содой. Кока-колу, 7-ар, пепси или любую другую.

- Ребята, босс сказал, я должен дать вам вина по одному бокалу.

- Русский, мы итальянцы и на обед положено два, а то и три бокала.

- А если мне попадет?

- А как он узнает? - Адам не хотел ссориться с ребятами.

- Иссидоро, что мне делать?

- По два, три можно.

Спагетти были с томатным соусом и сыром пармезан.

- Вы что, каждый день едите пасту?

- Нет, паста два раза в неделю, один раз рыба, два раза курица и один раз мясо. Все итальянцы ели пасту с куском булки в руках и макали в соус. Пришел шеф-повар Карло:

- Рагаци, как паста?

- Очень вкусно, спасибо Карло.

- А это новый русский? Любишь итальянскую кухню?

- Да, мне нравится.

- А русскую знаешь?

- Думаю, что да?

- Умеешь делать чикен Киев?

- Котлеты по-Киевски, умею.

Карло загорелся.

- Пойдем на кухню покажешь, как?

Вмешался Иссидоро.

- Карло, давай завтра, он сегодня первый день. Ему надо готовить бар внизу.

- Ну хорошо, завтра. А что надо приготовить?

- Куриные грудки, масло сливочное, панировочные сухари и лимон.

- Это все есть. Завтра после ланча, приходи на кухню. Хорошо?

- Иссидоро, а какой бар мне надо готовить?

- Пошли, я покажу.

Они спустились на первый этаж. Иссидоро включил свет и открылся еще один обеденный зал, но абсолютно непохожий на верхний. Вход начинался со стойки бара, с барными стульями. Небольшие деревянные панели отсекали зал с обеих сторон. Через центр шел широкий проход и упирался в широкую панорамную освещённую картину, изображающую итальянский пейзаж. Люди в национальных костюмах собирали виноград. Под стать этой идиллической картинке, мебель по обе стороны от центральной аллеи была выполнена в стиле ампир. Все было очень театрально и помпезно. Резные ручки и спинки диванов, колонны и вензеля вдоль стен. Все " мульто итальяно"!

- Русский, ты познакомься со всем, все проверь, а я пойду наверх и вздремну пол часика. Потом, если что нужно будет, я тебе дам.

Адам зашел за стойку, осмотрел все что там было. Эта барная стойка мало чем отличалась от верхней, разве что была немного побольше и покрасивее. Задняя стенка состояла из узкого шкафа и большого зеркала над ним. Верхняя полка шкафа была уставлена большим количеством бутылок с алкоголем, которые отражались в зеркале и от этого казалось, что их еще больше. Все бутылки были заткнуты специальными пробками, которые давали возможность отмерять дозу отпускаемого алкоголя. Внутри этих пробок были шарики, которые и затыкали горлышко бутылки, отмерив порцию алкоголя. Порция называлась шат и соответствовала одной унции или двадцати восьми грамм. Здесь были различные сорта виски, аперитивы, корджиалы, то есть после обеденные напитки, коньяки и ликеры.

Он решил, что каждый день он будет пробовать какой-то один напиток. Надо же в конце концов знать, что это такое. За стойкой стоял небольшой холодильник с набором белых вин и разных сортов пива. Красные сухие вина хранились, лежа в специальном стенном ящике, разделенном на ячейки. Под стойкой размещалась раковина с холодной и горячей водой и на раковине крепилась глубокая металлическая полка, в которой стояли несколько начатых бутылок. Это был так называемый домашний набор. Когда заказывали виски, водку, джин, текилу или стакан красного вина, и при этом не называли конкретную марку, то полагалось использовать бутылки из домашнего набора. Это были достаточно дешевые сорта алкоголя. Цена при этом не менялась и была одинаковая что для известных марок, что для домашнего набора. Джино рассказывал Адаму, что уровень наценок в ресторане должен быть от пятисот до тысячи процентов на алкоголь. На задней стенке бара имелось небольшое квадратное отверстие, прикрытое деревянной дверцей. Адам толкнул его и увидел подсобное помещение и стол с кассовым аппаратом. Адам проверил машину изготовляющую лед, холодильник, наборы бокалов, рюмок и прочих аксессуаров. Все было на месте.

“Пойду я тоже покемарю, пол часика, - решил Адам.“

Он поднялся наверх. Свет был погашен, все дремали на сдвинутых стульях. Адам последовал общему примеру.

Глава 17

Динер у Орсини'с

Обед или как называют это американцы, динер, начинался с шести вечера и продолжался до одиннадцати вечера. Это основательный прием пищи состоял из закуски, возможно супа и основного блюда. Вино и десерт также составляют часть обеда. Если есть ужин, то очень поздний и очень легкий. Ресторан Орсини'с так же работал с шести вечера. Традиционно в ресторан приходит публика, сделав предварительный заказ на столик. Адам спросил у Нино, а бывает, что просто с улицы заходят люди?

- У нас нет, не бывает.

Иссидоро притушил в зале свет и принес от Нино список заказов. Зал был поделен между двумя кептанами. Бригада Иссидоро обслуживала ближайшие к выходу столы, а бригада Марио, соответственно дальние. Традиционно Иссидоро имел право выбора, и он отмечал на свои столы костюмеров, которых он знал лично. Он вписывал номера столов в графе, рядом со временем заказа, а остальных Нино расписывал для Марио. Все было готово. Нино стоял у входа в ожидании костюмеров. Напротив, располагался чек рум, то есть гардеробная. Там сидела и читала книжку молодая особа, весьма независимого характера. Это был её бизнес и надо полагать она неплохо зарабатывала. К тому же она торговала сигаретами и тоже не безуспешно. Далее по коридору стоял в ожидании Иссидоро и его официант по залу. Кухонный официант из бригады Иссидоро, ждал возле бара. Марио со своей бригадой находился у своих столов. Появилась первая пара и сдала верхнюю одежду в гардероб.

- Буонасерра сеньор и сеньора Смит.

- Иссидоро, - не выдержал Адам, - он их знает?

- Русский, там в книге все записано

- Мистер и миссис Смит! Давненько вас не было. Я думаю полгода.

- Дорогая, смотри нас узнали. Ты помнишь Иссидоро?

- Да, конечно я помню. Он предложил очень вкусные спагетти. Я хочу сегодня опять их заказать.

- Мадам! Это были спагетти прима вера с брокколи, фрески пиксели, кароти, соус крема.

- Боже мой, дорогой он помнит, что я ела!

- Я тебе говорил, Иссидоро самый лучший.

- Садитесь, садитесь мистер и миссис Смит! Сегодня у нас есть спесиале, вителло писанте, мульто боно!

Иссидоро отодвинул стол и пара села на изящную кушетку, рядышком. Бар отделяла от стола узкая решёточка и все действие разворачивалось перед Адамом. То, что это был спектакль не было никаких сомнений. Иссидоро был актером высшей пробы. Адам тихонько спросил у подошедшего Югославо:

- Слушай, он что действительно помнит, кто что ел и когда?

- У Иссидоро феноменальная память. Он узнает людей, которые не были по несколько лет и помнит, что они заказывали.

- Ну это же невозможно!

- А вот он помнит. И люди специально приходят, чтоб он их узнал и обслужил. Он зарабатывает больше всех и все из-за своей памяти.

- А что такое вителло?

- Это телятина.

Адам с интересом наблюдал за действиями Иссидоро. Первые два стола были двухместными. Люди сидели на этакой антикварной кушетке рядом как два голубка. Кептану было очень удобно обслуживать. Столик сервировочный подгонялся практически вплотную, и костюмеры могли наблюдать каждое движение. Первым появляется бас бой и наливает воду со льдом. Затем подходит официант и спрашивает, что господа желают из бара? Иными словами, что будем пить? Обычно это или коктейль, смешанный алкогольный напиток или просто виски со льдом. Довольно часто это просто аперитив. Что-то похожее на настойки, крепостью 20 градусов или просто бокал сухого вина. Снова появляется бас бой с корзиночкой теплого хлеба и блюдечком оливкового масла. Подавать меню сразу не принято, поскольку это намекает на то, что костюмера стараются обслужить как можно быстрее и выпроводить. Вот и пойми эту логику, думал Адам. У нас если не дашь сразу меню, народ оскорбляется. А эти сидят, попивают алкоголь и макают хлеб в масло. Им есть, о чем поговорить. Наши хотят выпить и закусить, а затем разговоры разговаривать. Разные культуры и это важно знать на будущее. Появился Иссидоро с другой парой и усадил их напротив за такой же двухместный стол. Пока его бригада обслуживала вновь прибывших, Иссидоро вернулся к мистеру и миссис Смит.

- Все хорошо? Как наше оливковое масло?

- Все просто чудесно. Мы уже проголодались.

- Хотите взглянуть на меню?

- Боюсь, Иссидоро, что ты и так все знаешь, что мы едим сегодня.

Все смеются.

- Значит сеньора Смит будет спагетти прима вера, а для вас вил пикатта.

- Да, конечно, а что на апетайзер?

- Я вам сделаю великолепный салат Сизар на двоих и прекрасно будет.

- Ох уж этот Иссидоро! Он все знает.

- Я вам порекомендую бутылочку специального вина, Пино Гриджио Санта Маргарита. Эксклюзивно у нас. Очень легкое и приятное.

- Разумеется, мы твои гости Иссидоро.

К бару подошел официант с двумя винными бокалами в руках. Адам приготовил заказанную бутылку холодного белого вина и постучал в маленькое оконце ведущее в подсобное помещение. Окошечко открылось, там сидела жена Иссидоро, которая вечером работала кассиром.

- Стол номер один.

В окошечко просунули чек с написанным номером.

Адам записал бутылку вина, два аперитива и вернул чек в окошечко. Официант подошел к столу, поставил бокалы и показал этикетку мистеру Смиту. Тот кивнул головой, и официант открыл штопором бутылку и выложил на стол пробку. Официант налил чуточку вина в бокал мистера Смита, тот взяв бокал в руку, сначала покрутил, затем понюхал и только после этого сделал небольшой глоток. Официант стоял и терпеливо ждал. Наконец мистер Смит одобрительно кивнул головой и только тогда официант наполнил бокал миссис Смит до половины и также наполнил бокал мистера Смита. Они отпили по небольшому глотку и одобрительно покивали головами. Сколько раз потом Адам не наблюдал это неизменный ритуал, каждый раз он производил впечатление. Каждый играл свою роль с достоинствами все были довольны. Бутылка отправилась в ведерко со льдом, установленным на высокой металлической ноге.

Появился официант, которого называли кухонный, в отличие от работающего непосредственно с кептаном и называющемся, зальный. Кухонный принес подготовленные листья салата ромен, в стеклянной чашке 3 анчоуса, крутоны, сырое яйцо и чашу для салата. Иссидоро подкатил сервировочный столик к столу номер один и шоу началось. Салатные листья пересыпались в чашу для смешивания. Анчоусы тщательно раздавливались вилкой и превращались в пасту. Сырое яйцо разбивалось и желток отделялся от белка. Желток соединялся с анчоусной пастой и тщательно смешивался. Затем соус посыпался свежемолотым перцем и солью, добавлялось оливковое масло, выжатая половинка лимона и все это перемешивалось. Готовый соус выливался на салатные листья, туда же высыпались три- четыре щедрые ложки тертого сыра пармезан, крутоны (поджаренные белые хлебные кубики с чесноком и травками). Все это великолепие красочно перемешивалось и раскладывалось на две подготовленные тарелки. Зальный подхватывал тарелки и сервировал перед костюмерами. Иссидоро был дирижером. Зальный, кухонный и бас бой статистами, которые подхватывали каждый жест и взгляд. Зрители, они же обедающие, аплодировали и было за что. Салат был съеден. Бас бой собрал тарелки и приборы со стола, смахнул невидимые крошки и накрыл чистые приборы. Появился кухонный с четырьмя металлическими судками в руках и начался второй акт этого превосходного спектакля. Иссидоро забрал судки у кухонного и включив плитки, поставил две на огонь, а две сбоку. Крышки перешли в руки кухонного, который ретировался. А Иссидоро, взмахнул руками, как дирижер перед началом исполнения и все закрутилось. В первой сковородке-судке растапливался кусок сливочного масла, затем туда же отправились спагетти аль денте и кусочки свежих овощей: брокколи, ярко-зеленый горошек, соломкой нарезанная морковка. Все это перемешивалось и заливалось сливками, которые в Америке называют хав энд хав. Это весьма популярный продукт, который состоит из половины сливок и половины цельного молока. Сохраняется вкус сливок и отсутствует вкус жирного продукта. Сверху на подкипающие спагетти посыпалась соль и свежемолотый черный перец, затем все засыпалось тертым сыром пармезан и паста прима вера, что означает весна, готова. Одновременно во второй сковородке-судочек готовился вителло пиканте. Соус из белого вина и выжатого лимона загустевал и обволакивал подготовленную телятину. На сковородке мгновенно подогрелся гарнир из брокколи с чесноком, соломки обжаренной морковки и свежий горошек. Все было готово. Кухонный принес две горячие большие тарелки. Первой была красиво оформлена паста и это плато зальный установил перед миссис Смит, второе плато с вителло и гарниром, художественно оформленное, заняло место перед мистером Смит. Последний штрих предложил зальный официант с большой деревянной мельницей в руках: - свежий перец? На согласный кивок головы, он крутанул мельницей над каждой тарелкой и оросил точечками перца. Прозвучало традиционное, бон аппетит и пара Смитов вкусила кулинарные шедевры. Иссидоро перекатил сервировочный столик к противоположному столу. Смиты поедали свои блюда и не могли нахвалиться на мастерство и талант Иссидоро. Последний уже священнодействовал у другого стола. Там сидела молодая пара. Кучерявый светловолосый мужчина в светлом вельветовом пиджаке и юная особа с кудряшками. Внешне ничем не примечательная пара. Судя по тому как почтительно и уважительно обслуживал Иссидоро, было понятно, что это завсегдатаи и причем желанные. Впрочем, Иссидоро ко всем костюмерам относился с большим пиететом. Подошел официант с двумя бокалами для шампанского в руках.

- Дом Периньон, плиз!

- Ого! Это кто, второй стол?

- Да уж, они.

Бутылка была отнесена Иссидоро. Тот торжественно показал её костюмерам и под благословляющий кивок осторожно вскрыл бутылку и наполнил бокалы. Бутылка отправилась в тоже самое ведерко со льдом, где уже охлаждалась полу пустая бутылка белого вина с первого стола. Иссидоро повесил салфетку на горлышко бутылки и не спускал с нее глаз.

Надо сказать, что зальный официант не имел права покидать зал и должен постоянно следить чтоб бокалы постоянно наполнялись заказанным вином. Он доставал бутылку из ведерка, протирал от мокрой воды салфеткой и подливал в бокалы. Но шампанское трогать не разрешалось никому. Иссидоро лично торжественно извлекал бутылку из ведерка, обтирал и заворачивал в салфетку и в таком виде подливал искрящийся напиток ценою в пятьсот долларов. Кухонный появился с заказом горячего на второй стол. Адам посмотрел в чек второго стола, там значились две порции ризотто сон тартуфо, стоимостью тридцать долларов за штуку. Тартуфо это круто. Адам никогда не пробовал ризотто, а про трюфеля грибы только слышал. Он надеялся сегодня восполнить этот пробел. Иссидоро, который готовил все горячие блюда в сковородках, обычно оставлял одну, две столовых ложки и выносил в подсобное помещение, где желающие могли попробовать. Кухонный принес сковородку с крышкой, где находился подготовленный белоснежный рис и маленькую стеклянную вазочку где в жидкости плавали два малюсеньких невзрачных грибочка.

- Это и есть знаменитый тартуфо-трюфель? Смотреть не на что.

Иссидоро положил кусок сливочного масла в рис, красиво и элегантно мешал рис, поливая по чуть-чуть хав энд хав. Через какое-то время туда же отправилась жидкость от грибов и затем щедро пармезан. Адам замечал, что пармезан подмешивался везде. В салаты, в пасту и даже в суп. Слов нет, сыр отменный, но не везде же. Наконец ризотто был готов к подаче. На горячие тарелки было выложено ризотто и сверху на рис, на узенькой специальной терочке, Иссидоро натер тончайшие ломтики грибочков и торжественно сервировал с неизменным, бон аппетит. Зальный подсуетился со свежим перцем и затем все, вслед за Иссидоро высыпали в подсобку. Но это были напрасные надежды. Сковородка с остатками ризотто попала в руки жены Иссидоро. Адам вернулся за бар и продолжал следить за Иссидоро. Тот достал бутылку Дом Периньон из ведерка, укутал в салфетку и наполнил бокалы, поглощающим ризотто костюмерам, затем повернулся к ним спиной, наполнил фужер шампанским, отправил пустую бутылку в ведерко со льдом и не поворачиваясь вышел с фужером в подсобку. Это надо было видеть. Он пил шампанское с наслаждением. Было видно, что он испытывал восторг от пузырящегося напитка.

- Ну и как Иссидро?

- Высший класс!

У него было прекрасное настроение.

- Но я больше люблю Татинджер бланк де бланк. Оно немного дешевле, но мне нравиться больше.

Адам разделить его восторг не мог, поскольку не пробовал ни того ни другого. Они вернулись в зал.

- Иссидоро, налей нам шампанского. Это второй стол.

- А все, вы все выпили, - и воришка перевернул бутылку, показывая, что она пустая.

- Да, ну тогда открой нам еще одну.

Восторгу Иссидоро не было предела. Наклёвывался еще один бокал шампанского и все за одну ночь. Адам понять этого не мог. Две бутылки шампанского это уже тысяча долларов, плюс две тарелки риса по тридцать, а двадцать процентов чаевые. Поистине, бедный богатого не понимает. Разумеется, второй бокал шампанского был так же экспроприирован, как и первый. Мистер и миссис Смит наслаждались шоколадным муссом. Иссидоро зашел за бар и налил две рюмки, одну с коньяком, а другую с Бейлис Айриш кремом и отнес на первый стол.

- Это от меня.

Благодарности Смитов не было предела. В зале появился сеньор Армандо Орсини. Он поздоровался с костюмерами за вторым столом и двинулся по залу, останавливаясь и перебрасываясь улыбками и шутками со многими сидящими. Это тоже было частью шоу и Джино рассказывал Адаму о традициях и правилах. Подошел зальный.

- Чек на первый стол.

Адам открыл окошечко в подсобку и повторил:

- Чек на первый стол.

Получив чек, Адам открыл презентор и проверил все ли записано правильно. Отсутствовали два последних дринка.

-Иссидоро, здесь не записаны дринки.

- Правильно. Это, а ля мезон.

- Это как?

- За счёт заведения.

 Он забрал презентор и отнес на первый стол. Смиты пошептались и подозвали Иссидоро.

- Здесь есть немного для тебя Иссидоро.

Тот подошел к бару, открыл презентор и достал кредитную карту. Под ним лежала 50 долларовая купюра. Это были его чаевые. Он проводил гостей до выхода и тепло с ними распрощался.

Вечер был в самом разгаре. Все столы были заняты и люди сидели за баром ожидая, когда освободится заказанный стол. Адам вертелся как белка в колесе, едва успевая обслуживать сидящих за стойкой и выполняя заказы, поступающие из зала. На каждый заказ открывался чек и когда освобождался стол, костюмер просил записать его дринк на тот стол куда он переходил. Подходил официант или бас бой с подносом забирал дринк и сопровождал костюмеров до стола. Все работали, не останавливаясь ни на секунду. Сеньор Орсини встречал гостей у стойки бара и развлекал разговорами пока не освободится стол. Адам показал ему счета, тех кто пересел за стол. Сеньор Орсини собственноручно вписывал пятнадцать процентов чаевых и чеки отправлялись кассиру. К половине одиннадцатого напряжение схлынуло и зал понемногу пустел. Сеньор Орсини ушел, попросив Иссидоро, прислать ему ужин наверх.

- А что там наверху Иссидоро?

- Это здание хозяина и наверху шикарная квартира. Он здесь живет, когда дежурит.

- Что значит дежурит?

- Этот бизнес принадлежит двум братьям. Они работают по неделе. Второй совсем другой. Увидишь на следующей неделе.

Глава 18

Гвидо Орсини

В субботу, поздно вечером, едва Адам вошел в квартиру, зазвонил телефон. Это была Ната. Захлебываясь от слез, она бессвязно говорила и Адам пытался понять что случилось. Суть сводилась к тому, что она поссорилась с теми, у кого жила и взяв чемодан, сидит на нем на какой-то станции Сайосет на Лонг Айленде.

- И чего делать, - тупо спросил Адам.

Она никого не знает в Америке кроме Адама и если он за ней не приедет, то просто бросится под поезд как Анна Каренина. Это было настоящее отчаяние и Адам не мог равнодушно отмахнуться. Беспомощная, очень юная девушка была в настоящей беде и к тому же она ему нравилась.

- Хорошо, сиди там. Я приеду.

Сказать было гораздо проще, чем сделать. Адам знал, что в нескольких кварталах от его дома, проходит железная дорога. Игорь говорил ему что там идут поезда в пригород Нью Йорка, который называется Лонг Айленд. Это очень длинный, вытянутый в океан полуостров, где живут очень богатые люди. Значит надо идти до этой железной дороги, купить билет до какого-то Сайосет и ехать искать Нату. План казался превосходным и легко выполнимым. Первая часть прошла без проблем. Правда шагать ночью, вдоль линии, идущего над головой сабвея, было страшновато, но делать нечего. Дойдя до станции железной дороги, Адам прочитал название Вудсайд. Ага, вот сюда надо будет вернуться. Он спустился к платформе и подошел к будке кассира.

- Один билет до Сайосета. - Адам показал один палец, не вполне уверенный, что его поняли. Кассирша в ответ разразилась целой тирадой, из которой Адам понял одно слово “Сайосет”!

- Сайосет, - тупо повторил он и просунул в окошечко десять долларов. Кассирша говорила что-то еще, но затем, отчаявшись выдала билет и сдачу. Вскоре подошел поезд и Адам, гордясь собственной находчивостью, ехал посматривая в черную ночь за окном. Не прошло и часа, как поезд остановился, и последние пассажиры покинули вагон. Адам не понимал где он и когда по вагонам проходил служащий в форме железной дороги, спросил с надеждой.

- Сайосет?

- Нет, это Джамайка и поезд дальше не пойдет.

- А когда следующий?

- В четыре утра.

- О, Господи! И чего мне делать?

- Итс ер проблем мен.

Сколько раз слышал эту фразу Адам и понимал, что это действительно его проблемы. Это он не понимал, что ему пыталась объяснить кассирша. Это он застрял ночью где-то посередине железной дороги на станции под названием Джамайка. Адам слышал это название и о нем говорили, как об одном из самых криминогенных районов большого Нью Йорка. Адам вышел из вагона и побрел по переходу на другую сторону, где находилось небольшое здание вокзала. До первого поезда оставалось почти пять часов. Делать было нечего. Было страшно и холодно. Адам увидел телефон-автомат и бросив монету, набрал телефон Игоря. Он изложил историю, произошедшую с ним и описал место где он находится.

- Я тебе не завидую, сказал Игорь. Если помнишь, я тебя предупреждал, не связывайся с этой девчонкой.

- Но человек нуждался в помощи.

- Ты всё равно ей не помог, а я тебе помочь не могу. Возвращайся домой первым поездом и все забудь.

Ему легко говорить, сидя в теплой квартире. А что делать мне? Теперь Адам понимал, насколько безрассудно была вся эта затея. Ехать среди ночи неизвестно куда. Искать неизвестно где. Это же огромные расстояния. Тут и с хорошим английским не разберешься. Жалко конечно Нату, но что он может сделать. Надо надеяться, что она не наделает глупостей и вернется туда, где жила. Все это время в ожидании поезда, Адам провел в тревоге, стараясь держаться освещенного пространства. Время от времени появлялись довольно странные типы, но Адам избегал всяческих контактов. Кто действительно может болтаться на Джамайке посреди ночи? Под утро появился наконец поезд. Адам сидел в вагоне и старался не заснуть и не проехать свою станцию. По радио объявили следующую станцию Вудсайд. Адам выскочил из вагона. Вроде все правильно. Он вышел на пустынную улицу. Да, вот линия сабвея над головой, теперь скорее домой, принять душ и спать. Никогда раньше его студия, не казалась ему такой уютной и безопасной. Спать в собственной постели, верх блаженства. Его разбудил резкий звонок телефона. Спросонья Адам решил, что звонит будильник и он проспал на работу. А сегодня же воскресенье и я выходной. Это телефон. Там была Ната.

- Я тебя ждала вчера, почти всю ночь.

- Я поехал, но на Джамайке поезд остановился и сказали, что поездов до утра не будет, а потом я вернулся.

- А ты, как и где?

- Я около твоего дома. Звоню из автомата.

- Как около моего дома? Как ты меня нашла?

- В твоем письме был обратный адрес и меня привезли на машине.

- Кто привез и на какой машине?

Адам спросонья плохо понимал, что происходит.

- Ты можешь спуститься вниз и забрать меня.

- Конечно, я сейчас приду.

Адам наспех оделся и спустился на лифте вниз, все еще не соображая, что надо делать. У подъезда стояла машина, в которой сидела Ната, рядом с водителем. Увидев Адама, она выскочила из машины, ухватила его за шею и разрыдалась. Водитель, молодой парень, вылез из кабины и достал из багажника чемодан. Он стал что-то говорить Адаму, качая головой и множество раз повторяя, что это очень плохо и опасно. Суть Адам понял, что нельзя отпускать молодую девочку одну. Адам взял чемодан, и они поднялись наверх. Ната говорила, не переставая и Адам понял, что она на последние 150 долларов уговорила незнакомого человека отвезти её в Нью Йорк.

- Ты слышала, что он говорил, как это опасно?

- Да, я слышала, а что мне было делать? Я никого кроме тебя не знаю.

- Ладно, хорошо, что хорошо кончается. Ты иди прими душ и потом поспи немного. Я пойду в магазин, куплю еды и приготовлю нам поесть. За едой обсудим что и как.

- А ты не уйдешь?

- Я здесь живу, помнишь?

- Извини, я такая дура. Я теперь всего боюсь.

- Все твои страхи позади. Отдыхай, я скоро вернусь.

Адам по дороге в магазин обдумывал ситуацию. Она, конечно, очень хорошая девочка и ему очень нравится. Но вот разница в возрасте уж больно большая. На дружбе с Игорем можно поставить крест, но да бог с ним. Он работает и двоих то прокормит. А как же планы, открыть бизнес? И как вообще все это будет? У него была такая манера все взвешивать за и против, а потом решать все эмоционально. Когда он вернулся домой, Ната спала безмятежным сном как спят дети. Адам решил приготовить спагетти аля Иссидоро и подготовил все необходимые ингредиенты. Спагетти отварены аль денте, пармезан натерт. Сливочное масло и хав энд хав в холодильнике. Томатный соус он купил в стеклянной банке. Адам старался все делать тихо и Ната проснулась где-то под вечер.

- Я, очень долго спала?

- Все нормально, но если хочешь кушать, придется встать.

- Ой, кушать хочется, а что можно поесть?

- Сейчас я приготовлю настоящие итальянские спагетти. Наверно, давно не ела и проголодалась?

- Я не помню. А можно я посмотрю, как ты делаешь спагетти?

- Смотри если интересно и рассказывай, что с тобой произошло.

- А можно потом? Я не хочу сейчас про них говорить.

- Ладно, расскажешь, когда захочешь.

Адам разогрел кусочек сливочного масла на сковородке, прогрел спагетти под горячей водой и высыпал в сковородку. Деревянными лопаткой и вилкой он мешал спагетти, солил и перчил. Томатный соус и хав энд хав, смешались со спагетти под самый конец он всыпал пармезан. Он хотел выложить в тарелки так же красиво как Иссидоро, но результат был не похож.

- Боже мой, как вкусно!

- Это ты наверно с голоду?

- Нет, правда очень вкусно.

- А хочешь бокал вина?

- Нет я вообще алкоголь не пью. А нет кока колы или что-нибудь такое?

- Нет, извини. Я такое не пью, но есть чай и шоколад.

- Ой как здорово. Я хочу чай и шоколад.

Она пила чай и Адам думал, что она совсем ребенок.

- Расскажешь о своих приключениях, когда захочешь. А сейчас давай поговорим о нас.

- Ты же меня не прогонишь?

- Нет и перестань думать о всяких страхах. Я работаю и в состоянии нас двоих прокормить. Но как ты видишь, комната одна и жить нам придется вместе.

- Адам, ты не думай, я все понимаю. Я не такая маленькая. Я хочу быть с тобой и в Италии я об этом думала.

- Вот и хорошо. Мне с утра на работу, а ты пока отдыхай. Приходи в себя и ничего не бойся. В холодильнике есть еда, вечером я что-нибудь принесу. Я дам тебе ключ от квартиры, если захочешь куда-нибудь сходить.

- Нет, я никуда не пойду. Я буду дома.

Так началась их совместная жизнь и никто не знал, что их ждет впереди.

На следующий день Адама ждало знакомство со вторым боссом, сеньором Гвидо Орсини. Но это произошло позже, а пока надо было готовить все к ланчу. Адам решил помыть большую холодильную колбу для белого вина. Он аккуратно разобрал все на части и был поражен, насколько все оказалось грязным внутри.

- Югославо, а когда мой предшественник мыл это в последний раз?

- А он вообще её никогда не мыл. Теперь понятно почему столько грязи.

Адам все перемыл, а в колбу залез только что не с головой. Ребята подходили и только удивлялись.

- Смотри этот русский. Вот молодец.

Адам спустился в подвал, где находились шкафчики для одежды. По соседству переодевался Иссидоро и поливал себя одеколоном с ног до головы. Вообще все итальянцы следили за собой и после работы переодевались и выглядели щеголями. Пришел в раздевалку шеф Карло.

- Русский, мы так и не сделали чикен Киев, давай сегодня после ланча.

- Хорошо Карло, я приду на кухню сразу после ланча.

Гости пошли очень быстро. Как обычно, к 12 часам все завертелось и закружилось. В разгар ланча появился сеньор Гвидо Орсини. Он поздоровался за руку с Иссидоро и прошел по залу, изредка здороваясь со знакомыми. Он был полной противоположностью своему брату. Тот был высокий, стройный и очень элегантный. Он был очень приветливый и к сотрудникам, и к гостям. Всем он очень нравился и народ называл его между собой Армандо. О брате Гвидо, говорили тихонько и с оглядкой. Внешне он выглядел не очень презентабельно. Небольшого роста, толстый и неряшливый. В придачу к внешним недостаткам говорили, что он много пьет и бывает очень злым. Адам понимал, что надо вести себя очень осторожно. Босс подошел к бару.

- Гуд морнинг, сеньор Орсини!

- Ты новый бармен?

- Да, сеньор Орсини.

- Иссидоро! Как он, справляется?

- Да, все нормально.

Когда он ушел, Адам вздохнул с облегчением. Ну и тип. Ланч был в самом разгаре и время на обдумывания не было. Адам закрывал чеки, звонил в кредитные компании все было, как всегда. Ланч закончился и народ потянулся на кухню за обедом. На кухне Адама встретил Карло.

- Давай русский, с чего начнем?

- Карло, подожди я поем и приду, хорошо?

- Ладно, только давай побыстрей.

В подсобке сидели ребята и наливали себе холодное вино из колбы.

- Молодец русский, помыл холодильник. Теперь и пить приятно.

Адам съел свой ланч и пошел на кухню.

- Знакомься, русский, это разбирает вителло, Агостино.

 Тот нарезал тонкие кусочки телятины с огромного окорока.

- Это, Николо, самый молодой. А это сю шеф Алонзо.

- А что такое сю шеф?

- Это второй человек на кухне. Когда я сдохну он станет шефом.

- Карло, ты всех нас переживешь.

Они перешли на итальянский и Адам подумал, что они ссорятся. Но шум так же быстро утих, как и начался.

- Говори, русский, что нам надо?

- Давайте курицу целую.

- У нас есть уже готовые филе, предложил Алонзо.

- Покажи. Тот принес из холодильника подготовленные куриные филе.

- Нет такие не годятся. Эти просто срезанные от костей, а на чикен Киев надо снимать вместе с плечевой косточкой.

Адам показал, как надо отделить куриное филе от каркаса и Алонзо снял оба филе вместе с крыльями.

- Теперь отрезаем половину крыла, а то, что осталось с филе, зачищаем от мяса.

- Ну так и получиться куриное филе.

- Да, но вместе с плечевой косточкой.

- Алонзо, ты слушай, что тебе русский говорит, а не ... - Карло добавил какое-то слово по-итальянски. Все засмеялись, а Алонзо, покраснел и зло оглядел Адама.

“Вот я и нажил себе врага,” - подумал Адам.

- Теперь надо снять филе миньёнчик, а большое филе подрезать и все отбить.

Алонзо отделил маленькое филе, а большое аккуратно подрезал в обе стороны и открыл. Затем оба филе были накрыты пленкой и осторожно отбиты плоской тяпкой.

- Все солим, перчим и поливаем выжатым лимоном. Теперь нам нужно два кусочка сливочного масла по 30 грамм. - Адам обжал каждый кусочек масла, так чтобы получился бочонок. - Хорошо бы еще посыпать укропом.

- Но укропа нет, дать петрушку?

- Нет так нет, обойдемся. Все, на масло кладем сверху миньёнчик и заворачиваем филе вокруг масла. Теперь в ладонях формируем колбаску, а косточка торчит кверху. Карло, смотри сколько возни, чтоб приготовить две котлеты.

- Ты Алонзо потому и сю шеф, что тебе лень учиться. Давай русский, что дальше?

- Нам нужна мука, льезон и панировочные сухари.

- Алонзо, разбей два яйца и добавь немного молока. Вот тебе льезон, вот мука. А сухари я тебя научу делать свежие. - Алонзо принес замороженный белый батон. Карло включил машину с теркой и батон превратился в натертую крошку.

- Видишь, это свежий белый хлеб, а не сухой. Ну что дальше?

- Сначала обваливаем в муке, затем яичный льезон и затем сухари. Теперь еще раз придаем форму, подержим в холодильнике часик и можно жарить во фритюре.

- А на кость одеваем шапочку?

- Так и есть Карло.

- Молодец русский! Учитесь, повара.

Адам пошел приводить в порядок нижний бар и когда он вернулся на кухню, повара доедали остатки чикен Киев.

- Ну как?

Карло показал свернутый в кольцо большой и указательный палец.

Глава 19

Пенне "А ля водка"

Вечер в этот день начался несколько неожиданно. В Орсини'с часто приходили известные люди. Звезды кино, политики, известные адвокаты. Нино рассказывал Адаму о том, что тридцать лет назад ресторан Орсини'с был один из первых итальянских ресторанов высокого класса. Ресторанчиков маленьких было великое множество. Там хозяин готовил на кухне, а жена руководила в зале. Но такого уровня, итальянского ресторана, чтоб ходили известные люди, в Нью Йорке не было. В тот вечер первым вошел известный бейсболист, итальянского происхождения.

Адам ничего не понимал ни в бейсболе, ни тем более ничего не знал о бейсболистах. Весь ресторан высыпал встречать своего кумира. Сеньор Гвидо Орсини, со льстивой улыбкой, первым приветствовал почетного гостя.

- Бармен!

- Да сеньор Орсини

- Дринк для нашего гостя, а ля мезон.

- Слушаюсь сеньор Орсини! - И уже обращаясь к гостю:

- Что я могу вам предложить, сэр?

- Бурбон он зе ракс.

Бурбон ит из. Адам опрокинул бутылку с чистым кукурузным виски над стаканом с кубиками льда. Гость сидел за баром в ожидании своего друга. К нему то и дело подбегали официанты с бейсбольными карточками или просто с листком из блокнота с просьбой поставить автограф. Тот привычно расписывался, вероятно понимая, что его в покое не оставят. Наконец появился гость итальянской бейсбольной звезды и Иссидоро пересадил их за один из своих столов. Звезда, уходя, выложила на стойку бара пять долларов. Адам был приятно удивлен и положил деньги в карман, справедливо полагая что это честно заработанные чаевые. Появился сеньор Гвидо Орсини.

- Мартин оставил тебе тип, пять долларов? - Тип - это чаевые, понял Адам. - Впиши это в чек и сдай в кассу.

- Хорошо сеньор Орсини.

- Ты что, не знал, что все чаевые, ты должен сдавать в кассу?

- Нет, сеньор Орсини.

- Теперь знай, а я буду доплачивать тебе в день зарплаты до двухсот пятидесяти.

- Я понял сеньор Орсини.

Когда тот ушел, Адам был вне себя. Вот гад, а я думал зачем его братец вписывает всем в чеки мои чаевые или как здесь говорят, тип. Это они получают чаевые и мне из них выдают зарплату. Надо потом поговорить с Нино об этом. Вновь появился сеньор Орсини.

- Бармен, ты член профсоюза локал 5?

- Нет сеньор, Орсини.

- Ты должен вступить в профсоюз, мы, согласно договору с профсоюзом, не имеем права нанимать на работу не членов профсоюза. Подойди к Нино, и он тебе скажет куда обратиться.

- Я понял сеньор Орсини.

Адам вернулся к работе и не мог не думать об этом типе. Каждый раз, когда он подходит, что-нибудь должен сказать. Подошел Югославо.

- Русский, драй водка мартини стрейт ап.

В переводе на русский это означало, водка с каплей вермута, смешать со льдом, потрясти в шейкере и вылить в широкий мартини бокал с кусочком кожицы лимона. Югославо унес готовый дринк и тут же вернулся с ним обратно.

- Он сказал, что здесь много вермута, а он хочет очень драй.

Адам вылил дринк в раковину и смешал новый, просто с одной водкой.

- На, отнеси. Теперь это драй.

Югославо вернулся снова.

- Слушай, этот тип опять сказал, много мартини, а он хочет драй.

- Хорошо! Постой здесь. - Адам сделал вид, что он готовит новый дринк.

- Все неси тот же самый обратно.

Югославо вернулся, но уже без дринка. Он сказал:

- Вот, это то, что я хочу, очень драй.

А я ему сказал, что бармен вообще не наливал вермут.

- Ты что, дурак? Ты же его унизил. Что если этот дурак, пожалуется нашему дураку, ты соображаешь где мы будем?

- Но он меня достал.

- Ты хочешь научить весь мир быть нормальным? Плюнь и не обращай внимания. Давай работать, нет времени ни на какие сантименты.

Время летело стремительно и в районе 10 часов, вновь появился сеньор Гвидо Орсини, на этот раз в сопровождении дамы. Иссидоро усадил их за один из своих столов, и все зашевелились еще быстрее, под неусыпным наблюдением босса. Народ к 11:00 вечера потихонечку расходился и в зале остался только сеньор Орсини и его спутница. Они никуда не спешили и весело смеялись и болтали. Все оставались на своих местах. На кухне дежурил повар. Нино дежурил при входе в ресторан. Большая часть официантов и бас бои собрались в подсобке. Ушла домой кассир и чек рум герл. В зале оставались Иссидоро, зальный официант и Адам за баром.

- Русский, мистер Орсини хочет водка столичная стрейт ап.

- А зачем ему водка после еды?

- Он так любит, вместо рюмки коньяка.

Адам в коньячный бокал положил несколько кубиков льда и тщательно покрутив выбросил. Бокал покрылся тонкой пленкой измороси. Он налил шат водки и официант отнес на стол. Оттуда донесся одобрительный возглас. Адам отправился в подсобку.

- Русский, что там происходит?

- Он заказал столи.

- Вот гад. Все ушли, а он со своей стервой сидит. И мы все должны дежурить, а нам завтра опять к 10:00 на работу.

В подсобку пришел Нино. Народ тихо зудел

- Почему мы должны здесь сидеть. Все гости ушли.

- Тихо. Я сейчас спрошу у Иссидоро.

Он поманил Иссидоро из зала. Они о чем-то пошептались и Иссидоро отправился к боссу за разрешением.

- А что, уже никого в зале нет? А сколько время?

- 11:30 сеньор Орсини.

- Уже? Ну нам тоже пора.

Они медленно вылезали из-за стола. Народ радостно высыпал из подсобки и побежал вниз переодеваться. При выходе из подвала каждый предъявлял Иссидоро сумки и пакеты. Домой Адам пришел очень поздно и застал Нату всю в слезах.

- Что произошло? Кто тебя расстроил? Да говори же.

- Я сижу здесь одна. Тебя нет, и я не знаю, что случилось.

- Послушай, ничего не случилось. Пока вот такая работа у меня. Надо платить за квартиру, за еду. Это же не на всю жизнь. Надо потерпеть.

- Я понимаю, но всё равно очень страшно.

- Глупости это все. Мне надо завтра опять с утра на работу, так что давай спать.

- Я говорила с мамой и папой по телефону.

- А вот в чем дело? Ну давай рассказывай.

- Я им все рассказала.

- Что все?

- Про их друзей с Лонг Айленда и про тебя.

- И что?

- Мама очень плакала, и папа тоже плакал. Они не могли поверить, что эти люди, которые обещали, что я буду для них как родная дочь, а сами ... Она снова залилась слезами.

- Ну хватит. Хватит рыдать. Это Америка и они типичные американцы. Они при встрече говорят: - ит ёрз проблем, это твоя проблема. Никто никому не должен. Пробивайся сам как умеешь.

- Да, но они приезжали к нам в Москву, и мои родители им много помогали, и они сами звали и обещали.

- Это обычная американская манера. Говорить приятные слова, но это только слова. За этим ничего кроме приятной манеры общения, нет.

- В России это не так. Там друзья все сделают, когда обещают.

- Но мы не в России.

- А еще они говорили про тебя.

- Вот как! И что они говорили.

- Мама сказала, что у нас очень большая разница в возрасте, а потом сказала, сейчас папа что-то скажет.

- И что сказал папа?

- Он сказал, что я не понимаю. Что через 20 лет я буду все еще молодая, а ты уже ничего не сможешь.

- Это про секс?

- Я не знаю. Мы никогда об этом не говорили.

- Вообще то Ната, они правы. И нам надо обо всем серьезно подумать.

- А тебе еще звонил какой-то Алик.

- Что он сказал?

- Он оставил телефон и просил тебя перезвонить. Вот, я записала на бумажке.

- Ладно завтра, после ланча, я позвоню ему. Давай спать, а то я не встану на работу.

Утром Адам расспросил Нино, что это за профсоюз и как стать его членом.

- После ланча поезжай на вест 38 стрит. Я не помню номер дома, но там любого спросишь локал 5, тебе покажут. Это профсоюз для всех работающих в ресторанах. Заплатишь взносы и тебе дадут книжечку члена профсоюза.

Во время ланча Адама не оставляла мысль о том, что говорили родители Наты.

Конечно они правы, но что нужно делать? Или что можно сделать? Им там легко говорить, а здесь что делать? Выставить её на улицу. И что она будет делать? Опять под поезд. Глупости все это. Пусть будет как будет. Адам едва дождался конца ланча и помчался на сабвей, доехать до веста 38 стрит. Он нашел локал 5 достаточно просто.

- Вы к нам первый раз?

- Да, я недавно приехал из России.

- У нас очень сильный профсоюз и если случится забастовка, то вы будете получать зарплату у нас. В ресторанах, отелях и вообще где есть чаевые, закон разрешает зарплату меньше чем минимум заработной платы по стране. Официанты получают официально 1,50 доллара в час. Босс обязан декларировать сколько чаевых получает в месяц каждый. Затем в начале года, каждый гражданин США, заполняет декларацию о доходах, до первого апреля. Ай Ар Эс - налоговая служба проверяет уплаченные налоги и если ты переплатил, то тебе полагается возврат.

- Скажите, а босс забирает чаевые?

- Он должен учитывать все чаевые и декларировать в налоговую службу, а чаевые и зарплата выдается каждую неделю.

- Спасибо, все понятно.

Адам заплатил взносы за два месяца и получил небольшую книжицу. На обратном пути он набрал из телефона- автомата, Алика.

- Привет!

- Привет Адам! Как дела?

- Все нормально, работаю.

- Как ты и где?

- Мы с Женей попали в город Флинт. Это под Детройтом. Городок неплохой, но, если работу потерял, все кранты. Хотим перебраться в Нью Йорк. Что ты думаешь?

- А чего здесь думать. Нью Йорк город большой, работа всем найдется.

- Вот и мы так думаем. Поможешь с квартирой если что?

- Да не вопрос. Приезжайте.

- А что у тебя там за барышня отвечала на телефон?

- Подруга моя.

- Женился что ли?

- Ну вроде да.

- Поздравляем. Жди, скоро приедем.

У входа Адама встретил Нино.

- Нашел локал 5, все нормально?

- Да, вот книжечку дали.

- Покажи это сеньору Орсини.

- Нино, скажи, а вы все чаевые декларируете?

- Это дело каждого, как он хочет. Но вообще в Америке все деклари-
руют, сколько, это каждый решает сам. У нас в основном все проходит
по кредитным картам. В бланках кредитных карт есть графы, официанты - это согласно правилам профсоюза 15% и есть графа кептан - это 5%.
Поэтому закон разрешает боссам платить 1,5 доллара в час.

- Да, мне в локале сказали:

- Босс декларирует сколько в безналичном расчете чаевые, а когда
дают наличные?

- Если никто не видел, значит и ты не видел.

- Спасибо, Нино.

- Иди в бар, а то сейчас появится босс.

Он действительно появился, неся в руках бутылку водки. Она была
красная от хлопьев перца, насыпанных на четверть бутылки. Он поставил бутылку на бар и подозвал Иссидоро.

- Появилась новая паста, пенне, а ла водка. Я хочу попробовать у нас.
Они заговорили по-итальянски.

Босс повернулся к Адаму.

- Ты же русский и вы все пьете водку. Я хочу, чтоб ты попробовал вот
эту и сказал, острая или нет?

- Сеньор Орсини, мне что, выпить?

- Не нюхать же. Я разрешаю.

Адам налил немного водки в бокал. Иссидоро не выдержал:

- Эй! Русский, полегче!

- А как я узнаю острая или нет?

Гвидо Орсини такой ответ понравился.

- Действительно, как он узнает? - И он заржал, довольный своей
шуткой.

Адам выпил водку и почувствовал, как жутко загорелось в желудке.

- Ну как?

Адам выдохнул.

- Очень острая. У нас в русских магазинах продают перцовую водку,
но она 30 градусов, а эта 40.

- А что еще продают в ваших магазинах?

- Белые грибы маринованные, красную икру и многое другое.

- Принеси мне грибы и икру, я деньги дам тебе и бутылку перцовой
водки тоже.

- Хорошо сеньор Орсини.

Адам побежал на кухню, закусить хоть чем. В желудке пекло немилосердно. Иссидоро опробовал новый рецепт на первых же костюме-
рах.

- Сегодня у нас паста спесиале, пенне ала водка. Паста фламбе.

Они были заинтригованы. Кухонный принес два сотейника. В одном находились короткие макароны с заостренными концами, а в другом соус томатный. Адам сначала всю пасту называл макаронами, но его пристыдили, и он теперь отличал что есть что. Просто короткие назывались макаронами, а заостренные как перья, пенне. Иссидоро прогрел пенне с кусочком сливочного масла, а затем плеснул водки с перцем и наклонил сотейник так, чтобы пламя вспыхнуло внутри сотейника. А, вот почему он сказал фламбе, понял Адам. Пламя утихло и Иссидоро добавил томатный соус и хав энд хав. Тщательно и красиво все помешав с сыром пармезан, он выложил на тарелки и зальный сервировал, нетерпеливо ожидавшим костюмерам.

- Ну как вам, пенне а-ля водка?

- Отменно Иссидоро! Просто класс.

Иссидоро с остатками приготовленной пасты вышел в подсобку и торжественно отведал.

- Ну как, скажи?

- Мульто бенне.

- Ладно, сделай побольше в следующий раз. Все хотят попробовать.

Случай представился очень быстро. Сеньор Гвидо Орсини с подругой также решили отведать новое блюдо. Иссидоро приготовил две большие порции и часть унес в подсобку, где ожидал народ, в предвкушении нового итальянского шедевра. Адам, до работы в этом ресторане, относился к пасте, как вообще в России относятся к макаронным изделиям. Не так чтобы еда для бедных, но явно не изыски мировой кулинарии. Теперь, перепробовав множество соусов и приготовленную пасту по всем правилам, он стал понимать и ценить хорошо приготовленное блюдо с различной пастой. А уж что касается с море продуктами, то это явно экстра-класса блюда.

Он слышал, что, в начале века итальянцев презрительно называли макаронниками и не принимали, как и евреев в обществе. Но нравы давно изменились. Из бедных иммигрантских семей выросли образованные и преуспевающие американцы во всех сферах деятельности. В кино, в бизнесе, в политике. Итальянская кухня стала вероятно, самой популярной. Рецепт пиццы, привезенный американскими солдатами из Италии, после второй мировой войны, лет двадцать добивался популярности и наконец стал национальной едой номер один.

Глава 20

Звездный водопад

Вся последующая неделя была отмечена звездами, засиявшими на небосклоне Орсини'с. Первым из блестящей плеяды, появился за ужином со своим агентом Сэмми Дэвис Джуниор. Этот блестящий музыкант, чечёточник и певец в жизни оказался очень веселым и смешливым. Он шутил направо и налево, отвечал на вопросы. Был доступен и прост. Этот небольшого росточка, чернокожий человек, абсолютно не кичился своей славой и охотно рассказывал о своей дружбе с великим итальянцем Френком Синатрой.

- Это мои друзья итальянцы приучили меня есть пасту. Что я буду есть сегодня?

- Пенне а-ля водка, мистер Дэвис.

Это был Иссидоро.

- Ты можешь называть меня просто Сэмми Джуниор.

Весь вечер только и разговоров было о талантливом певце и актере. Дома Адам рассказал Нате о звезде, но она восприняла это достаточно прохладно. Вообще последнее время она много раз плакала и это случалось после каждого разговора с родителями. Так было и в этот поздний вечер.

- Чего хотят твои родители?

- Они хотят, чтоб я поехала в Калифорнию. Там в городе Сан Диего живут их лучшие друзья. Я их хорошо знаю. Мы все вместе дружили и все собирались уезжать. У них есть сын, мой одногодка Мишка. Мы с ним друзья. Только они уехали, а моих родителей не выпускают. Мама ушла с работы, а она работала в космической области и даже имела орден Ленина.

- Теперь понятно и неудивительно, что её не выпускают. В России все помешаны на секретности, хотя и выкраденной на Западе.

- Мама стала очень религиозной и плачет каждый день. Она обвиняет себя, за то, что отпустила меня одну. И еще за то, что поверила этим людям с Лонг Айленда.

- Да, это было очень наивно. Может расскажешь, что произошло?

- Они дружили с нашей семьей. Мы переписывались и однажды они приехали в Москву. Они жили у нас. Мама с папой делали все, что они просили. Мы и потом с ними переписывались, и они предлагали отпустить меня к ним. У них две дочки моего возраста, и они писали, что я стану третьей дочерью.

- О, святая простота. Это же просто красивые слова.

- Так и оказалось. Когда я приехала, то через несколько дней они сказали, что мне надо переехать в общежитие архитектурного института на Лонг Айленде. Они отвезли меня туда, но оказалось, что мест в общежитии уже нет и мне надо снять с кем-нибудь комнату поблизости. Вместе с одной черной девочкой мне сняли комнату и оформили студенческий кредит, на который я должна была жить и платить за квартиру, и учебу.

- Пока все не так страшно, ну а дальше.

- Потом они дали мне 50 долларов и уехали, а перед этим сказали, что они копили деньги для своих детей и эти деньги предназначены для их обучения в колледже.

- Ну, единственное в чем их можно обвинять, то в том, что они трепали языком твоим родителям. Почему было просто не сказать, присылайте дочь, и мы ей поможем устроиться. А вся эта трепотня про третью дочь и прочие сладкие обещания, это просто пустое американское бахвальство. Жаль, что твои родители оказались такими наивными.

- Мама очень расстраивается и корит себя за все. Мои классы были в такое время, когда работала столовая, а когда я выходила все было закрыто.

- Бедная девочка, ты просто голодала. Если я правильно понимаю, твои родители хотят, чтоб ты поехала к их друзьям в Калифорнию? Они им доверяют и уверены, что там для тебя будет лучше.

- Да они так думают.

- А что случится, если эти друзья окажутся не совсем такие замечательные?

- Нет, это самые лучшие друзья нашей семьи. Мы дружим много лет.

- Знаешь, что я думаю? Твои родители не успокоятся. Они очень за тебя переживают. Про меня они знают только одно, что я тебя старше на 20 лет. Это не самая лучшая характеристика. Мне кажется тебе надо съездить в Калифорнию. Посмотришь, что и как. Если окажется что все не так красиво, сразу вернешься обратно. Я работаю с утра до вечера. Ты дома одна. Твои разговоры каждый день с родителями кончаются слезами с обеих сторон. Они думают, что есть выход для тебя. Ты будешь под присмотром друзей в Калифорнии, а тем временем они добьются выезда за рубеж и все кончится счастливо.

- Ты хочешь, чтоб я уехала?

- Нет, но, когда все вокруг плачут, жизнь становится кошмаром. Поживи там какое-то время. Есть телефон и можем постоянно общаться. Все можно переиграть в любой день.

Это было непростое решение для обоих. Адам понимал, что может потерять её навсегда, но жить в таком постоянном стрессе и слезах, тоже может закончиться печально. Как человек взрослый он понимал, что её родителей не выпустят скорее всего никогда. Но говорить ей об этом он не мог. Даже самая призрачная надежда, увидеть своих маму и папу, давала ей силы жить и ждать. Они решили, что Ната полетит в Калифорнию и там будет ждать приезда родителей. Они отправили на этот адрес свою библиотеку и Адам должен будет переслать книги в Калифорнию. Так и порешили. Они заказали билет на самолет на воскресенье и каждый вечер обсуждали как все будет. Ната сообщила родителям радостную для них новость, и сама стала веселее и счастливее.

На следующий день в ресторане Орсини'с ждали на ужин именитого актера Кирка Дугласа. Адам видел в России фильм "Спартак" с его участием. И мужчины, и женщины восхищались красивой ямочкой на его подбородке. Он был уже в приличном возрасте, но прошел по ресторану держа спину абсолютно прямо. Кто-то из ребят сказал Адаму:

- Он из ваших.

- Что значит из наших? - Не понял Адам.

- Тоже еврей, а родители из России.

- Спартак еврей? Не может быть.

- А ты почитай.

Адам всегда говорил, что он еврей. Но его все упрямо звали, русский. Нино сказал, что еврей - это религия. Адам утверждал, что еврей - это национальность.

- В России в паспорте, в графе национальность написано было у меня - еврей.

- Это в России, а в Америке еврей тот, кто соблюдает еврейские религиозные законы. Так что все, кто приехал из России, русские.

Адам и впоследствии сталкивался с таким мнением и просто перестал спорить. А какие они евреи, ему предстояло еще увидеть.

К концу недели какое-то итальянское сообщество зарезервировало весь ресторан на вечер. Был накрыт фуршет, то есть выставлены легкие закуски, канапе, малюсенькие бутерброды с разнообразными продуктами, кубики различных сыров с воткнутыми палочками с флажками, маслины и прочее... Адаму сказали, что будет опен бар с 18:00 до 19:30.

- Иссидоро, а что такое опен бар? - Тихонько спросил Адам.

- Это значит все включено и люди могут заказать все что хотят в баре и сколько раз хотят. Только убери самые дорогие коньяки и шампанское.

- А потом?

- Все сядут за столы, и мы будем сервировать сначала пасту, а потом вителло. Вина я приготовил. Белое у тебя в холодильнике, а красные сейчас принесу. Или лучше пойдем со мной, ты мне поможешь.

Они спустились в подвал и Иссидоро открыл дверь в комнату, которую раньше Адам и не видел.

- Это ликер рум. Здесь хранятся запасы алкоголя. Видишь вся комната уставлена коробками с алкоголем.

- Сегодня мы сервируем Амароне, фирмы Бертани. Это очень дорогое вино. У нас будут высокие гости и даже Джина Лоллобриджида.

- Та самая? Из фильма «Фанфан Тюльпан»? И "Собор Парижской Богоматери", и многие другие. Да я помню её и Энтони Куинн в роли Квазимодо. Вот не думал, что увижу такую красавицу в жизни.

- Сегодня увидишь, бери коробку и пошли.

Народ начал собираться не спеша. Подходили к бару, заказывали дринк и переходили из группы к группе, здоровались со знакомыми и закусывали у фуршетного стола. Адам ждал Джину Лоллобриджиду. Её подвел к бару сеньор Армандо Орсини. Нино говорил Адаму, что Армандо жуткий бабник и дамский угодник. Сеньора Лоллобриджида, несмотря на возраст, была все еще очень хороша. Названая не однажды, самой красивой женщиной мира, она сохранила великолепную осанку и, конечно, знала себе цену. Армандо галантно усадил её за барную стойку и предложил заказать что-нибудь. Джина улыбнулась Адаму и на абсолютно чистом английском попросила бокал красного вина. Пока она общалась с Армандо, то и дело откликаясь на многочисленные комплименты со всех сторон, Адам украдкой рассматривал её, сидевшую так близко. Вероятно, ей за пятьдесят и выглядит типичной итальянской матроной. Красива, нет слов, даже великоватый нос её не портит. Жаль нельзя сфотографироваться с кумиром молодости, но все равно очень приятно и будет чем похвастаться.

Наступило воскресенье, и пора было ехать в аэропорт. От Гранд Сентрал отходили автобусы до Джей Эф Кей. Адам и Ната сидели молча и каждый переживал и не знал, что еще, можно сказать. Они говорили об отъезде всю неделю и вот, это время пришло.

- Мы много раз говорили, если будет плохо, позвони и я за тобой приеду!

Она молча глотала слезы, страшась и расставания, и боясь за родителей. Объявили посадку на самолет. Они постояли, молча обнявшись и Ната пошла на посадку, оглядываясь и махая рукой. Оставшись один Адам почувствовал какое-то облегчение.

Нет, все правильно. Иначе она бы чувствовала себя несчастной. Её родители звонили бы постоянно и требовали, чтоб она ехала к этим неизвестным друзьям. Толку бы никакого не было, и я был бы во всем виноват. Поживем увидим. Мне надо думать о том, как уйти в бизнес. Время проходит и я, ничему новому у Орсини'с не научусь. Как говорил Джино:

- В Америке, если хочешь быть в бизнесе, самое главное, развивать кредитную историю. Только в банке ты сможешь получить кредит на бизнес. Сначала берешь небольшую сумму и погашаешь её точно в срок. Затем сумму побольше и снова погашаешь в срок. Очень важно платить вовремя. Сделаешь ошибку и вся твоя кредитная история насмарку. Возьми карты кредитные на заправочных станциях, в департамент сторах, то есть в крупных универмагах и постепенно ты обрастешь кредитной историей.

Адам понимал, что Джино был прав. Своих денег нет и занять кроме банков негде. Сейчас, когда он остался один, он может рисковать, не боясь потерять и работу, и такое шаткое благополучие. С Натой все было гораздо сложнее. Он был обязан принести домой деньги за квартиру и еду на стол. У него уже были какие-то кредитные карты, он дважды брал небольшие деньги в банке и рассчитался полностью.

Дело осталось за небольшим. Решить какой бизнес он хочет открыть и сколько денег ему понадобится?

Глава 21

Встречи в Нью Йорке

Адам уже тяготился работой в Орсини'с. Ничего нового он подчерпнуть там уже не мог. Ему хотелось двигаться вперед, но толкового плана, как и какой бизнес, да еще с минимальными средствами, пока не было. С Натой тоже все было непонятно. Они часто разговаривали по телефону и Адам понимал, что там тоже не все идет блестяще. Ната устроилась на работу чертежником, в какую-то компанию. Ей сняли квартиру, но Миша, сын друзей, тоже хочет жить самостоятельно, отдельно от родителей. Они усматривают в этом дурное влияние Наты и жалуются её родителям. Миша пошел работать в "Макдональдс" и купил старенькую машину без ветрового стекла. Они ездят на этой машине в очках от солнца. Все это было бы очень смешно, если б не так печально. Ната говорила, что её мама совсем пала духом и плачет каждый день. Адам скучал о Нате и думал о том, что надо поехать в Сан Диего, посмотреть, как там она и скорее всего просто привезти её обратно в Нью Йорк. Родители смирятся рано или поздно. Как он и думал, ничего хорошего от этого переезда, ждать было нельзя.

Поздно вечером позвонил Алик.

- Привет! Как дела? Я тебя не разбудил?

- Нет, все нормально. Я не очень давно пришел с работы.

- Так поздно? А где ты работаешь? Наверно в ресторане?

- Угадал. Да уже надоело. Надо что-то свое думать. А ты откуда звонишь?

- Угадай? Да мы уже все в Нью Йорке. Сняли квартиру в Боро Парке.

- Я слышал, что это религиозный еврейский район Бруклина.

- Точно. У нас есть здесь знакомые. Они и помогли снять квартиру. Мы хотим пригласить тебя на новоселье. А то уж давно не бухали вместе.

- Это точно. Расслабиться бы неплохо, но я могу только в воскресенье.

- О чем речь? Давай в воскресенье. Записывай адрес.

Он продиктовал адрес, и они договорились о встрече.

Утром, по дороге на работу, Адам столкнулся нос к носу с приятелем, которого не видел много лет. Тот был с товарищем.

- Директор! Привет, я слышал, что ты в Нью Йорке. Знакомься, Вилли Фримен, слышал про такого?

- Витя привет! Про Вилли, конечно, слышал. А вы же ребята работали в ресторане "Невский", Вилли шефом, а ты замом.

- Директор, ты правильно сказал, работали. А теперь мы в Америке.

- Брось ты это, директор. Я теперь работаю в ресторане "Орсини'с", барменом.

- Барменом тоже неплохо, а мы пока еще без работы.

- Витя, если хочешь я поговорю с боссом. Может ему нужен повар? Давайте обменяемся телефонами, и я позвоню если что-то узнаю.

Они обменялись телефонами и Адам поспешил на работу. По дороге он не переставал удивляться тому, что все пути пересекаются в Нью-Йорке. Виктора он знал много лет. Тот работал поваром на пароходе, "Пушкин" и ходил в загранку. Он хорошо зарабатывал и смог купить себе и брату Юре, тоже повару, автомобили Волга. Затем он работал поваром у посла в Индии и даже побывал поваром в Антарктиде. В Ленинграде все знали братьев Петуховых. Старший закончил институт и работал заместителем директора в престижном ресторане "Советский". Про Вилли Фримена, самого молодого шефа ресторана "Невский", много говорили в ресторанных кругах. Они слышали друг о друге, но познакомились только сейчас. Адам помнил о своем обещании и при первом удобном случае, спросил у сеньора Армандо Орсини, не нужны ли ему повара на работу.

- Он же русский повар. Я могу поговорить с хозяйкой Рашен Ти Рум, ресторана. Мое здание и её стоят спиной друг к другу. Я её хорошо знаю.

- Спасибо, сеньор Орсини.

Это было бы здорово. Адам читал о престижном и очень дорогом Нью Йоркском ресторане, Рашен Ти Рум. Он располагался на вест 57 стрит и находился дверь в дверь с известным Карнеги Холл.

Ресторан был основан выходцем из России в 30х годах 19 века. Это была чайная комната, для русскоязычных эмигрантов, артистов и музыкантов, обитавших в Нью Йорке. Название "Русская Чайная Комната", сохранилось, в английском варианте, а бедных артистов, сменили богатые и знаменитые. В 40-е годы в ресторан нанялась на работу в чек рум, молодая и симпатичная американка из средних штатов. Хозяин не устоял перед молодостью и энергией, и она после его смерти, стала хозяйкой не только престижного ресторана, но и четырехэтажного здания в котором он располагался. На следующий день, сеньор Армандо вручил Адаму записку к владелице ресторана и номер телефона.

- Твой друг может позвонить и назначить апоинтмент. Удачи.

- Спасибо Вам, сеньор Орсини. Я все передам.

В перерыве он позвонил Виктору.

- Привет! Ты слышал про ”Рашен Ти Рум”, ресторан?

- Ну слышал, а что?

- Есть шанс убить медведя. Мой босс договорился с хозяйкой ресторана, у меня есть её телефон. Надо позвонить и заказать апоинтмент. Пиши номер. А за запиской подойди к ресторану. Я работаю целый день.

Вечером Нино вызвал Адама в вестибюль.

- Тебя там какие-то русские зовут. На улице стояли Виктор и Вилли.

- Привет ребята! Вот записка к хозяйке. Витя ты рад?

- Не знаю. Посмотрим, как оно получится.

- Мне босс сказал, что она хочет взять одного русского повара, потому что у нее работают одни испанцы.

- А как я с ними буду говорить? У меня английский ноль. А там еще испанцы.

- Ты же повар. Покажешь, как надо готовить русские блюда. Все, удачи!

Адам вернулся за бар, но его не оставляла мысль о том, как Виктор может быть таким пассивным. Ему представляется шанс поработать в одном из лучших ресторанов Нью Йорка, а он такой равнодушный. Впрочем он всегда был меланхоликом. Мое дело маленькое. Хочет, пусть работает, а нет так нет.

В воскресенье Адам отправился в гости. Что подарить на новоселье? Это вопрос не праздный. Наверно что-то из кухонной посуды, всегда пригодится. Адам, с подарком в большом пакете доехал на сабвее до 13 авеню, Боро парка. Когда поезд подходил к этому району в вагоне набралось много мужчин в черных костюмах и черных шляпах. Понятно было, что все они относятся к религиозным евреям. У всех были бороды, и они говорили между собой, на абсолютно непонятном Адаму языке. Когда все вышли наверх, Адам увидел сплошное море черных костюмов и шляп. Женщины были одеты в длинные, до земли темные платья, с головами перевязанными темными платками. Дети были одеты так же, как и взрослые. Девочки похожие на матерей, а мальчики без черных шляп, но с кипами на курчавых головах. Адам почувствовал себя неловко, с непокрытой головой и яркой одеждой. Но никто не обращал на него внимания. Он осмотрелся и двинулся вперед, сверяясь с записанным адресом.

Его встретили как дорогого гостя. Стол был накрыт, и все рассаживались как кому понравилось. Адам поздоровался с хозяйкой дома, и вручил ей подарок, Женя с женой и взрослым сыном приветствовали Адама, как старого друга. Адам сдружился с Аликом во время подготовки к отъезду. И был рад видеть всех ленинградцев на этой, пока еще новой для них земле. Выпито было много, еще больше сказано и все разговоры вертелись вокруг работы и возможного бизнеса.

- Надо копить деньги ребята, это сейчас самое главное.

- Адам, а где твоя подруга, которая отвечала на телефон?

- Она сейчас в Калифорнии, гостит у друзей.

- Ну ты же нас познакомишь с ней, когда вернется?

- Конечно, познакомлю и за столом посидим. Как ваши соседи? Ничего, что вы не религиозные?

- Все хорошо. Только в субботу просят не шуметь и не ездить на машине.

Алик пошел провожать Адама до метро.

- Ты в порядке? Доберешься без проблем.

- Не бери в голову. Не последний раз замужем. Что мы первый раз пили?

- Не дай бог! Не первый и не последний. Давай соберемся, когда твоя приедет?

- Заметано. Вот как приедет и соберемся. Отметим и погуляем.

Адам едва не проспал пересадку на свой седьмой поезд сабвея и потом старательно тер лицо чтоб не уснуть. Дома он набрал телефон Наты.

- Привет, это я, Адам! Ты меня помнишь?

- Что с тобой? Ты в порядке?

- Я в полном порядке. Был в гостях у Алика. Помнишь я тебе о нем рассказывал? Мы подружились перед отъездом из Ленинграда.

- Я помню, ты говорил, что вы все время выпивали.

- Да, точно это он. Они переехали в Нью Йорк и хотят с тобой познакомиться.

- Со мной? А откуда они про меня знают?

- Ты же с ним говорила по телефону, и они про тебя спрашивали.

- Да, я помню, он звонил. Но я теперь в Калифорнии.

- Я хочу приехать и тебя навестить.

- Ты серьезно?

- Да, очень серьезно. А ты не хочешь, чтоб я приехал?

- Почему? Хочу, но это так неожиданно.

- Я завтра отпрошусь на работе и позвоню тебе, когда приеду. Все, целую, пока, пока.

Адам повесил трубку и завалился, не раздеваясь спать. Он проснулся с головной болью, от звона будильника. Горячий душ привел спутанные мысли в относительный порядок.

Выпили много. Это не удивительно, раньше пили и больше.

“- Толи форму потерял, толи водка другая, но головка бо-бо. - думал про себя Адам.- Я же вчера Нате звонил и сказал, что приеду. Вот уж истинно, что у трезвого на уме, то у пьяного на языке. Ну все, сказал, обратного хода нет. Надо отпрашиваться с работы.”

Но прошло еще больше недели, прежде чем он собрался. Приехала сестра Соня с сыном Джоном и Адаму нужно было их встретить и поселить у себя на несколько дней. Наконец они сняли квартиру и Адам помог им перебраться и устроиться на новом месте. Наступил день отъезда и Адам был весь в нетерпении и ожидании встречи, которая могла изменить всю его жизнь.

Глава 22

Сан Диего

Полет от Нью Йорка до Сан Диего, Калифорния занял 5 часов. Адама отпустили на три дня и учитывая дорогу туда и обратно, по сути выходило 2 дня. Адам посмотрел карту города и был удивлен, тем что он второй по величине город, штата Калифорния и самый старый на этом побережье. Понятно, что его меньше всего интересовали туристические подробности, а основная задача, которую он должен был решить, что делать дальше? Если её жизнь складывается более или менее удачно, то правильно не мешать и оставить все как есть. Если же она хочет быть с ним, тогда надо не обращать внимание на то, что говорят её родители, тем более что сейчас уже никого не выпускают и забирать её в Нью Йорк.

Ната встретила его в аэропорту. С самого начала все было практически понятно. Ната не скрывала слез. Здесь была и радость встречи, в которую уже не верилось и слезы горькие одинокой девочки, практически потерявшей надежду увидеть родителей. Жизнь не была привлекательной и доброй, а наоборот, жестокой и несправедливой. Безоблачное счастливое детство, в окружении любящих людей, вдруг превратилось в чужую. взрослую и совсем холодную, подчас несправедливую жизнь. Весь первый день и ночь они проговорили, пытаясь выговориться за долгое расставание.

- В общем все ясно. Жить здесь бессмысленно. Работу чертежника, если захочешь и в Нью Йорке можно найти. Родители, когда приедут, найдут тебя и там. Я возвращаюсь послезавтра и буду искать квартиру побольше.

- А ты не можешь побыть еще подольше?

- Мне и эти три дня не хотели давать, а ты говоришь. И чего здесь делать?

- Можно съездить в Дисней парк. Там так красиво.

- Если хочешь поедем, мне в общем всё равно.

- Ой, как здорово! Завтра поедем. Туда ходят электрички и там так замечательно.

На следующий день они действительно поехали в этот великолепный парк. Ната была веселой и оживленной. Ей все нравилось вокруг.

Адам смотрел на её оживленную физиономию и думал, что она действительно еще совсем ребенок. Она росла в любящей семье, рисовала картинки, ходила в школу, а затем в институт и жизнь была один большой и веселый праздник и люди все славные и милые. Пусть так и будет и не нужно её нагружать этой тупой, взрослой, подчас очень грубой правдой жизни.

Они гуляли, ели бананы, катались на каких-то аттракционах, а Адам думал о том, как сделать так, чтоб она не плакала, а хоть иногда веселилась и радовалась как сегодня. Время пролетело как один день. По дороге в аэропорт они в который раз, проговаривали как все будет.

- Тебе надо уволиться и получить расчет. Предупреди хозяев квартиры что ты отживаешь депозит. Родителям, я бы не сообщал, а объяснил бы уже в Нью Йорке.

- Нет, я так не могу. Мама будет плакать. Я не хочу её расстраивать.

- Она всё равно расстроится и будет тебе запрещать уезжать, и ты тоже будешь плакать и на этом все кончится.

- Нет Адам, ты не знаешь мою маму. Если я ей скажу, что мне так будет лучше, она не станет возражать, а скажет делай как лучше для тебя.

- Я не буду с тобой спорить. Сразу позвони, как поговоришь с родителями. На том и порешили. Расставание вышло не таким грустным, а даже наоборот, очень оптимистичным.

- Ната, сразу позвони мне, хорошо?

- Конечно, я сразу позвоню. Какой ты странный.

- Просто я за тебя переживаю.

В самолете Адам долго перебирал все, о чем они говорили и строил планы на будущее. Первое, надо найти апартамент побольше и повеселее. Надо поспрашивать на работе. Потом найти ей какое-то занятие, а то сидя дома можно с ума сойти. Одна эта история с родителями, способна свести с ума любого человека и превратить в мизантропа. И работу пора менять. Надо зарабатывать побольше. Купить машину и вообще жить повеселее. Ей всего 20 лет и конечно хочется веселья и каких-то развлечений. Он проснулся в Джей Эф Кей и поспешил на выход, на автобус до Гранд Сентрал. Апартамент показался ему угрюмым и мрачным. Все ищу новую квартиру, где повеселее и посимпатичнее.

На работе Адам расспрашивал всех, кто где живет и спрашивал у всех совета. Все сошлись на том, что Форест Хилс в районе Квинс, наиболее отвечает запросам Адама.

- Там очень чисто, красиво и спокойно. Сабвей есть, остановка 73 стрит и Квинс бульвар.

- Поезжай туда. Походи, погуляй и смотри, что тебе понравится, - сказал Нино. Адам решил, что он так и сделает в ближайший выходной. На работе произошли изменения. Жена Иссидоро уехала в Италию. Они купили дом в Неаполе, откуда Иссидоро был родом. Все приставали к нему сколько он заплатил за дом, а когда узнали, ахнули. Почти пол миллиона долларов, наконец признался он и все кэш. Это значит наличными.

- Откуда у тебя столько денег?

- Я двадцать три года работаю в Орсини'с. Деньги не тратил, а копил. Нино тоже купил дом в Астории, в Квинсе. Сколько стоит твой дом Нино?

- Сегодня он стоит примерно 500 тысяч, но ты не сравнивай. Во-первых, я взял кредит и еще плачу. Во-вторых моя жена работает и сын тоже. Так что, я за этот дом, отрабатываю сполна.

- А кто в прошлом месяце купил жене кольцо с бриллиантом?

- Ну я, она это заслужила, а с кольцом была целая эпопея.

- Рассказывай, что за история.

- У нас в Астории, на Стейнвэй стрит, есть ювелирный магазин. Я знаю хозяина очень давно, и он меня тоже. Я попросил подобрать хороший камень для моей жены, в один карат. Ей все понравилось, но мне показалось дороговато. Он меня уверял, что камень красавец и цена недорогая. Я решил отнести кольцо на оценку. Мне сказали в Мэйсис есть оценка. Короче я туда отнес, заплатил сто долларов за оценку и принес этому ювелиру сертификат.

- Ну и что дальше?

- А дальше он мне вернул семьсот долларов.

- Ну, ты Нино молодец!

- Нельзя позволять себя грабить.

- Нино, а, что такое Мэйсис?

- Это один из самых больших департмент сторов.

- Это значит универмаг, понял Адам. Второе изменение касалось Адама. Сеньор Армандо Орсини вызвал Адама в свой кабинет.

- Садись Адам. Как твои дела?

- Спасибо все нормально, сеньор Орсини.

- Ты слышал, что уезжает жена Иссидоро?

- Да, ребята говорили.

- Скажи, ты сможешь вести кассу и бар?

- Я думаю смогу, но тяжело каждый день с утра до вечера.

- Вот что я решил. Ты будешь работать только вечером, а на ланч мы найдем другого бармена. Я тебе добавлю 50 долларов в неделю. Ну как?

- Спасибо, сеньор Орсини.

- Ну хорошо, можешь идти. Как только я найду, другого бармена ты выходишь только в динер.

- Адам, зачем тебя хозяин вызывал?

- Представляешь Нино, Армандо хочет, чтоб я работал и кассиром, и барменом и добавляет мне аж 50 долларов в неделю.

- Не может быть, а ты согласился?

- А что мне надо было сказать?

- Ну поторговаться немного.

- Прибавил бы еще двадцать пять баксов. Нет не хочу, но зато он будет искать бармена на ланч.

- Серьезно? Может я сына поставлю? Побегу ему звонить.

Все решилось к всеобщему удовольствию. Николо, сын Нино стал работать в ланч наверху, Адам приходил на работу к пяти вечера, а днем искал квартиру.

Ната позвонила с радостной вестью. Мама разрешила ей переехать в Нью Йорк, вероятно смирившись с тем, что так её дочери будет лучше.

- Я через две недели приеду. Я позвоню, когда возьму билет на самолет.

Адам понял, что надо форсировать поиски апартамента. Он присмотрел один дом на Квинз бульваре и 71 стрит. Это собственно были три высотные здания, расположенные по кольцу. Внутри кольца располагался фонтан и въезд в большой подземный гараж, на все три здания. Адам сходил в офис этих зданий и заполнил апликейшен на студию. Ему должны позвонить, как только что-нибудь освободится. Правда эта квартира была в два раза дороже, чем та в которой он жил сейчас, но оно того стоило. Когда ему позвонили и назначили день для оформления документов, Адам решил переезжать. Ему показали апартамент. Он был на шестом этаже, с окном, выходящим на фонтан. Комната была большая, светлая и абсолютно пустая. Перед ванной располагался небольшой коридорчик и ниша с полками, заменяющая шкаф.

Он был уверен, что Нате эта квартира понравится.

Глава 23

Форест Хиллс

Этот район Квинса был необычно чист, красив и люди жили тоже очень приличные. Как везде в Нью Йорке большие здания соседствовали с множеством небольших частных владений. Все было в зелени, ухоженное и не раздражало глаз облезлыми кирпичными билдингами и фабричными строениями. Три больших здания, в одном из которых Адам снял квартиру стояли на пересечении Квинс бульвара, 71 стрит и 108 авеню, подходившую под углом к самому бульвару. Это напоминало Адаму пять углов в Ленинграде. В прошлом, теперь уже далеком, Адам директорствовал над сетью предприятий общепита, объединенных по территориальному признаку и расположенных вокруг этих самых пяти углов. Чего там только не было. От ресторана и кондитерского производства, до шашлычной и пышечной. И множество мелких, напоминающих современный фаст-фуд. Списочный состав работников превышал 250 человек и Адам не всегда мог вспомнить, где он этого человека видел.

Пять углов сходившихся улиц, так и называли, и назначали свидания у пяти углов. Квинс бульвар был невероятно длинным и пересекал одноименный район от моста 59 стрит. Этот мост соединял центр Манхеттена и огромный район под названием Квинс. Во время забастовки работников сабвея, Адам изучил этот кусок Квинс бульвара от моста до 59 стрит. Как и все вокруг районы напоминали лоскутное одеяло сшитое из того что было. Ближе к мосту все строения были или складами, или бывшими или и ныне действующими промышленными предприятиями. Огромные гаражи, павильоны киностудии, просто пустые кирпичные здания представляли хаос и запустение. Линии сабвея над головой, переплетаясь расходились во все стороны, а под ними хлам и мусор. За промышленной зоной находился район, который называли Астория. Ближе к реке город настроил многоэтажных зданий, в просторечии именуемых прожект. Это были дешевые или скорее бесплатные квартиры для тех, кто имел право на пособие от государства, так называемый велфер.

Государство, стремясь помочь малоимущим, таким как латинос, то есть те, кто приехал из стран Латинской Америки, афроамериканцам и новым эмигрантам, загоняло их в капкан велфера и способствовало тому, что потом называли, потерянные поколения. Женщина, заимевшая ребенка, получала пособие до совершеннолетия последнего, а если он шел еще куда-то учиться, то и до конца обучения. Получив бесплатное жилье, бесплатные талоны на питание, под названием фудстемпы, бесплатную медицинскую страховку и множество других привилегий, они больше никогда не стремились работать и государство, соглашаясь с фактом, что после 50 лет от роду устроиться на работу невозможно, просто платило какое-то пособие до конца жизни. Понятно, что даже при желании работать, простой подсчет подсказывал, что надо зарабатывать не менее 40 000 $ в год, чтоб сравняться с доходом извлекаемом из программы велфер. И за это работать не надо, а не просто приходить в офисы, отмечаться и получать все что положено по закону. В проектах проживали социально неблагополучные семьи. Высокий криминальный уровень, наркотики и пьяные дебоши составляли неотъемлемую часть жизни прожектов. Адам проходил этот кусок всегда с большой опаской.

В Астории были и очень приличные территории, заселенные в основном греками и итальянцами. Они не перемешивались и каждое комьюнити имело свои магазины, рестораны, медицинские офисы и конечно, религиозные учреждения. Множество русскоязычных иммигрантов, стоявших на программе велфер, жили во всевозможных прожектах, разбросанных во всех районах города. Это были и пожилые люди и те, кто не мог приспособиться к достаточно жесткой американской действительности. Адам часто ссорился со своей сестрой Соней, которая получила квартиру в таком прожекте в Астории.

- Почему ты не хочешь пойти работать и попытаться чего-то добиться?

- Меня устраивает, как и где я живу. Я одна поднимаю сына и не хочу горбатиться за копейки. Я и тебе советую так жить. Вон люди разводятся официально, а живут вместе на велфер и еще бизнес имеют. В нашем доме живет Буба Касторский. Помнишь такого артиста и ничего живет.

- Актер не показатель. Чтоб сниматься в Америке надо владеть очень приличным английским. А я как помню, он уже не молодой человек.

Это действительно трагедия. Иммигрант должен быть готов делать любую работу. Не важно кто ты был там. Здесь все начинается даже не с нуля, а с минуса. Они никогда друг друга не понимали. Для Адама жизнь на велфере, это дорога в никуда. Соня не понимала его и для чего он борется, если все можно получать бесплатно, приложив минимум усилий. За Асторией, далее по Квинс бульвару, располагался район Вудсайд. По одной из улиц проходила по верху линия сабвея с маршрутом трейна номер 7. Раньше Адам жил в районе Джексон Хайтс, примыкавшему к Вудсайду. До 70-х годов там проживали американцы среднего достатка и район считался достаточно благополучным. После семидесятых район стали заселять латинос. Иммигранты из Южной Америки, прибывшие в подавляющем большинстве нелегально, селились компактно со своими. Большинство взрослых не говорило по-английски и переправленные бандитами через Мексику, отрабатывали перевоз, что могло составлять до 10 000 долларов и затем отсылали большую часть заработанного, родителям. В тех странах пенсию старикам не платили вовсе и традиционно дети, довольно религиозные, несли свой крест, содержание стариков, безропотно. Власть знала обо всем и раз в несколько лет объявляла амнистию, тем кто уже много лет живет в стране. Доказательством могло быть свидетельство священника о посещении воскресной службы в течении нескольких лет или сохраненные гашеные конверты с марками, полученные на имя проживающего. Все от этого выигрывали. Люди получали официальный статус и не боялись депортации в случае облавы. Государство получало налоги с официально оформленных на работу людей.

Следующий кусок "лоскутного одеяла", назывался Рего Парк. Адам слышал, что его заселяют в основном выходцы из Ленинграда и бухарские евреи. Это несколько эксцентричная комбинация, абсолютно разных этнических групп, тем не менее, создала довольно большое комьюнити, несравнимое с «малой Одессой» на Брайтон Бич, но тем не менее достаточно большое. 108 авеню пересекавшая этот район была заполнена магазинами, как русскими, так и обычными. Аптека, банк, почта, различные хозяйственные и промтоварные магазины бойко торговали. Бухарские торговали золотом и коврами, ленинградцы составляли литературную элиту иммиграции. Адам давно собирался погулять по этому району и познакомиться с местными достопримечательностями.

Ната позвонила с радостным сообщением, что мама не против её возвращения в Нью Йорк и она собирается на следующей неделе прилететь. Новость действительно была хорошей и Адам решил пройтись по району Рего Парк и может быть прикупить каких-то вкусностей для Наты.

Он вышел на 108 авеню и пошел в сторону 60-х стрит. По обе стороны стояли добротные многоквартирные здания. Вокруг было чисто, всё так добротно и очень тихо. Народу на улице было мало, казалось все или спят, или просто разъехались. Так продолжалось пока Адам не вышел на перекресток 108 авеню с 63 драйв. Дальше вся 108 авеню представляла сплошные магазины по обе стороны, в одноэтажных корпусах. Вероятно, так планируют городские архитекторы. Есть зоны для жизни и есть зоны для бизнесов. Первый же магазин на углу, оказался русским магазином с приятным и простым названием, Моня. Магазин был небольшой, но набитый сверху донизу товарами из России. Эмигранты скучали по шпротам, печени трески, сайре и прочим прелестям оставленной родины. За кассой стоял небольшого росточка старичок. Это Моня решил Адам.

- Выбрали что-нибудь? - Спросил Моня.

- Я хочу погулять пока здесь, а на обратном пути зайду и чего-нибудь куплю.

- А вы не у нас здесь живете?

- Я неподалеку живу. В Форест Хиллс.

- Наверно недавно переехали. Я вас раньше не видел. Откуда будете?

- Я из Ленинграда, а раньше жил в Джексон Хайтс.

- У нас много ваших здесь живет. Сергей Довлатов частенько заходит.

- А кто это?

- Господи! Неужто не знаете? Редактор газеты "Новый Американец" большой человек. Писатель. Любит правда выпить, но кто не любит.

- А я видел только газету " Новое Русское Слово".

- Ну это газета старая. Сейчас все читают "Новый Американец". Вон на прилавке лежит.

- Хорошо. Я на обратном пути зайду и все куплю.

Адам решил обойти все магазины по этой стороне и затем вернутся по другой стороне, таким образом обозреть кто чем торгует. Рядом с Мотей располагался большой хозяйственный магазин, за ним одежда, дальше обувь. Эти все магазины не представляли для Адама никакого интереса, и он равнодушно дошел до конца квартала, скользя глазами по витринам. Он перешел на другую сторону и зашел в небольшой и полутемный овощной магазин. Здесь стояла небольшая очередь из трех человек, а за прилавком Адам увидел своего венского знакомца, Янека из Ташкента.

- Янек, привет! Помнишь меня?

- Адам! Я так рад тебя видеть.

- Я тоже рад тебя видеть. Ты здесь работаешь?

- Нет. Это мой бизнес.

- Ну ты молодец. Сделал что хотел.

Янек обслуживал людей и было видно, что ему это все нравиться.

- Адам. А ты здесь живешь?

- Недавно переехал в Форест Хиллс. А сегодня решил посмотреть кто здесь и чем торгует и вот нашел тебя.

- А как у тебя с бизнесом?

- Да никак. Нужны деньги. Я вижу твои дела идут неплохо?

- Пока очень тяжело. Я занял денег. Тут много наших. Работаю день и ночь. Сплю по 2-3 часа. Ночью еду за товаром, днем торгую. Но я очень доволен.

- Молодец долги раздашь, а там уже будет проще.

- Я тоже так думаю. Начинать всегда тяжело.

- Это точно. Удачи тебе. Я еще зайду.

Адам двинулся дальше и искренне очень завидовал Янеку. - Люди в бизнесе, а я все на дядю пашу. Надо что-то делать. Он дошел до магазина, на котором было написано, глад кошер. Адам толкнул дверь и войдя понял, что он в мясном магазине. Продавец глядел на него как-то неодобрительно. Адам понял, что он явно попал не туда и ретировался. - Что это, глад кошер? Надо будет спросить.

Пройдя мимо банка и почты, он остановился у большого помещения, где шел полным ходом ремонт. Рабочие устанавливали промышленное кухонное оборудование, а двое мужчин восточного типа наблюдали за ними и вели беседу.

- Как только закончат, надо брать специалистов и начинать работать.

- Да! - Подхватил второй. - Специалисты будут жарить- парить, а мы продавать.

Говорили с явным южным акцентом. Адаму было очень смешно их слушать. Люди, явно далекие от кулинарного бизнеса, но есть деньги и они строят. Не очень пока понятно, что это. Толи ресторан, или магазин, но, если надежда на специалистов, которые будут жарить-парить дело ясное, что дело темное.

Последнее помещение на углу, прямо напротив "Моти", называлось просто, кафе. Адам вошел внутрь. В зале стояло несколько не покрытых ничем столиков и за одним из столов, двое играли в шахматы. Больше ничего там не было и только в конце была открыта дверь на кухню. Адам подошел к дверям и увидел на кухне двоих дружков из Ленинграда. Виктора и Вилли. Работа была в самом разгаре и дым стоял коромыслом.

- Ребята, привет! Вы здесь работаете? Витя, а ты разве не в Рашен Ти Рум?

- Нет, я ушел. Там одни испанцы. Я ни хрена не понимаю, че говорят.

Адам не мог прийти в себя от изумления. Такой шанс выбросить коту под хвост.

- А сколько ты там проработал?

- Да на третий день сказал, пошли вы ... и все.

- Так это ваше кафе?

- Мы с Фрименом сняли это в аренду, кухарим и продаем в русские магазины на Брайтоне.

- А что вы продаете?

- Да все, что закажут. Фаршированные шейки куриные. Любишь?

- Нет. Это не для меня. А что еще?

- Вот сейчас видишь котел с бигусом. Хочешь попробовать?

- Ну давай, только чуть-чуть. Что это бигус?

- Попробуй, потом скажешь. Ну и как?

- Неплохо. Похоже на ленивые голубцы, но с копченой колбасой.

- Директор. Ты сам с колбасой. Это польское блюдо с копченостями и капустой.

- А кто хозяин помещения?

- Да какой-то штымп. Все нам предлагает купить за пятерку денег.

- Пять тысяч долларов?

- Он и за половину отдаст,- вмешался Вилли.

- Ребята, давайте купим на троих и сделаем здесь кафе.

- Директор! У тебя деньги есть?

- Десятку наберу. Вы на кухне, я в зале. Мы же все ресторанные работники.

- Нет. Это помещение маленькое, - сказал Вилли. Было видно, что он руководил этим дуэтом. И ему эта идея почему-то не нравиться.

- Ладно, ребята. Мне уже на работу пора собираться. Вы подумайте, и я подумаю. Я завтра днем подойду.

По дороге домой, Адам спохватился, что ничего не купил. Завтра тоже не поздно. А идея действительно неплохая. Они повара, а я могу вести зал и можно раскрутить неплохой бизнес. Надо только убедить Вилли. Похоже он не хочет быть поваром. А хочет руководить всем. Да на здоровье, лишь бы на пользу делу.

"В Рего Парке живет очень много русскоязычного народа, а ресторана ни одного нет. Они ездят гулять на Брайтон. Людям нужен ресторан. Свадьбы, юбилеи, дни рождения. Да мало ли какие события или просто встречи требуют посещения ресторана. Так что я думаю, сейчас это самое время открываться и именно здесь." Адам готовил речь, для своих будущих партнеров и хотел быть убедительным. Главный конечно Вилли, и именно его нужно убеждать. Все оказалось гораздо проще. Когда Адам произнес свою, подготовленную речь, ответ его обескуражил.

- Все хорошо, Адам. Но твои десять тысяч, не о чем. У нас денег нет. У Виктора были небольшие деньги, но он купил у Пети на Брайтоне, маленькую кондитерскую, а она сгорела. Может кто-то поджег, а может он сам оставил печь включенной, она коротнула, а бабки пропали.

- И что, никакой страховки не было?

- Ты чего Адам? Какая страховка. Подожгли и все.

- Вилли. Мне говорили, что ты круто стоял в Невском.

- А он с женой приехал. Она его на все бабки и кинула. Только машину успел купить и все. Вилли только горько усмехнулся и вышел на улицу.

- Ты знаешь Адам, как он переживал. Чуть умом не тронулся.

- Ну это не удивительно. Много денег потерял?

- Да уж. Хватает. Но он очень любил эту тварь и здорово переживал. От этого никто не застрахован. Живешь с человеком и ничего о нем не знаешь.

Вернулся Вилли и было видно, что ему эти разговоры неприятны.

- Адам, у нас есть приятель. Его зовут Лева. Он тоже хочет поучаствовать в бизнесе. Он парень с бабками. Витя его знает еще по России.

- Это точно. Он и в России вместе с братом, что-то постоянно проворачивали. А здесь он уже купил шесть такси с медальонами. А начинал с того. что сам по ночам сидел за рулем. Купил подруге салон-парикмахерскую, и она зарабатывает пятерку в месяц. Мы с Вилли были у него дома. Круто живет. Купил недавно диван за четыре штуки.

- Это все хорошо. А что он будет делать? Вы с Вилли на кухне, я в зале, а он чем будет заниматься?

- Будет бабки считать. Он это любит.

- Ребята. Если и затевать ресторанный бизнес, то нужно искать большое помещение, где можно посадить 120 - 150 человек, а для этого нужно много денег. А иначе нет смысла этим заниматься. И на твои 10 штук, Адам, бизнеса не построить.

- Я подумал, что если мы скинемся и откроем для начала кафе в этом помещении, то затем мы сможем раскрутиться на что-то большее. Но поскольку у вас денег нет, то и говорить об этом кафе смысла не имеет. Давайте встретимся все вместе, с этим вашем другом Левой и обсудим финансовую сторону. Тогда будет понятно, сколько денег есть и на что рассчитывать.

Они договорились созвониться и собраться в ближайшие дни. Адам подумал о том, что ресторан на такое количество человек, наверняка будет стоит больших денег и надо искать помещение, уже приспособленное под ресторан. То есть готовая кухня, хоть и без оборудования. Подсобные помещения, туалеты. Парковка для автомобилей и масса других крупных и мелких вещей, о которых они возможно даже не догадываются.

Глава 24

Компаньоны

Весь день Адам раздумывал о ресторанном бизнесе с ребятами вместе. Это действительно может сработать. Все профессионалы в своей области. Виктора он знал много лет, а о Вилли слышал много лестного. В себе Адам был уверен. Он знал, что на Брайтоне, русский ресторанный бизнес расцветал пышным букетом. Появились рестораны: "Садко", "Националь" и "Одесса". Сам Адам не хотел бы работать на Брайтоне. Для него одесситы, составляющие основную группу эмигрантов, проживающих в этом районе, были чересчур агрессивные и как-то очень странные. Это была какая-то своя культура, в корне отличная от ленинградской, в которой он вырос. Это не было чванством или заносчивостью, но после много месячного общения с одесситами в отеле Цум Тюркен, Адам решил держаться от них подальше. Много лет назад Адам попал в Одессу с группой кинематографистов. Где и как он к ним прибился, вспоминалось с трудом. Он с товарищем ехали отдыхать на юг и тот попросил заехать в Одессу и продать на барахолке чехлы от новой "Лады". В Одессе они пересеклись с группой молодых создателей кино. Было шумно и весело. Пили, если не по-черному, то явно по-боевому. Сначала приехали в какое-то украинское село, ну прямо Запорожская Сечь. В шесть утра Адама разбудил один из киношных весельчаков.

- Вставай, пойдем освежимся.

Справедливо полагая, что речь идет об обмывании холодной водой и чистке зубов, Адам, кряхтя от головной боли, после вчерашних возлияний, выполз на крыльцо. Картина, открывшаяся его взору, потрясала своей простотой. На крыльце стояла початая бутылка мутного самогона, три стакана и краюшка хлеба.

- Вы чего, сдурели совсем? Башка и так трещит и рученьки трясутся, а тут это...

- Ты не гоношись, выпей чуток и потом скажешь.

Дружок Адама, Сашка, уже успевший приложиться, был в прекрасном расположении духа.

- В самом деле, поправься, а потом потолкуем.

- Мы еще вчера собирались в Одессу, а уже который день бухаем в этих декорациях. Давай хоть день не попьем и поедем.

- Да все хорошо. Мы тоже завтра должны быть в Одессе. Вместе и поедем. Пей, не позорь перед селянами.

Адам хватил самогонки и почувствовал, что в желудке черти разворотили горшок с горящими углями. Пекло немилосердно и он принялся жевать и нюхать краюшку черного хлеба.

- Все, пошли к чёрту. Я больше вообще не пью. А эту сивуху даже на дух...

Понемногу жжение утихло, и голове стало немного светлее и легче.

- Мы хотели сходить на «Одесский толчкек» и продать чехлы вазовские, помнишь?

- Завтра, какой день?

- А чёрт его знает. Мы уже сколько дней здесь?

- Люди, все путем. Завтра воскресенье и барахолка работает. Выезжаем в 6 утра. Через час, полтора будем на месте.

- Ты с Сашкой можешь бухать, а я все, завязал.

 На барахолку они всё-таки попали. Такого Адам еще не видел. Там было все и были все. Ковровый ряд, хрустальный ряд. Всевозможная утварь. Одежда от джинсов фирмы "Ли" до последних платьев "из Парижа". Торговали все. Почтенные господа, шикарные дамы, профессиональные торговки и красавицы в модных одеждах. Саша и Адам шныряли в толпе с чехлами на плечах, но никого не интересовали такие мелочи. Надежды таяли.

- Скажите, это для 2103?

- Да это они.

- И сколько хочете?

- Отдам за 200.

- Даю 150 и разошлись.

- Берите, ваша взяла.

Сашка пересчитал деньги и все еще не веря в удачу они поспешно ретировались с этого удивительного торжища.

- Адам. Вот повезло. Все, можем ехать дальше.

- Я за, но ты же обещал своему дружку, алкашу встретиться. Кто он вообще такой и откуда он взялся?

- Он двоюродный брат моей благоверной. Надо позвонить и извиниться.

- Мы же еще на « привоз» хотели сходить. Говорят - это и есть Одесса.

- Хорошо. Едем на «привоз», а оттуда выезжаем дальше, иначе мы до Сочи никогда не доберемся.

"Привоз" очень напоминал Одесскую барахолку. Тоже шумно и толпы разодетого народа. Крикливые торговки, громкие базарные разборки. Они походили между рядами и решили ехать пока светло. Разговор в дороге шел об Одессе и одесситах.

- Саша, помнишь, как у нас на «кузнечном рынке»? Все тихо, спокойно. Тетки торгуют творогом и сметаной. Ну ребята в кепках «аэродром», пошумят немного, а здесь просто базар.

- Чего ты хочешь, Одесса!

Будущие партнеры ресторанного бизнеса встретились на Квинс бульваре, недалеко от дома, где жил Адам. Оказалось, что все жили неподалеку.

- Знакомьтесь. Это - Адам, а это - Лева!

Вилли решительно взял на себя руководство будущей корпорацией.

- Мы должны составить план и написать устав, кто за что отвечает. Все согласны, что ресторан должен быть в Квинсе и это должна быть русская кухня. Мы должны проводить банкеты и всякие мероприятия, по заранее согласованному меню. Мы с Виктором руководим кухней, а Адам и Лева занимаются залом.

- Меня интересует, кто отвечает за деньги. Адам, я понял, приносит десятку. У Вилли и Виктора денег нет. Я могу дать 60, ну 70 штук. Значит есть 80. Делим на четыре. Получается по двадцать штук. Адам мне будет должен 10 штук, а вы по двадцать. Когда я получу свои деньги обратно?

- Сначала компания рассчитывается с тобой, а уж потом будем делить табош.

- А если нечего будет делить? Тогда как? А Вилли?

- Лева! - Не выдержал Виктор. - Ну чего ты опять начинаешь?

- Витя. Я хочу знать. Если вдруг не пойдет, как я получу свои бабки назад?

- Я буду должен 10 штук. Значит пойду опять работать и отдавать долг.

- С Адамом ясно. А вы, Вилли и Виктор, что скажите?

- Лева! Ну чего ты опять начинаешь?

- Нет, Виктор. Он прав. Значит, мы тоже пойдем на работу и будем отдавать. Надо написать устав компании и все там прописать.

- Давайте все искать подходящее место. Все согласны, здесь, а не на Брайтоне?

Возражающих не было и на этом и порешили.

К вечеру должна была прилететь Ната, и Адам собрался ехать её встречать. Самолет приземлился вовремя и вскоре, Ната, собственной персоной, с большим чемоданом появилась в проходе. Адам был счастлив и ему казалось, что Ната тоже радовалась встрече. В такси она рассказала о своих тревогах за родителей. Она боялась, что их вообще не выпустят. Адам тоже так думал, но не хотел её расстраивать. Новый апартамент произвел на Нату ошеломляющее впечатление. Освещенный разноцветными огнями фонтан, был поистине волшебной картинкой. Высокие красивые дома и весь зеленый район сразу завоевал её еще совсем ребяческое сердце.

- Адам. Как здесь красиво. Но, наверно, очень дорого?

- Нет, совсем не дорого, - соврал Адам. Он был счастлив порадовать её, перенесшую внезапно, в своей жизни столько горьких разочарований.

- Давай ужинать. Я купил много разных вкусностей, как ты говоришь.

- Ой, как здорово! Я совсем проголодалась.

Адам рассказал ей о новых планах и пообещал познакомить со своими компаньонами. Нату мало занимали вопросы бизнеса. Она полностью доверяла его опыту и верила, что Адам знает, что надо делать.

- Но прежде, чем я окончательно завязну в бизнесе, мы съездим куда-нибудь отдохнуть. Хотя бы в Катскиллс. Это горы на севере штата Нью Йорк. Хорошо бы купить машину, но сейчас все деньги нужны на бизнес.

Ната была на все согласна. Она уже устала постоянно чего-то бояться и решать, возникающие ежедневно вопросы, что просто слушала его голос и засыпала. Адам смотрел на спящую Нату и думал о том, сколько ей пришлось за это время перенести. Теперь он будет о ней заботиться, и эта ответственность не только не тяготила, а даже наоборот принесла наконец смысл всем его поступкам и желаниям, делать для кого-то и радоваться, что это кому-то нужно.

Глава 25

Ресторан "Сизлер"

Прошел месяц. Поиски подходящего места для ресторана затягивались. Денег было отчаянно мало и найти подходящее место, которое было бы уже приспособлено под ресторан, казалось нереальным. Адам просматривал различные газеты, где есть рубрика "возможности для бизнеса", но ничего за небольшие деньги, не попадалось. Агентства недвижимости предлагали места под ресторан, но то, что искали новоявленные бизнесмены, не попадалось. За это время они несколько раз собирались вместе и собрания проходили в квартире Адама. Вилли заслужил от Наты имя "комсомольский секретарь", поскольку постоянно говорил лозунгами и громко.

- Мы должны... Наша компания должна... Устав нашей компании...

Виктор молчал и пил чай. Лева присутствовал крайне редко и только Адам и Вилли обсуждали настоящие и будущие проблемы.

- Ребята. Давайте начнем с маленького кафе. Займем у Левы десятку и потихоньку будем раскручивать, а потом уже пойдем на большой ресторан.

- Адам, пока мы будем чухаться с маленьким кафе, которое никому не нужно, кто-то откроет ресторан и второй ресторан здесь не нужен.

- Вилли, за такие бабки мы ничего не найдем, а просто теряем время.

Дни шли за днями и настроение у компаньонов заметно менялось от бравурного оптимистического к явно пессимистическому. Как вдруг однажды возбуждённый голос Вилли в телефоне, сообщил благую весть.

- Есть ресторан на Квинс бульваре и 58 стрит. Там был "Сизлер", большой ресторан на 200 мест. Он закрылся и сдается в аренду. Посредник требует месячную аренду $4500, и он сведет нас с владельцем.

- Вилли, это здорово! А если мы не договоримся? Плакали наш бабки?

- Ну да. Но он по-другому сводить не хочет. Говорит, что тот готов сдать хоть сегодня. Нам надо пойти посмотреть и если подходит, то брать.

- Звони Леве и договаривайся о встрече. Все договорились собраться у брокера к 16:00.

Компаньоны пришли вовремя и вновь решили обсудить все за и против.

- Адам. Ты был там? Посмотрел здание снаружи?

- Да. Я был. Снаружи все нормально. Большое одноэтажное здание. Был действительно ресторан. Есть парковка. А что внутри, надо смотреть.

- Мы тоже все вместе там были. Почему он закрылся непонятно. Вообще, "Сизлер" - это сеть ресторанов. Или сеть закрылась или этот один, неясно.

- Надо посмотреть внутри и тогда будет более, менее понятно, сколько денег понадобится? А почему закрылся, нам всё равно. У нас будет русский ресторан и своя клиентура. В основном закрытые мероприятия.

- Вилли, ты, конечно, прав. Надо посмотреть внутри. Пошли к брокеру. Они гурьбой ввалились в агентство недвижимости.

- Проходите господа, рассаживайтесь.

- Меня зовут Аллан. Я представляю интересы владельца. Вы осмотрели здание снаружи?

- Да, мы посмотрели. А вы можете рассказать, почему они закрылись?

- Причина самая банальная, плохое управление и естественно, финансовые проблемы. Они всем должны и не платили рент за три месяца. Могу я спросить, что вы хотите там делать?

- Давай Вилли, рассказывай!

- Мы все профессиональные рестораторы. Я и Виктор шефы. Адам - менеджер. Лева занимается финансами. Здесь в Квинсе, проживает большое комьюнити россиян. Мы хотим открыть ресторан для них. Не только, конечно для них, но это будет ресторан с русской кухней. На каких условиях мы можем это арендовать?

- Смотрите. Я уже с кем-то говорил. Арендная ставка 4,5 тысячи первый год. Каждый год повышение, с поправкой на инфляцию. Сроком на пять лет с пролонгацией по взаимному желанию. Все остальное в стандартном договоре аренды. Вы получаете ключи после подписания договора и внесения оговоренных сумм на счёт владельца. Оплата моих услуг в это не входит и оплачивается в размере месячной аренды до осмотра и при подписании конфиденциальность полученной информации.

- А что означает эта самая конфиденциальность?

- Это значит, если вы не согласны сейчас на аренду помещения, то лендлорд имеет право предложить это другим партиям, а вы обязуетесь не разглашать условия сделки.

- А когда мы должны внести деньги за ваши услуги?

- До того, как мы пойдем осматривать помещение.

- А если оно нам не подойдет.

- Сегодня вы сможете получить свои деньги обратно.

- А завтра?

- Только сегодня. Если вам это не подходит, лендлорд имеет право предложить это следующему соискателю.

- Мы хотели бы пообщаться.

- Пожалуйста. Я могу вас оставить в этой комнате.

- Нет спасибо. Мы выйдем на улицу.

- Ну, господа! Что будем делать? Кто что предлагает. Что ты, Адам?

- Я думаю надо пойти посмотреть. Пока мы ничем не рискуем. А ты Лева?

- Вы решайте. Я в этом бизнесе не понимаю, а за бабки отвечают все.

- Витя?

- Да пошли, посмотрим, а если нет, так нет. Вилли, давай решай.

- Значит, все согласны? Платим 4,5 штуки и идем смотреть. Потом будем решать. Лева, ты бабки принес?

- Я принес, но смотрите, отвечаете вы.

- Аллан мы хотим посмотреть помещение, вот здесь 4,5 тысячи баксов.

- Хорошо. Я звоню лендлорду. Он будет здесь через 10-15 минут. Пока мы все подпишем договор конфиденциальности. Мне нужны ваши имена.

- Вилли Фримен.

- Виктор Петухов.

- Адам Гарбов.

- Лев Шмит.

- Очень хорошо. Поставьте свои подписи и можете подождать лендлорда здесь или на улице.

Друзья вышли на улицу. Разговор как-то не клеился. Первые отданные деньги, превратили намерения в серьезный поступок и стало ясно что наступил момент, за который придется отвечать. Уже нельзя будет отмахнуться или отшутиться. Еще был шанс все вернуть вспять, но никто не хотел отступать, или признаваться в своей слабости. Мимо них в офис прошел невзрачный человек, небольшого роста и одетый как чернорабочий.

- Ребята. Это кто сейчас был?

- Витя, тебе не всё равно кто здесь ходит?

- Да нет, это точно лендлорд.

- Не гони, это просто работяга.

 На улице появился Аллан.

- Господа, прошу, заходите.

- Ну, что я говорил?

- Прошу знакомиться. Господин Майкл Блюм, ваш будущий лендлорд. Возможно. Он засмеялся, довольный шуткой. Я рассказал мистеру Блюму о ваших намерениях, и они ему нравятся. Если все готовы, мы можем отправиться и осмотреть ваши будущие владения. Алану было весело, возможно неплохой заработок, сделал его день легким и приятным. Офис располагался неподалеку от здания ресторана. Мистер Блюм вытащил связку ключей и открыл входную дверь.

- Электричество отключила компания Кон Эдисон, за неуплату, но у нас есть мощный фонарь и можно все осмотреть. Только очень осторожно. Туалеты и служебные помещения внизу, но я думаю, что сейчас это не важно. Идите за мной и очень осторожно. Они шли за лучом света от фонаря и реально было мало что, можно было увидеть.

- Вот помещение кухни.

Они прошли в помещение, отгороженной стойкой. Вот труба, идущая на крышу. В луче фонаря было видно переплетение труб и проводов, оставшихся после демонтированного оборудования.

- Мистер Блюм. А куда все оборудование делось?

- За ними осталось много долгов. Все оборудование было продано с аукциона и вывезено. Но все цеха и вспомогательные помещения остались. У них были все разрешения от департамента здоровья и все было построено по проекту в соответствии с нормами. Ну все, мы можем выйти на улицу.

- Господа! У вас есть время подумать. Держите связь с Алланом. Он знает где меня найти. Хорошего дня.

- Ну и что будем делать? Это был неугомонный Вилли, но все упорно молчали, не решаясь взять на себя хоть какую-то ответственность.

- Давайте пойдем в кафе, выпьем по чашке кофе и каждый скажет, что он думает.

- Виктор, давай начнем тебя.

- А мне чего? Я как все. Если пойдем так пойдем, а нет, так нет.

- Лева, ты что думаешь?

- Ребята. Я говорил, что я в этом бизнесе не понимаю. За бабки отвечают все.

- Адам, давай ты.

- Я думаю, что это место, наш единственный шанс. Плохо что не было света и непонятно какой ремонт нужен. Но это был довольно известный ресторан. Значит все инженерные коммуникации там есть. Оборудование можно купить б/у и ремонт сделаем сами, а что не сможем, наймем наших. Решать нужно сегодня иначе мы попадем на 4,5 штуки баксов. А ты сам, Вилли, что думаешь?

- Я тоже думаю, что это хороший вариант и нам надо идти, но я уверен, что мы можем немного сбить цену за аренду. У этого лендлорда, наверняка нет выбора и мы можем предложить 4 250 за первый год.

- И чего мы добьемся? Сэкономим 250 баксов в месяц. А если он не согласится? И чего будем делать? Просто испортим отношения.

- Адам. Я тебе гарантирую, согласится. А 250 в месяц - это 3 штуки баксов в год. Они еще долго спорили, но переубедить Вилли, было невозможно.

- Пошли к Аллану, скажем что мы согласны и возьмем телефон лендлорда. Я ему позвоню и сделаю предложение. На том и порешили. Адам целый день думал о том, что произошло. Возможно Вилли прав и можно немного сэкономить. Завтра все будет ясно.

На следующее утро раздался телефонный звонок. Это был Вилли.

- Представляешь, я этому лендлорду позвонил вчера и предложил, как мы договорились. Он сказал, что подумает. А сегодня позвонил Аллан и сказал, что лендлорд подписал контракт с другим претендентом. Теперь мы должны Леве по 1,250 баксов. Вот сволочи. Адам повесил трубку, чтоб не сказать, что он думает о Вилли в частности.

- Нет, Ната ты представляешь какой идиот? Я ему вчера все об этом сказал. Из-за говенной скаредности, мы профукали бизнес и еще потеряли бабки.

- Может это к лучшему. Этот комсомольский секретарь, с его гоношливостью, мог и бизнес довести до ручки. Это недорогая цена за урок.

Можешь быть она права, и бог пронес меня мимо еще худшей беды? Все. Я не хочу больше с ними общаться и буду строить бизнес сам.

Глава 26

Монреаль

После твердого решения не иметь никаких партнеров Адам решил побаловать Нату и себя и купить автомобиль. Неподалеку от их жилья находилась дилерская стоянка подержанных машин. В один из дней они отправились туда посмотреть, а может быть и выбрать себе недорогой автомобиль. Адам рассчитывал потратить около 3 тысяч долларов. Они обошли стоянку вдоль и поперёк, но за эту цену ничего хорошего найти не могли.

- Могу я вам помочь?

Эта стандартная американская фраза, всегда производила на Нату шоковую реакцию. Она пряталась за спину Адама и шептала ему в ухо:

- Прогони его/её!

Адам всегда этому удивлялся, поскольку человек хочет помочь и его/её работа и заключается в том, чтоб помочь другому с выбором. Природный страх или застенчивость Наты его всегда умиляла.

- Да, мы ищем машину, недорогую, в районе 3 тысяч баксов. Ничего интересного мы так и не смогли найти.

- Есть у вас какие-то пожелания? Модель или год выпуска?

- Особых пожеланий нет. Но хотелось, чтоб внешне и сама машина понравилась.

- Откуда вы, если я могу спросить?

- Мы из России. В США уже год и вот решили купить машину.

- Из России? Вы наверняка играете в шахматы. Все великие шахматисты из России. У нас есть шахматный клуб и я шахматный фанат. Вы наверняка играете в шахматы.

- Я, конечно, играю немного в шахматы, но не очень часто.

- Я принесу завтра шахматы, и мы должны с вами сыграть!

- Ну, хорошо. Я не против сыграть партию, другую.

- Замечательно. Знаете, у меня есть для вас шикарная машина. Пойдёмте со мной, и я вам её покажу!

Они направились в закрытый гараж, где стояло несколько автомобилей. Ната шла за спиной Адама, держа его за руку.

- Смотрите! Это Шевроле, камеро! Это машина суперкласса. Спортивный куб. Двухместный. Садитесь и посидите в ней, я сейчас подойду.

Он ретировался, а Адам и Ната откинулись в роскошных кожаных сиденьях спортивного авто. В этой машине сидеть было нельзя. В ней можно было только лежать. Адам никогда не сидел в таких автомобилях, а только видел их в кино. Широченные спортивные шины говорили о скорости и надежности. Длиннющий капот утверждал, что мощности под капотом неограниченны и она, машина только для спорта. Две огромные толстенные двери, открывались чуть ли не на полтора метра. Эталон скорости и элегантности.

- Я буду её любить, - прошептала покоренная Ната.

- Да, но, сколько она может стоить?

- Для вас, я могу сделать специальную цену. Я вижу вашей супруге она нравится, и я смогу сбросить цену до 6 тысяч баксов. Согласитесь, это даром.

- Согласен. Цена очень хорошая, но у меня есть только 3 тысячи.

- Я смогу сделать вам кредит на остальную сумму, и вы сможете забрать её сегодня. Адам посмотрел на счастливое лицо Наты и понял, что машину надо брать. А кредит в самом деле неплохо. Он давно хотел взять что-то в кредит.

- Хорошо. Мы возьмем, если будет кредит.

- Пошли в мой офис и будем оформлять вашу покупку. Вы работаете?

-Да, конечно. Ресторан Орсини'с, барменом.

-Замечательно. У вас есть кредитные карты? Мастер кард или Виза?

- Нет, но у меня есть карта департамент магазина и с заправки.

- Это не совсем то. Позвольте я позвоню в мой кредитный департамент.

Он куда-то долго звонил и убеждал собеседника сделать скидку на то, что этот человек из России и умеет играть в шахматы. Переговоры продолжались довольно долго. Любитель шахмат был весьма настойчив и убедителен. Когда Адам окончательно понял, что кредит ему не дадут, член клуба любителей шахмат воскликнул:

- Ура! Спасибо мой друг! Он потряс Адаму руку. Все, есть кредит. Машина ваша. Давайте оформлять документы. Можно паспорт?

- У меня зеленая карта.

Шахматист принялся снова убеждать незримого собеседника, в надежности и важности клиента из самой России. Наконец и это препятствие было устранено. Через полчаса, счастливые обладатели шикарного авто распрощались с новым другом, клятвенно пообещав прийти завтра и сыграть партию в шахматы, отъехали от стоянки имея на руках пачку документов на владение машины, страховой полис и документы на кредит сроком на три года.

Вечером Адам позвонил Алику и похвастался новым приобретением. Решили в воскресенье встретится в районе Чайна таун, то есть китайского города, и там, в каком-нибудь китайском ресторанчике, обмыть покупку. Адам и Ната уже несколько раз побывали в этом районе. Канал стрит, двусторонняя улица разделяла Чайна таун и литл Итали, то есть маленькая Италия. Каждый район был неповторим. В китайском городе множество сувенирных магазинов и ресторанов, от крошечных с тремя столиками до огромных муравейников, способных посадить одновременно тысячу человек. Торговали везде. На улице, в подворотнях, в магазинах и вообще любых местах, где можно поставить ящик и накрыть его газетой. Итальянская часть города, отличалась уличными кафе и различными ресторанами. Народу гуляло великое множество и столики на улице были забиты людьми, пьющими кофе или поедающими пасту. Довольно часто устраивались праздничные уличные гуляния и фейерверки. В китайский новый год было страшно от беспрерывных взрывов хлопушек и извергающих пламя драконов. Итальянцы проводили свои карнавалы с горячими зепполе, жаренными в масле шариками из теста, посыпанные сахарной пудрой, итальянскими жареными сосисками, канноли, сицилийские хрустящие вафельные трубочки, наполненные кремом и множество других итальянских сладостей. На улице стояло множество аттракционов и дети и взрослые веселились до упаду. Нью-Йорк любил всяческие уличные развлечения и городские власти, по заранее утвержденному плану, закрывали то одну улицу, то другую. Иногда закрывали целые авеню и это, не считая национальных или религиозных празднований. В этом всеобщем веселье принимали участие школы, пожарные, полиция и множество добровольных обществ и организаций. Шли колонны демонстрантов с мэром и уважаемыми гражданами во главе. К таким праздникам готовились заранее. Создавались целые колонны кораблей, платформ, самых чудных и диковинных движущихся сооружений, на которых пели, плясали, демонстрировали экзотические костюмы, и блестящие красавицы рассылали воздушные поцелуи. Город был живой и как пели с эстрады, никогда не спал. Эти карнавалы назывались "Стрит фер" и Адам с Натой старались не пропустить ни одного из них.

Адам и Ната подружились с семьей Алика, после их переезда в Нью-Йорк и каждое воскресенье либо приходили, друг другу в гости либо собирались гулять в одном из районов большого Нью-Йорка. Машина произвела на Алика ошеломляющее впечатление. Он обошел её со всех сторон, а потом не выдержал.

- Дай прокатиться.

Адам протянул ему ключи. Алик вернулся через полчаса.

- Я в ней лежу! - Несколько раз повторил он. - Нет, но я в ней лежу!

- Да мы поняли. Успокойся, ты лежишь.

Нина не знала, как успокоить мужа.

- Пошли в Чайна таун. Я угощу тебя водкой мартини стрейт ап. А потом зайдем в какой-нибудь ресторанчик и закажем китайской еды.

- Да, Адам! За такой аппарат с тебя причитается.

Они зашли в первый попавшийся бар, и Адам заказал две водки мартини. Бармен насыпал в шейкер лед, добавил водку, каплю вермута и потряхивая шейкером, разлил в два широких мартини бокала. Выжал в каждый по кусочку лимонной цедры и подвинул к мужчинам бокалы. Ната вообще ничего не пила, а Нина всегда пробовала у мужа, то, что пьет он.

-Ну, как тебе мартини ап, Алик?

- Водка, только разбавленная.

- Тебе все не угодить. Прошлый раз я вас пригласил в ресторан, где я раньше работал. И что ты сказал на спагетти с фрутта ди маре?

- Хавно! Макароны с ракушками, мне не нравятся. Он так и говорил через букву х. Ему не нравилось все необычное, то к чему он не привык.

- Ладно, пошли обедать в китайский город.

Они зашли в первый приглянувшейся ресторан. Им мгновенно принесли чашечки и чайник с горячим чаем. Подошел менеджер китаец и выдал каждому меню.

- Тут сто наименований. Я не знаю, что заказать. Давай Адам, заказывай.

Вновь появился китаец и заговорил по-английски.

- В китайском ресторане вы заказываете блюда, но ставите посередине. Каждый может попробовать немножко и все кушают чуть-чуть то и это.

- Вот это здорово. Дайте нам четыре блюда на ваш выбор, но не ракушки.

- Да, да не ракушки и что-нибудь поострее, - добавил Алик.

- И еще, два "вон тон" супа и два "эгг дроп" супа.

- А это что за суп ты заказал, Адам?

- Сейчас принесут, и сам попробуешь.

- Ой, это очень вкусно. - Не выдержала Ната. - "Ван тон" - это такие пельмешки китайские, а "эгг дроп", такой овощной суп с капельками яиц.

- Я вижу Адам тебя балует. Водит по всяким ресторанам.

- А кого мне еще баловать. Мы хотим съездить на недельку в горы, отдохнуть. Я уже год пашу без отпуска. Бизнес пока не получается, поедем отдыхать.

Суп "ван тон", всем понравился, а "эгг дроп" надо попробовать сварить, сказала Нина. Вторые тоже оказались очень приличные. Каждому поставили чистую тарелку и можно было пробовать то одно, то другое. Как всегда, в китайском ресторане, по окончании принесли "форчун кукис".

Это были свернутые кольцом сахарные печеньки, в каждом была запечена бумажка с текстом. Это воспринималось как предсказание и все они были счастливые. Друзья решили пойти к итальянцам и выпить по чашке кофе. Они пересекли Канал стрит и оказались на главной итальянской улице, Малберри стрит. Столики стояли на улице с обеих сторон. Они пили превосходный кофе, наслаждались теплым вечером и строили планы. Вся эмигрантская жизнь только начиналась.

На работе Адам расспрашивал всех, куда поехать на неделю. Марио вспомнил один отель, где он отдыхал с женой и детьми.

- Я позвоню жене, и она посмотрит телефон. Там очень неплохо кормят.

Телефон действительно нашелся. Адам позвонил и заказал номер на двоих на следующую неделю. Ему продиктовали дирекшен. Так здесь называли маршрут, согласно которому, можно легко найти место. Адам попросил отпуск на одну неделю и поспешил сообщить Нате счастливую новость.

- Мы едем в Катскильские горы в отель, на всем готовом, на неделю.

- Адам. А можно мне купить какое-нибудь платье? А то у меня ничего такого нет.

- Конечно. Завтра поедем на Деленси и выберешь все что захочешь.

Адам очень любил этот район, который называли Деленси. Это был нижний ист сайд. Район первой эмиграции евреев в Америку. Там в 80-х годах еще было множество магазинчиков, лавочек в которых продавалось практически все. Там же были и фабрики на которых шилась различная одежда и прочая мануфактура. Там торговали старики и старушки, которые приветливо встречали новых эмигрантов. Они говорили на невообразимой смеси идиш и английского и многие еще помнили некоторые русские слова. Адам тогда еще не понимал, что этот район умирает и молодые образованные дети, не хотят здесь жить и заниматься тем, чем занимались их родители. Адам и Ната бродили по узким улочкам нижнего ист сайда и Адам рассказывал ей о прошлом этих улиц и сожалел о том, что рыбный рынок больше не существует и магазинчиков становиться все меньше. Ната выбрала платье, которое на консервативный вкус Адама, было слишком воздушным и театральным, но спорить с Натой он не хотел и платье было куплено и упаковано.

- Пойдем в Кац деликатесную, и съедим по самому лучшему сэндвичу с пастрами, во всем Нью-Йорке.

Внутри деликатесная была больше похожа на большую столовую со множеством столов. При входе за стойкой сидела пожилая женщина и пробивала на кассе заказы.

- Два сэндвича с пастрами и бутылку 7 ап.

- С вас 11 долларов.

Она выдала Адаму два билетика и они отправились к прилавку, за которым орудовал веселый человек в белой куртке.

- Давайте чеки. Что у вас? Ясно два пастрами.

Адам положил на прилавок доллар.

Веселый продавец, со словом по-русски, "спасибо", сгреб доллар и принялся готовить сэндвичи.

- Адам. - На ухо зашептала Ната. - А зачем ты дал ему деньги?

- Потом объясню,- так же тихо ответил Адам.

Веселый продавец достал две большие булки, которые называют, хиро, то есть герой или для героя, если хотите. Надрезал их вдоль по всей длине, намазал их горчицей и затем длинной поварской вилкой вытащил горячую большую штуку пастрами. Ловко орудуя вилкой и ножом, он нарезал длинные ломти пастрами, уложил в булку и разрезал каждый сэндвич надвое и уложил на тарелки. К ним были выданы свежепросольные огурцы и бутылка соды 7 ап.

- Кушайте на здоровье, - по-русски пожелал весельчак.

- Спасибо. - Адам подхватил поднос, и они устроились за свободным столом.

- Ты знаешь, почему я дал ему чаевые? Чтоб он нарезал от хорошего нежирного куска и много. Понимаешь?

- Да. Я поняла. Но я и половину не смогу съесть.

- Заберем с собой. Дома можно подогреть.

Платье для золушки было на взгляд Наты, просто волшебным и она надеялась одеть его на первый же бал.

Дорога в горы была невероятно красивой. Машина мчалась бесшумно, легко проглатывая километры. В семидесятых годах по всей стране был введен закон ограничивающий скорость до 55 миль в час. Этот закон был принят в связи с нефтяным кризисом и борьбой со странами ОПЕК, создавшими картель и поддерживающими уровень добычи нефти для контроля цен на сырье. Ученые подсчитали что наименьший расход бензина составляет скорость в 55 миль в час. Закон нарушали все. Очень ретивых штрафовали, но на превышение скорости на 5-10 миль полиция смотрела сквозь пальцы. Адам шел со средней скоростью 65 миль и иногда пытался подняться до 90 миль. Машина легко принимала скорость, словно и не чувствовала ускорения.

- Ты только посмотри на эту машину. Это же зверь.

- Адам, не надо так быстро ехать. Я боюсь.

Он послушно сбрасывал обороты, но иногда забывался и прибавлял газу. Дорога была идеальной и подъем практически не ощущался. С правой стороны возвышались высокие горы, поросшие лесом.

- Здесь, наверно, грибов видимо невидимо. Американцы грибы не собирают и не едят, кроме шампиньонов и белых грибов из Италии, которых называют, порчини. В наш ресторан они поступают замороженные. Я шефу приносил наши, маринованные, в стеклянной банке, так он говорит, нет это итальянские.

- Адам, а мы правильно едем?

- Вытащи из бардачка карту и там же есть дирекшен как ехать в этот отель. Нашла? Теперь смотри, дорога 87 идет к границе с Канадой. Нам нужна развилка на городок Таннерсвилле. Ищи и не торопись. Я думаю у нас есть еще полчаса. Мы давно проехали лейк Джордж, а это озеро как раз посередине нашего пути.

- Адам, я нашла. Вот 87, от нее есть дорога на Таннерсвилле.

- Молодец! Будешь штурманом. Смотри чтоб мы не заблудились.

Следуя указаниям, написанных в дирекшене, Адам и Ната нашли гостиницу довольно просто. При входе находился стойка ресепшен и заказ новых постояльцев был найден в книги записей.

- Вот ключ от вашего номера. Нужно подойти в ресторан и зарегистрироваться у менеджера. Питание три раза в день. Расписание есть перед дверями ресторана. Вечером работает бар и дискотека. Вход свободный для проживающих в отеле. Приятного отдыха.

Номер был небольшой, но со всеми удобствами. Адам открыл окно, выходящее прямо на небольшой бассейн. Там плескались и визжали детишки.

- Пойдем купаться попозже, когда дети разойдутся. Пока пошли, зарегистрируемся в ресторане.

Они разобрали чемодан и Ната повесила новое платье, которое собиралась одеть вечером. В ресторане их встретил моложавый человек, представившийся управляющим.

- Вас двое? У вас стол номер 12. Обед через два часа.

- А можно посмотреть, где мы сидим?

- Пойдёмте, я покажу ваш стол.

 Он подвел их к большому столу на 10 мест.

- Здесь вы будете сидеть, во все время пребывания в нашем отеле.

- Но мы никого здесь не знаем. Нет ли у вас стола поменьше, на четыре человека? Я не люблю сидеть за столом с людьми, которых не знаю.

- Хорошо. Мы что-нибудь придумаем.

Детишки по-прежнему плескались и орали в бассейне. Делать было абсолютно нечего, и они решили пойти и посмотреть где находится дискотека. Это помещение было закрыто и им сказали приходить после восьми часов. Оставалось идти в номер и смотреть телевизор. Подошло время обеда, и Адам с Натой направились к ресторану. Там уже собралась приличная толпа народа. В основном это были люди пожилого возраста. Они живо общались между собой и отпускали всяческие шутки, словно знали друг друга много лет. Наша пара чувствовала себя чужаками, нечаянно попавшими на праздник, на который их не звали. Двери ресторана распахнулись и народ ломанулся занимать свои законные места.

- Скажите, а где мы сидим?

- Пойдёмте я вас провожу!

 Управляющий подвел их к столу, накрытому на две персоны. Это был явный подвох. Весь зал сидел за большими столами на 10 человек и только их стол на двоих, торчал посередине и народ со злорадством, а может с любопытством оглядывал эту парочку.

- Этот гад специально поставил наш стол посередине зала.

- Правда? А мне даже нравится, что мы сидим отдельно.

Появились официанты с подносами, уставленные тонкими стаканами с чем-то бледно розового цвета. Адам поболтал ложкой, но там ничего кроме жидкости не было.

- Это что? Десерт или может какой-то сок?

- Борщ! Холодный борщ, радостно зашелестел народ.

- Ната. Ты это слышала? Эта жидкость, цвета невероятной неожиданности, оказывается холодный борщ. Это что? Пить?

- Попробуй, очень даже вкусненько. Кисленькое.

- Могу себе представить. Сейчас принесут котлеты с пюре, как в детском садике. Адам был почти прав. Пюре картофельное было, а котлеты оказались морковные.

- Ната. Мы попали в санаторий для пожилых, с заболеванием желудочно-кишечного тракта. Смотри. Здесь одни старикашки и старушки.

- Ну хорошо. Что теперь делать? Потерпим. Поешь пюре и котлетку.

- После такого обеда, пойдем, поищем, может здесь есть какой-то магазин.

Они отправились гулять по поселку, но ничего кроме частных владений и еще нескольких пансионатов поблизости не нашли. Гуляние на свежем воздухе еще больше прибавило желания съесть что-нибудь простого и привычного. Большой сэндвич с ветчиной и сыром и даже просто с колбасой, но приходилось ждать ужина до семи часов.

- Пойдем, покупаемся в бассейне, все детишки уже разбежались.

Очередной удар ждал их у бассейна. Он был попросту закрыт и объявление гласило, что бассейн работает до 18:00.

- Я пошел на ресепшен и выясню, почему бассейн закрыт?

Этот вопрос был адресован пожилой даме, сидевшей на ресепшен.

- Вы понимаете, люди хотят отдыхать и шум из бассейна им мешает.

- А что еще можно делать в этой богадельне? Это же не больница или кладбище? Кто-то хочет тишины и покоя, а кто-то мяса и веселья.

- После ужина откроется дискотека и там можно пошуметь и работает бар.

- Да что вы говорите? Работает бар и можно выпить что-то или только борщ?

Адам уже был вне себя от всего этого больнично - курортного заведения.

- Слушай Ната! Это заведение для очень нездоровых людей. Я не хочу провести наш отпуск с холодным борщом и картофельным пюре. Бассейн закрывается в шесть, а до шести там бесятся дети.

- А что ж нам делать? Адам.

- Утром уедем в Канаду!

- Как в Канаду? Мы же заплатили за неделю за гостиницу.

Ужин был подстать обеду, а дискотека пустынна и темна. Несколько пожилых людей танцевали в свое удовольствие и все это вместе, только укрепило желание Адама бежать отсюда как можно быстрее.

- Ната, я с них за все получу. Я не собираюсь сидеть здесь неделю.

Утром Адам отправился на ресепшен. Его встретили милой улыбкой.

- Доброе утро. Как вам отдыхается в нашем отеле?

Это была провокация, и Адам уже не мог больше сдерживаться. Он высказал все что накипело и даже немного больше, чем хотел. С лица доброй леди сошел румянец.

- Так чего вы хотите?

- Я хочу получить свои деньги обратно и уехать как можно быстрее.

- Хорошо, хорошо. Я только доложу управляющему.

Через пять минут Адам получил все свои деньги и вернулся в номер за Натой.

- Все. Мы уезжаем. Ты готова?

- Да. А они не очень ругались?

- Что ты. Даже обрадовались и деньги все отдали.

Адам положил ключ на стойку ресепшен, и испуганная женщина с опаской приняла этот символ постояльца, недовольного обслуживанием. В бардачке лежала карта штата Нью-Йорк до границы с Канадой и карта дороги до Монреаля. Ната заняла место штурмана, и они помчались на север страны навстречу приключениям. Границу с Канадой они проскочили, не останавливаясь. Никто не свистел. Не перегораживал границу шлагбаумами. Дорога была свободна и только слева осталась большая будка пограничников.

- Адам, теперь дорога называется 15.

- Понятно. Мы в другом государстве и здесь действуют свои порядки. Смотри знак, 110 км. Вот это скорость. - Адам прибавил газу. - Вот это да. Красота!

Они приближались к Монреалю. Впереди показался длиннющий мост и на той стороне уже был пригород Монреаля.

- Надо найти какую-нибудь гостиницу и припарковать машину.

- Вот смотри Адам, большая реклама. Какой-то отель. Кинг Джордж.

Адам свернул к отелю и въехал на парковку. Вышедшему служащему Адам объяснил, что они пойдут и выяснят есть ли места, а затем решат с парковкой. Тот согласно кивнул головой, но попросил ключи.

Портье оказался крайне любезен и тут же оформил комнату на 5 дней. Они вернулись к машине, забрали вещи и оставили машину на пять дней. Отель оказался весьма помпезный и довольно старый. Огромные залы, где когда-то вероятно давались балы. Большая кровать с балдахином и довольно прохладным номером.

- Адам. Я чего-то боюсь! Мне кажется здесь есть привидения.

- Какие приведения. Просто это очень старинная гостиница. Смотри Библия в тумбочке. Холодно это да. Надо поговорить с портье. А сейчас пойдем в ресторан и покушаем. Я голодный как собака от этих морковных котлет.

Ресторан был пустой. Официант предложил стол на выбор. Он усадил Нату и отодвинул стул для Адама. Это был старой школы, много видевший на своем веку и ничему не удивляющийся человек.

- Могу я предложить что-нибудь из бара?

- Мне драй водка мартини стрейт ап, а леди просто воду со льдом.

- Господа из Штатов!

- Это что так заметно?

- Акцент и такие дринки здесь не пьют.

- Да. Мы из Нью Йорка.

Он принес дринк и меню.

- Ната, что ты хочешь заказать?

- Ты же знаешь. Я очень стесняюсь. Закажи что-нибудь сам.

- Я буду довер соль. Это очень вкусная рыба. А тебе куру или стейк.

- Мне всё равно. Что закажешь.

- Могу я порекомендовать даме грилд чикен, а вы хотите довер соль

- Хорошо и сизар салат.

Куриное филе, поджаренное на гриле, выглядело очень аппетитно. Официант принес рыбу на большом мельхиоровом блюде и при помощи ложки и вилки отделил филе и выложил в тарелку перед Адамом.

- Бокал шабли, пожалуйста. - Адам выжал лимон сверху на рыбу и предложил, Нате. - Попробуй кусочек рыбы. Просто супер

- Нет, спасибо. Я и куру не смогу доесть.

- Слушай Ната. Перестань стесняться. Я понимаю ты не пьешь спиртное, но вкусную рыбу ты можешь попробовать. На нас никто не смотрит.

- Не заставляй меня, Адам.

Он испугался, что она сейчас заплачет. Она была страшно закомплексована и всего стеснялась.

- Хорошо. Делай что хочешь.

Он знал за ней этот постоянный страх или стеснение. Иногда это его очень раздражало, но он понимал, что она не виновата. Так её воспитали родители и жизнь. Она была ребенком во всем. И вероятно стеснялась Адама, когда он становился шумным или резким.

- Ната, будешь что-нибудь на десерт?

- Нет, я не могу ничего больше есть.

- Мне, пожалуйста, рюмку Реми Мартин и чёрный кофе.

После изысканного обеда, рюмка коньяка и сигарета всегда приносила Адаму удовольствие! Он рассчитался, оставив щедрые чаевые, и они вернулись в номер, довольные, что уехали из санаторно курортного рая.

- Завтра с утра пойдем гулять по Монреалю.

Рано утром, Адам и Ната, отправились прогуляться по городу и позавтракать где-то по дороге. Портье показал, как ближе пройти к центру города, и они рассматривали карту и оценивали попадающиеся на пути кафе.

- Вот, смотри Ната, столики на улице и можно заказать кофе.

Они заняли столик на солнечной стороне. Появилась официантка с меню.

- Нам, пожалуйста, два кофе с молоком и две булочки, как на том столе.

- Это круассан.

- Значит два круассана.

Кофе был превосходный, а круассан они пробовали впервые в жизни.

- Адам, это очень вкусные булочки.

- Это не булочки. Это круассан. - Он очень похоже, передразнил официантку, и Ната прыснула, едва не опрокинув чашку с кофе.

- Мы пойдем, погуляем по центру, а там посмотрим, что будем делать.

Город был на самом деле очень красив. Солнечное теплое утро, многочисленные уличные кафе и толпы нарядного народа. В проспекте, который он читали в отеле, говорилось что Монреаль, столица французской провинции Квебек и это ощущалось во всем. Необычная архитектура, надписи на французском и английских языках, французский, который слышался со всех сторон. Необычные магазины, с товарами незнакомыми и на вид интересными.

- Надо на обратном пути купить разных вкусностей и в номере поужинать. Возьмем бутылку вина и отпразднуем наш приезд в Монреаль.

Они наткнулись на небольшой киоск, весь обклеенный рекламой. Автобусные экскурсии по городу. Ночная панорама Монреаля.

- Смотри, вот что нам надо. Давай возьмем экскурсию и посмотрим город.

- Когда следующая экскурсия? Через час. Очень хорошо. Нас двое.

Адам купил два билета, и они решили вернуться к началу экскурсии. Автобус был большой и комфортабельный. Народу набралось целый автобус, и они тронулись.

- А где же интересно экскурсовод? Или мы просто будем ездить по городу и тупо смотреть в окна?

- Господа! - Раздался голос из динамиков. - Добро пожаловать в Монреаль.

Это же водитель! Он же и экскурсовод. Вот это да. Он оказался человеком влюбленным в свой город и к тому же, необычайно талантливый. Они услышали рассказ о прошлом и настоящем этого города. Ээкскурсовод знал все здания и достопримечательности, но окончательно он всех убил, когда рассказывал, о том как появилась маленькая церковь на вершине холма. Он рассказывал, а автобус тихонько подкрадывался все дальше и дальше

И вот эта маленькая церквушка, автобус выехал на открытое пространство и весь народ ахнул! На вершине открывшейся панорамы возвышался громадный собор, к которому вели многочисленные ступени. Под конец он повел автобус на смотровую площадку с горы Мон Руаяль.

Вид был волшебный. Ната была охвачена каким-то священным восторгом.

- Адам, а мы можем еще раз, потом приехать сюда?

- Вы приезжайте ночью. Есть ночные автобусные экскурсии и это очень красиво.

Это был водитель автобуса, невольно подслушавший разговор.

- Адам, можно мы поедем?

- Конечно, можно, если ты хочешь.

Когда они вернулись на остановку экскурсионных автобусов, Адам купил два билета на ночную прогулку по городу. В стоимость был включен ужин в ресторане. Начало в 20:00.

- Вот здорово. Пошли в гостиницу, немного отдохнем и к восьми вернемся.

Экскурсия началась с ужина в ресторане. Автобус уже ждали, и, когда все расселись, официанты разнесли какую-то овощную закуску и предложили по бокалу красного или белого вина. На второе была подана паэлья.

Адам пробовал паэлью первый раз в жизни. Вкус этой паэльи он запомнил на всю оставшуюся жизнь и пробовал сам готовить много раз. Сочетание морепродуктов с курицей и шафранным рисом, было необыкновенно вкусным.

- Ната, ты только попробуй. Это обалдено вкусно.

Ей это почему-то не нравилось. Возможно, она стеснялась, есть столь непривычное сочетание продуктов, а возможно действительно не нравилось, но Адам этого понять не мог.

- Как это может не нравиться?

Но она упорно отказывалась это есть. После ужина туристов повезли на обзорную экскурсию по ночному Монреалю.

Слегка осоловевший от бокала вина и вкусной паэльи, Адам запомнил великолепную Базилику Нотр-Дам и окончательно пришел в себя, когда автобус поднялся на гору Мон Руаяль и сверху открылся фантастичный вид на освещенный ночной Монреаль. Ната смотрела как завороженная.

Следующая остановка, великолепный французский стриптиз. Кабаре Мон Парнас. Места спускались к сцене амфитеатром. Перед каждым креслом стоял небольшой столик и всем было предложено на выбор, бокал вина или шампанское. Адам попросил себе бокал красного вина и для Наты шампанское. Он попытался её уговорить хоть на глоток, но она отказывалась. Грянул оркестр на сцену высыпалась большая группа юных полураздетых девиц и стриптиз шоу понеслось вскачь. Мужчины приветствовали участниц свистом, одобрительными криками и овациями. Ната стеснялась и не хотела даже смотреть. Адам присутствовал на стриптизе впервые и очень все одобрял. Часа в два ночи их отвезли в немецкий пивной бар. В зале стояли длинные деревянные скамейки за большими деревянными столами. Пол был засыпан древесными опилками. Официантки разносили большие стеклянные кружки с пивом и сухарики. Посреди бара находилась сцена, где несколько одетых в национальную одежду лесорубов, рубили топорами, под музыку здоровенное бревно. Это было превосходное шоу, но рубили они по-настоящему и щепки летели во все стороны. Народ подпевал, стучал кружками по стулу и некоторые пары принялись танцевать. Адаму все это здорово нравилось, и он пытался позвать Нату потанцевать, но она наотрез отказывалась.

Под утро туристы, уставшие, но счастливые, были доставлены на место, с которого все началось. На следующий день они проснулись поздно. Да и торопиться было некуда.

- Что будем делать сегодня? Куда пойдем?

- Адам, мне всё равно. Пойдем погуляем по городу, а то мы так и не гуляли.

- А знаешь, чего я хочу? А я давно хочу попробовать настоящий французский луковый суп, а то я только читал о нем в книжках.

Ната наконец одела свое новое платье и Адам тоже прифрантился. Они шли по улице и народ посматривал на эту необычную пару.

- Давай зайдем в бар, и я чего-нибудь выпью, а то со вчерашнего не отойти.

Они зашли в ближайший бар.

- Водка мартини стейт ап.

Пожилой бармен недоуменно развел руками.

- Мартини? - Он показал бутылку Мартини.

- Нет, это вермут, фирмы Мартини, а я хочу дринк, водка мартини.

- Извините, не понимаю. Похоже он плохо понимал английский.

- Ладно, просто водка. 50 грамм.

Это было понято и Адам выпил залпом водку и рассчитался.

- Нет, ты посмотри на этих французов, не знают ни английского, ни дринков.

- У них своя культура и свои обычаи.

- Ну и черт с ними, но бармен обязан знать коктейли. Нам надо зайти в банк и разменять доллары, а то я плачу везде американскими и у всех курс разный.

В первом попавшемся банке Адам разменял 200$.

- Вам сейчас выгодно менять, сказала кассирша. Сегодня курс 0.7 американских долларов за один канадский. На улице Адам не переставал негодовать.

- Представляешь, а я дурак везде платил американскими. Ну все. Пошли искать ресторан, где можно заказать луковый суп.

Такой ресторанчик нашелся очень быстро. Они заказали два луковых супа и принялись ждать. Суп подали в глиняных горшочках и рядом поставили глубокие тарелки. В супе плавали большие куски булки с растопленным сыром. Суп был густой, очень ароматный и вкусный.

- После такого супа и второе не захочешь.

- Я и это доесть не смогу.

- Мы никуда не торопимся. Так что ешь спокойно.

- Правда, Адам. Я больше не могу съесть нисколько.

Адам рассчитался, и они отправились снова бродить по этому прекрасному городу. Везде было идеально чисто.

- Ната, посмотри, как чисто вокруг, не то, что у нас в Нью-Йорке. Помнишь, я спросил у водителя нашего автобуса, где полицейские и он ответил, брось бумажку и сразу увидишь полицейского. Мне очень нравится этот город. Может переехать сюда жить и открыть небольшой бизнес?

- Ты серьезно, Адам? Мне тоже здесь очень нравится.

- Может быть надо подумать. Нам надо сначала получить гражданство американское, а потом думать о переезде. Но мы сюда еще будем приезжать.

Они купили на ужин бутылку красного вина и большую коробку шоколада. Следующие два дня промелькнула незаметно. Они поброди-

ли по большому рынку Бонсекур и попробовали настоящий французский крепс.

- У нас в России это называется блинчики. Только у нас делают из
белой муки, а это из гречневой. Но вкусно.

Продавец, разливал жидкое тесто на большой плоской и круглой
электрической плите, а затем специальной палочкой, похожей на
пропеллер, размазывал до тончайшего размера. Он ловко переворачи-
вал этот огромный блин на другую сторону и предлагал любую начинку.

- Смотри Ната, это тоже неплохой бизнес. Странно что в Нью Йорке
этого нет.

В другом месте они увидели человека, который просто продавал
куски жареного теста, посыпая это сахарной пудрой. Тесто было дрож-
жевое и в тепле лезло во все стороны. Человек отрывал кусок теста и
бросал в кипящее масло.

- Как вы это называете?

- Фрайд до.

- Жареное тесто. Вот это да. И смотри людям нравится.

Адам впитывал всю информацию и обдумывал чем ему заняться.
Пришла пора прощаться с Монреалем и возвращаться домой, в Нью-
Йорк.

- Мы еще вернемся и не раз.

- Мне тоже хочется сюда приехать.

Машина завелась с пол-оборота, словно тоже спешила домой. По
дороге они остановились только раз, передохнуть и выпить кофе. Через
5 часов они подъезжали к большому Нью-Йорку.

- Ната, посмотри, на какое шоссе нам лучше перейти, чтоб попасть в
Квинс.

- Нам нужен Вайтстоун бридж.

- Ты уверена? А то проскочим и будем еще два часа кататься.

- Я уверена. Сейчас будет Вайтстоун бридж.

Они пересекли этот мост и вскоре видели знак, указывающий на
выход на 108 авеню. Это уже был практически дом родной. Они проехали мимо магазина “Моня”, который сменил вывеску на “Моня и Миша”.
Квартира казалась нежилой, как это обычно бывает после долгого
отсутствия.

Глава 27

Первый блин

Ната целыми днями рисовала на листочках различные картинки и сценки. Однажды они наткнулись в чайна таун, на Канал стрит на удивительный магазин. Это было раньше, вероятно помещение какой-то фабрики. Все переходы и лестницы были сделаны из крашеного железа и в этом мире из переплетенного металла, бродили люди и искали что-то, им одним ведомое. Весь первый этаж был заставлен мольбертами самых удивительных форм и размеров. Второй этаж занимали сотни различных красок, кистей, альбомов для рисования, карандашей мыслимых и немыслимых цветов. Множество вещей, понять которые мог только тот, кто этим занимается. Третий, все для скульптора и наконец четвертый для тех, кто рисует пульверизаторами. Специальные костюмы, маски, баллоны с краской от самых маленьких до громадных, ростом и весом со среднего человека. Ната бродила по всем этим этажам и Адам тащился следом, не очень понимая, что все это и для чего все это.

- Адам, ты не понимаешь. Когда кто-то из маминых или папиных знакомых, ехал за рубеж, они умоляли привезти для дочери хорошие кисточки для рисования. Папа шутил, что за колонковую кисточку готов убить человека. Мы грунтовали холсты целыми днями и нам за это разрешали рисовать. Посмотри, что здесь творится. Все холсты загрунтованы. Краски от акварельных, акриловых до масленых. Хочешь в тюбиках, хочешь в маленьких баночках или галлонах. Здесь можно сойти с ума. Я хочу что-нибудь купить.

- Купи все что хочешь и пошли отсюда, а то я сойду с ума.

Она выбрала несколько кисточек, причем выбирала словно это драгоценные украшения. Два огромных холста, которые едва влезли в большой багажник машины и много баночек с акриловыми красками. Теперь она рисовала целыми днями, и Адам был счастлив, что она перестала хандрить и плакать после каждого разговора с родителями. Правда квартира стала похожа на мастерского художника, но здесь уже выбирать не приходилось. Однажды раздался телефонный звонок и после долгих расспросов Адам понял, что ему привезут багаж, отправленный из России, больше года назад. Он уже забыл совсем про него. А сколько было волнений и проблем при отправке этого багажа. Это надо было привезти на таможню Московской товарной, в специального размера, деревянном ящике. Там работники таможни вскрывали ящик и искали предметы, запрещенные к вывозу, ввиду особой ценности для страны. Адам положил два самовара и много всяких деревянных хохломских поделок. У него мелькала мысль положить что-то ценное, вроде серебряного портсигара с перегородчатой эмалью, но если такое найдут, то можно поехать не на запад, а на восток, аж до самого Магадана.

На следующий день в дверь позвонили и двое крепких мужчин, с трудом, внесли здоровый ящик, сколоченный из горбылей. В таком ящике и человек поместится. Ребята из Одессы, рассказывали ему, что в Одессе можно было за полторы тысячи ящик отправить не вскрывая. Но в холодном пролетарском Ленинграде даже мысли об этом не приходили в голову. Адам с трудом вскрыл огромный гроб из отсыревших нестроганых досок и стал вытаскивать самовары и сувениры.

- И что теперь с этим всем делать. Продать это невозможно. Остается дарить кому только можно, а из досок я сколочу тебе стол, и ты сможешь хранить все свои художнические принадлежности.

Это колченогое убожество еще долго украшало их апартамент. Ната, как и большинство девочек, обожала плюшевые игрушки. На Квинс бульваре недалеко от их дома, прямо на улице продавали эти самые плюшевые игрушки. От самых маленьких, помещающихся в ладошку, до огромных, ростом со взрослого человека. Однажды они купили большого льва, размером почти с Нату и Адам тащил его на голове, под одобрительные возгласы, проходящих мимо людей. В другой раз она упросила Адама купить двух огромных медведей. Один был большой белый, а другой, под стать по размеру, но бурый. Адам дважды ездил за ними на машине. Медведь сажался рядом с водителем и встречный народ, шарахался от страха, не сразу соображая, что это в машине едет? Эти звери занимали большое место в комнате и Адам частенько заставал Нату сидящей среди своих плюшевых друзей. Картины были закончены, и они еще ездили за холстами.

Рисовала она прекрасно. Сюжетами, как правило, выбирались русские народные сказки и картины были яркими и больше похожими на палехские шкатулки. Адам стал задумываться о том, что талант Наты может иметь и коммерческий успех. Однажды они даже возили её картины в Музей Современного Искусства, открывшийся какими-то русскими эмигрантами в соседнем штате Нью Джерси. Но там требовались абстрактные, модернистские картины, а не лубочные русские сказки. Ната очень расстроилась и Адам клял себя, что втянул её в этот показ. Но мысль как-то сделать её картины достоянием публики, его не оставляла. На 73 улице, где Адам каждый день садился и возвращался на сабвее, появилось объявление об аренде помещения. Это был небольшой и живописный дворик, со входом из-под арки. Внутри слева и справа сдавались в аренду небольшие помещения и большая часть их уже была занята. Адам нашел хозяина этих помещений и выяснилось, что цена аренды в месяц 500 $ и можно снять помесячно, без особых обязательств. Адам поспешил домой, поделиться с Натой своей идеей.

- Слушай! Ты всё равно рисуешь целыми днями. Так ты будешь рисовать там, в магазине. Мы развесим картины, которые ты уже нарисовала и нам надо продать хотя бы одну за 500$ и все, аренда оплачена. Это будет наш первый бизнес, и кто знает, может твой талант кто-то заметит.

- Нет, Адам. Я не могу рисовать, когда кто-то на меня смотрит.

- Да пусть смотрит. Может человеку интересно? Но для тебя это шанс.

Он долго её уговаривал и наконец она неохотно согласилась. На следующий день Адам снял помещение. Они принесли и повесили уже нарисованные картины, и Адам притащил по одному, двух огромных медведей. Они провели туда телефон, и это стало похоже на лавку художника. Давай назовем её, художественная галерея "Два медведя! Адам напечатал в типографии небольшие рекламки и разносил по соседству, в основном, оставляя под щетками припаркованных автомобилей. Ната наотрез отказалась рисовать на работе и приодевшись, сидела целыми днями на телефоне, болтая с подругами, с которыми проходила эмиграцию в Италии. Идея показать художника во время творческого процесса провалилась. Адам пошел на платные курсы начинающего художника, но все что ему удалось выяснить, что начинать надо было в районе 70-х улиц, на Мэдисон авеню.

- Ната, не занимай целый день телефон. Я разношу рекламу и если кто-нибудь решит позвонить, то он не сможет дозвониться.

- Но мне скучно здесь сидеть и всё равно никто не звонит.

Адам понимал, что из всей этой затеи ничего не получится, но уж больно было обидно. В один из дней порог галереи переступил молодой человек. Он осмотрел выставленные картины и выбрав одну, спросил сколько стоит.

- Эта? Пятьсот долларов. Это работа молодой художницы, но очень талантливой.

- Хорошо! Я её беру.

Адам засуетился. Принялся заворачивать картину и выписывать квитанцию. Молодой человек оплатил покупку и откланялся. Адам сидел, не очень веря, что он только что продал первую картину. В открытую дверь, заходили соседи из соседних магазинчиков, так же удивленных состоявшейся продажей. Адам позвонил домой и рассказал Нате о чудесном происшествии, и о том, что он всегда верил в её талант. Ната казалось, была не очень рада, что одна из её картин была продана.

- Ната, если бы ты там рисовала, то я уверен, мы смогли бы этот бизнес раскрутить.

- Не могу я рисовать, когда на меня смотрят. Не заставляй меня.

Адам понимал, что она действительно не может и с этим ничего поделать нельзя. Надо бросать работу и сидеть там самому. Он понимал, что другого выхода нет. Или просто закрыть и забыть. Но было очень жаль и идея казалось хорошей. На работе он рассказал все шефу и попросил расчет. Югославо, прощаясь пожелал удачи и сказал:

- Я тебе завидую. Будешь встречаться с людьми и вести переговоры.

Но удача так и закончилась с первым покупателем. Подходил к концу второй месяц и Адам понимал, что надо решиться и закрываться. Он предупредил хозяина помещения, о том, что съезжает и к концу месяца за пару рейсов перевез все в квартиру.

Надо было решать, что делать дальше. Надо идти в агентство и искать работу. Адам решил позвонить на прежнюю работу и попросить босса дать ему хорошую характеристику, если ему будут звонить. Он знал, что обычно, прежде чем взять человека на работу, звонят его бывшему работодателю. Каково было удивление Адама, когда сеньор Армандо Орсини услышал, что Адам ищет работу, просто сказал:

- Ты можешь вернуться на свое место.

Его встретили добродушно. Никто не злорадствовал, не упрекал. Попробовал человек себя в бизнесе. Не получилось. Такое бывает сплошь и рядом. Адам был всем очень благодарен. Последнее время он заставал Нату в слезах и думал, что это, связано с её разговорами с родителями. Но однажды он был ошарашен новостью, о которой почему-то никогда всерьез не думал.

- Я беременна, сквозь слезы сказала Ната. Что мне теперь делать?

- Как что? Мы распишемся и у нас будет ребенок.

- Ты, правда, этого хочешь? А я боялась тебе говорить.

- Ты за кого меня принимаешь? Ты что, думала я тебя брошу? Так вот почему ты плакала последнее время. Как можно быть такой глупой?

- Я боялась. Я и маме с папой ничего не говорила.

- Так позвони и порадуй их.

Навалилось сразу все и много. Надо было пойти в районную мэрию и зарегистрировать брак. Нужен хороший врач гинеколог. Надо покупать коляску и все для ребенка. И множество других вопросов, которые требовали решения.

На работе он посоветовался с Марио, как с самым многодетным папашей.

- У нас есть очень хороший гинеколог, итальянец. Он все сделает. И примет роды и подготовит госпиталь. Тебе надо отнести копию брачного свидетельства в локал 5 и профсоюз должен все оплатить. Запиши телефон гинеколога и пусть твоя жена закажет апоинтмент.

Адам все это пересказал Нате и она немного успокоилась. На церемонию бракосочетания Адам позвал сестру Соню с племянником Джоном. Для Адама это был просто официальный акт, который ничего не менял в их отношениях. Ната вероятно мечтавшая о замужестве как все девочки, представляла свадебное платье и торжественную церемонию. Но эмигрантская действительность, отсутствие родных и друзей, сводило все к простой записи в книге актов гражданского состояния. Они встретили Соню и Джона перед входом в мэрию. Адам заполнил бланки, и они заняли очередь. Из комнаты где происходило бракосочетание, выходил высокий худой афроамериканец и приглашал следующую пару и свидетелей. Адам купил два кольца и передал коробочку Соне.

- Держи, будешь свидетельницей.

Они были следующие. Все тот же человек пригласил их войти. В комнате не было ни души. Унылый привратник оказался судьей и монотонно пробормотал положенные слова. Они обменялись кольцами и были выпровожены из комнаты, поскольку там ждала очередь. Всей компанией вернулись домой и тихо отпраздновали бракосочетание. Адам подумал, что когда-нибудь они отпразднуют этот день по-настоящему.

Глава 28

Кулинарная книга

Они ждали ребенка, Ната не работала и очень этим маялась. Поскольку вся жизнь Адама была связана с кулинарией, ему пришла в голову мысль написать кулинарную книгу. Во-первых, Ната всю ее не очень длинную жизнь, занималась рисованием и на его непритязательный вкус, была великолепным художником. Следовательно, они вдвоём представляли идеальную пару для создания как минимум шедевра, как с точки зрения кулинарной, так и художественной. Сказано, сделано! Адам приобрел по случаю печатную машинку, и неожиданно шустро научился, тыкая одним пальцем, печатать текст. Область, выбранная в качестве будущего шедевра, являлось кулинарное искусство дореволюционной России. Адам вывез с собой кулинарные книги, изданные до большевистского восстания. Такой антиквариат так просто вывозить запрещалось, и требовалась экспертиза и разрешение от публичной библиотеки. Заплатив запрошенную мзду, и получив штемпель в книгах, разрешено к вывозу, он провез их через много границ. Обложившись разной литературой, Адам принялся за дело.

Работа закипела. Адам, тыкая пальцем печатал текст, передавал это своей половине, и она расписывала и разрисовывала каждую страницу. По сути это была рукописная книга, созданная именно так в силу серьезного недостатка финансовых возможностей и полного отсутствия профессиональных навыков и понимания книжнотворческого процесса. Она, рукопись, была красива и вселяла надежду на безбедное существование. Наконец этот рукотворный труд был закончен и было ясно, что с этим надо что-то делать. Каким-то образом Адам вышел на одного из издателей. Им оказался израильтянин, проживающий в Нью Йорке и даже говоривший по-русски. Рукопись или как ее называли манускрипт, надо подготовить к печати и затем уже и печатать.

- Давай я дам три тысячи долларов, и ты дашь столько же и вперед.

Адам бы и дал, да у него тогда не было. Кто-то посоветовал отнести этот самый манускрипт в газету "Новый Американец".

- Может они издадут? Там главный редактор, Сергей Довлатов, твой земляк, вдруг поможет.

Найдя адрес редакции, Адам поднялся на нужный этаж и войдя, увидел стол с девушкой блондинкой, встречающей всех стандартным вопросом.

- Могу я вам помочь?

Это вся страна такая. Куда бы ты не пришел, вопрос один и тот же. Часто хотелось спросить:

- А можете помочь материально?

Американцы при встрече обычно спрашивают: "Хау, ар ю?", - что означает: "- Как ты?"

На самом деле это не вопрос. Им как-то всё равно, как вы. Это просто традиция. Новые эмигранты, принимая этот вопрос за чистую монету, рассказывают о своих бедах и проблемах, потрясенному собеседнику.

- Могу ли я помочь?

Адам стал рассказывать о своих проблемах.

- Идите к заместителю главного редактора и это все ему расскажите.

По дороге к этому заместителю, он столкнулся с мужичком неопределенного возраста. Тот был очень разгорячен и ему требовался собеседник.

- Я хочу дать объявление в газету, у меня есть бизнес и я пришел заплатить за объявление и значит дать им заработать, а меня все посылают.

- Куда посылают?

- Иди к этому, а он занят. Иди к тому, а его нет. Это что? Они так ведут свой бизнес?

Мимо них прошли двое мужчин Один из них ни к кому, не обращаясь громко сказал:

- Как мне надоели все эти лавочники. Мешают работать со своими мелочными проблемами.

Они скрылись за дверью. Новый знакомец Адама задохнулся от возмущения.

- Нет, ты видел этого Довлатова, мы лавочники, а я принес ему деньги, цирик поганый. А сам бухает как свинья.

- Да брось ты, не переживай, а почему цирик и почему бухает?

- А ты не знал? Он был вертухаем, стоял на вышке с ружьем, а то, что пьет по-чёрному, так все знают.

- Слушай, а где тут зам главного?

Тот показал Адаму на дверь. В комнате было несколько мужчин и они, не обращая на Адама никакого внимания, спорили о делах газеты. Наконец старший спросил, чего он тут стоит. Он объяснил.

- Значит так, мы можем подготовить книгу к печати, это 1500 долларов. Захочешь издать, это еще 1500, а может и больше долларов, небольшой тираж.

- А продавать?

- Это твои проблемы.

- Ну хорошо, для начала надо подготовить книгу к печати.

Адам заплатил требуемую сумму и его отвели к наборщикам. Это были два веселых друга. Адам еще ничего не знал, что с ним будет завтра, а предвидеть далекое будущее не дано никому. Он не знал, что встреча с этими весельчаками, будет вспоминаться, и не раз. Правда, никакого влияния на его жизнь это не оказало, но они иногда всплывали, назойливо напоминая о себе. Одного поплотнее звали Петя, а другого похудее Гена. От них слегка попахивало винцом и они быстро нашли общий язык.

Название "Забытая русская кухня", привело их в буйный восторг. Они оба оказались большими любителями вкусно покушать, а описания и рецептуры они смаковали с наслаждением истинных гурманов. Они встречались несколько раз и даже за столом. Книга была набрана. На каждую страничку наклеивалась пленка с текстом, и в таком виде должна была отпечататься на бумажную копию. Они расстались очень дружески и все предвещали успех и известность. Принеся домой папку с подготовленной книгой, Адам поделился с женой радостью и надеждой на скорейшее издание совместного труда.

Папку Адам убрал в чемодан в надежде напечатать при первой финансовой возможности. Почему-то всегда появляются первоочередные задачи, и они как правило требуют финансов и полной отдачи времени, и работоспособности. Сначала один бизнес, за ним другой и так раз за разом. Иногда Адам вспоминал о книге, но что-то всегда мешало. Вот сейчас есть деньги свободные и можно издать, но кто будет распространять? Издать для себя и дарить друзьям и посетителям ресторана? Может быть, но потом. Это потом все уходило дальше и дальше. Волею судьбы и бизнеса Адам уехал в Россию и только редкие звонки поддерживали связь с семьей. Времена для бизнеса в России были тяжелые, интересно, когда они там были легкие? Какая там книга. Выжить бы! В один из таких звонков жена поздравила его с выходом книги, но не их имена, а давних знакомцев Пети и Гены, под названием, "Русская кулинария" ...Еще она добавила, что книга никакого успеха не имела и эти ребятки поминали Адама всуе, виня в неумении писать оригинально и интересно.

- Бог шельму метит! А наши имена есть в книге?

- Как бы не так.

- Давай подадим на них в суд? И ведь доказать просто, есть копии.

- А что с них можно взять? Потерять время и деньги? Оно того не стоит.

Прошло еще несколько лет. Бизнес в России устаканился. Всем, кому положено получать, получали и все текло без особых волнений. Сидя за рулем, Адам всегда слушал одну волну, Эхо Москвы. Дикторша объявила:

- А сейчас у нас в гостях известные писатели из США, Петя и Гена с переизданием своей успешной книги "Русская кулинария в ..."

- Это уже перебор. Сейчас, я остановлюсь, позвоню в редакцию и задам простой вопрос: "А вы помните, кто и когда принес вам в набор эту самую книжицу?"

Адам представил какой будет скандал в прямом эфире "Эхо Москвы". Оно мне надо? Сказать мало. Надо идти в суд и доказывать. Ну я докажу, а дальше? Чего я хочу? Наказать плагиаторов? И что? Переиздать за их счет под моим и моей жены именем? Хлопотно и уже противно. Плюнуть и растереть.

Жизнь прекрасна и удивительна. Прошло еще 15 лет. Теперь, когда не надо больше думать о бизнесе и вообще о хлебе насущном, пришло время свободы и возможности писать. Просто писать и поскольку есть свой блог есть возможность размещать там свои литературные опусы. Никому не должен ничего доказывать, пиши, что хочешь. Адам стал ставить свои коротенькие новеллы в Фейсбук и Твитер. Эти новые и современные социальные средства общения породили несметное количество пишущих. Каждый сам себе писатель.

"Вот хочу и пишу, что в голову взбредет, а не нравится не читай. Свобода! - Но дьявол подталкивает: - А чего, возьми и напечатай чего-нибудь! А если не будут покупать? Ну и черт с ними, зато будет книжка, а потом еще книжка и тогда ... вдруг, а? - Смешно конечно, но ретивое шепчет: "Да давай!"

Действительно! Ведь известная марксистская хохма, пролетариату нечего терять кроме своих цепей, объясняет несмышленым, бери чего не дают, это все у тебя и украдено! Собрал Адам многое, из того что успел накропать и получилось даже очень ничего себе! Дорога проторенная. Ищи издателя или издай сам. Если сам, дешевле обойдется, но хочется, чтоб кто-то продавал.

Нашелся и издатель, вернее издательница. Рукопись отправлена и теперь остались разговоры, договоры. В одном из таких разговоров, издательница спросила, не пробовал ли Адам когда-нибудь писать?

- Да было дело, много лет назад мы с женой написали кулинарную книгу, и я знаю, что ее издали Петя и Гена, но под своим именем.

- Подожди минутку, - она вернулась в скайп держа в руках книгу. - Она стоит у меня на полке, я в шоке от услышанного. Они же сделали себе имя на этой книге. Один из них уже ушел от нас. Что ты намерен делать?

- Покою нет от этих ребятишек! Не знаю пока. Посоветуюсь с женой. Но написать, напишу! О чем гласит одна из десяти заповедей? Не укради!

Глава 29

Подарок на Кристмас

Заканчивалось лето и по вечерам становилось все прохладнее. Адам и Ната все чаше говорили о будущем ребенке и планировали купить все необходимое к его рождению. Ната проходила плановые проверки у врача-гинеколога и тот говорил, что все протекает нормально и ребенок должен родиться в конце декабря. Однажды, они как всегда, поехали покататься и погулять в Манхэттене, как вдруг Ната почувствовала себя нехорошо. Они стояли в большой пробке, посредине шестой авеню и проехать куда-либо было невозможно. Адам посигналил несколько раз, пытаясь свернуть вправо или влево, но все машины стояли неподвижно. Пробираясь между автомобилями, к ним приблизился человек в форме офицера транспортной полиции. Он представился.

- Почему подаете звуковой сигнал?

- Извините, офицер. Моя жена беременна и почувствовала себя плохо. Я пытался свернуть в любую боковую улицу и выехать из этого месива.

- Вы знаете, что звуковые сигналы запрещены и вы нарушаете.

- Да. Конечно, офицер. Извините, но просто, жене стало плохо... Кто знает, чем бы закончился этот разговор, но тут вмешаться решила Ната.

- Вас не волнует, что с нами, а нас не волнует ваша проблема. Адам остолбенел.

- Ты что с ума сошла? Зачем ты это ему говоришь? Извините, офицер, она очень плохо себя чувствует.

Но тот уже закусил удила. Он раздвинул автомобили и потребовал прижаться к тротуару. Офицер полиции, всех полицейских, вне зависимости от звания называют, офицер, вытащил блокнот со штрафными квитанциями и стал заполнять форму. Ната, увидев такое развитие событий, действительно почувствовала себя плохо и застонала от боли.

- Офицер, помогите! Моей жене очень плохо. Нам надо в госпиталь, пожалуйста.

Тот принялся расталкивать автомобили и наконец вывел их в первую же улицу.

- Поезжайте прямо, через три квартала увидите госпиталь.

- Спасибо, офицер, извините нас. Адам подъехал к госпиталю и вызвал санитаров. Нату положили на носилки и отнесли в отделение экстренных вызовов. Дежурный врач осмотрел пациентку и выписал успокаивающие капли.

- Не волнуйтесь. С ребенком все в порядке. Она немного испугалась, и мы дали ей успокоительное. Через полчаса уйдете домой.

В приемном покое появился офицер полиции. Наверно переживает, подумал Адам. Полицейский оторвал копию штрафной квитанции и вручил её Адаму.

- Если не согласны, там написана дата, когда можете явиться в суд и оспорить нарушение.

Полицейский козырнул и исчез. Ната, лежащая на каталке, виновато смотрела на Адама, и он боялся, что она снова запаникует.

- Не обращай внимания. Я пойду в суд и все объясню. А он просто гад!

В назначенный день Адам пришел в суд, по адресу, напечатанному на бланке. Это был суд, разбирающий транспортные нарушения и слушающий мнения сторон. Полицейский излагал свою версию случившегося нарушения, а затем нарушитель пытался оспорить, то, что было изложено. В 99.99% судья утверждал наказание в виде штрафа или лишения прав на определенный срок, а иногда и то и другое. При этом еще начислялись штрафные очки, которые тоже могли привести к лишению прав. Несогласный с решением судьи мог передать дело в суд присяжных. Это дорогостоящее дело, требовало участия профессиональных адвокатов, оплату проигранного процесса, экспертизы и прочих материальных затрат. Полицейский, вручивший Адаму штрафную квитанцию, изложил суть нарушения. Слово предоставлялось Адаму.

- Ваша честь. В этот день я вез свою беременную жену к врачу, потому что она себя неважно чувствовала. Мы попали в жуткую пробку, а её состояние становилось все хуже. Я посигналил несколько раз, показывая жестами, просьбу уступить дорогу. Подошедшему офицеру, я объяснил суть проблемы, но он, не обращая внимания на состояние жены, стал выписывать штрафную квитанцию. Ей стало совсем плохо и офицер помог нам выехать из пробки. В госпитале моей жене оказали необходимую помощь, но тут появился офицер полиции и положил на постель штрафную квитанцию.

Судья: - Прямо в госпитале?

Адам: - Да, Ваша честь, в госпитале.

- Идите в кассу, оплатите сумму штрафа и вам вернут ваши права.

Адам вышел из здания суда, с ощущением, что над ним посмеялись. Дома не стал ничего говорить Нате, чтоб лишний раз не расстраивать её.

- Нам надо купить коляску и детскую кроватку.

Коляска была тяжелая, на массивных мягких рессорах. Кроватку принесли домой в коробке и Адам долго возился над ней, собирая из множества деталей. Колченогий стол было решено выбросить, а коляска и кроватка красиво вписались, в освободившийся угол.

Приближался любимый праздник американской детворы, Хэллоуин. Адам накупил всяких разных конфеток и леденцов. Ряженые дети ходили от квартиры к квартире и звонили в двери. Открывшему предлагался выбор: трик ор трит? То есть, откупись или испугайся. Детишкам насыпали сладости, иногда сыпали мелочь, и все были счастливы. Это действо происходило в ночь на первое ноября Ната, веселилась пуще звонящих в дверь малышей. Вслед за Хэллоуином пришел один из самых традиционных праздников американцев, День Благодарения! Для Адама и Наты это были их первые совместные праздники, и они хотели сделать их традиционными семейными праздниками.

Этот день справлялся в последний четверг ноября. Праздник этот считался семейным и большинство американцев стремилось уехать или улететь туда, где их ждали родители. На стол подавалась запеченная индейка, со сладким картофелем ямс и брусничным соусом, тыквенный пирог и горячий яблочный сидр. Адам купил небольшую индейку и начинку, которую продавали везде и всюду к этому дню. Соус к индейке и тыквенный пирог, дополнили меню праздничного обеда. Индейка оказалась удивительно вкусной и мягкой, также, как и впервые в жизни опробованный тыквенный пирог. Они доедали индейку еще три дня. Со Дня Благодарения и до 25 декабря официально наступал, так называемый Кристмас сезон. Все покупали подарки, всем. Вся страна закупала или готовила подарки, которые в Рождественскую христианскую ночь, вытаскивались из-под елки и составляли основную программу, украшающую сей традиционный для Америки праздник. Дети, а то и взрослые писали письма Санта Клаусу, в надежде что в этот день, заветная мечта сбудется. Вся страна украшалась разноцветными электрическими лампочками, фигурками, елочными гирляндами и всевозможными украшениями. На дверях появились елочные венки, что вызывало у эмигрантов из России, многочисленные проявления народного юмора. В России венки исключительно возлагались, на многочисленные памятники или просто на гроб во время похорон. В этом году Адам и Ната, праздник Кристмас воспринимали прохладно. Для выходцев из России, праздником был Новый Год. Все атрибуты, елка, гирлянды, праздничный ужин и подарки нужны были 31 декабря. Эмигранты первого поколения, еще достаточно стесненные материально, ждали 26 декабря, когда странные американцы, выносили елки из домов и квартир. Иногда эти елки могли быть вместе с игрушками. У эмигрантов елки стояли иногда и до февраля.

Адам и Ната готовились к рождению ребенка. Ната все чаще посещала своего врача. Адам много работал, пытаясь собрать побольше денег на предстоящие расходы. Его профсоюз должен оплатить все предстоящие расходы, связанные с рождением ребенка, но все равно, какую-то сумму он должен был внести. Мама и папа звонили дочери, едва не каждый день. Они все вместе плакали и переживали как все будет. Помочь с малышом практически было некому. Сестра Соня была занята своим сыном, который чем был старше, тем больше проблем приносил домой. Адам и Ната ходили на курсы подготовки молодых родителей. Они учились правильно дышать во время родов, проходили различные тренинги и учились как надо обращаться с новорожденным. Все было вновь, все пугающе и неведомо.

Наступил канун Рождества. Вся страна сидела за праздничными столами. Все было закрыто и ничего не работало. Внезапно Ната почувствовала себя плохо и Адам понял, вот оно, пришло. Они осторожно спустились на лифте и сели в машину. Адам много раз себе рисовал как это все будет, но, когда Ната стонала от мучительной боли, у него тряслись руки.

- Сейчас приедем, потерпи немножко, ну еще чуть-чуть.

Адам гнал машину и молил Бога о прощении. Только быстрей доехать, только успеть. У госпиталя он бросил машину и помчался внутрь за помощью. Выбежала целая команда с носилками и погрузив Нату, унеслась внутрь. Адам запарковал машину и пошел разыскивать жену. Он нашел её в какой-то комнате, стонущую от боли.

- Что они говорят?

- Говорят еще рано и они позвонят моему доктору, который должен прийти.

- А нам что делать?

- Сказали ждать. О боже! Как больно.

Её лицо исказила гримаса боли. Адам держал её руку и это было все, чем он мог помочь. Заглянула какая-то медсестра:

- Ваш доктор уже едет. Все идет нормально. Но еще рано, надо ждать, когда схватки станут непрерывными.

- Ты слышала? Наш доктор скоро будет здесь. Схватки прекратились и ей стало немного полегче.

Адам обтер влажной салфеткой её лицо.

- Надо дышать. Помнишь, как нас учили на курсах?

- Я помню, но как только начинается боль, я уже ничего не соображаю. Ты же не оставишь меня одну? Я страшно боюсь.

- Конечно нет. Я никуда не уйду. Я буду все время с тобой.

- Здравствуйте, здравствуйте. - Это был доктор. - Вы голубушка,
сегодня решили рожать? Прямо в Кристмас?

- Извините доктор. Я не хотела портить вам праздник.

- Все прекрасно. Это благословение божье, родиться в такой день.
Мы называем таких, Кристмас бэби. Давайте посмотрим, как наши
дела?

Он осмотрел Нату.

- У нас еще есть время. Я пойду помолюсь, здесь есть чапелс для
молитв.

- Господи. Спасибо тебе за такого прекрасного врача. Он пошел
молиться за мое здоровье и благополучные роды,- промолвила Ната.

Она действительно молилась. Адам и сам бы наверно стал молиться,
если б умел. Схватки становились все чаще и чаще. Ната уже не просто
стонала от боли, а кричала и было видно, что ей невыносимо больно.
Адам страдал не от физической боли, а от страха, что с ней что-то
случиться сейчас, а он не в силах не только облегчить, но просто как-то
помочь. Лицо Наты было все в капельках пота, и она кричала навзрыд.
Адам терял разум от этого немыслимого страдания и почти звериного
воя. Вокруг Наты уже скопились какие-то люди в белых халатах и Адам
рванул на поиски доктора. Он нашел его молящимся и теряя всякий
контроль, дернул того за руку.

- Доктор! Умоляю, сделайте что-нибудь. Она так страдает.

- Да, пора. Пойдёмте! Они нашли Нату в другой комнате, в специальном кресле, окруженной многочисленным персоналом. Она, увидев
Адама, вцепилась в его руку и громко стонала. Адам, уже практически
ничего не соображая, боялся только одного, как бы не грохнуться в
обморок. Он пытался дышать вместе с ней, так как их учили на курсах.
Сколько прошло времени, где они есть, что говорят вокруг он абсолютно не понимал. Ему казалось, что прошла целая вечность и он не понимал, как она выдерживает весь этот кошмар.

Кто-то сказал:

- Девочка!

Какая девочка? Откуда здесь девочка? Он не соображал где они и что
происходит. Внезапно он услышал голоса и Ната перестала кричать.

- Поздравляю! У вас дочка.

Это был доктор. Он показал ему сверток с маленьким кукольным, красным и сморщенным лицом.

- Баба, - вдруг почему-то сказал Адам. Он не думал, а вернее не соображал, что он говорит и что произошло на самом деле. Измученное Наты лицо, склоненное над свертком и слезы облегчения, покатились по его лицу. Ребенка забрали и Нату переложили на каталку и отвезли в палату. Адам шел рядом и все что произошло, казалось нереальным и не было веры, что все самое страшное позади. Ей поставили капельницу, и она тихо спала, измученная, но счастливая.

- Вы тоже, можете поехать домой и поспать, а утром приезжайте.

- А можно? С ней ничего не случится?

- Она будет теперь спать, намучилась бедняжка.

Адам вернулся домой и не раздеваясь рухнул в кровать. Он проснулся утром и подскочил на кровати. Надо ехать в госпиталь. Господи, что там? Как Ната? А ребенок? Что если что-то с ребенком. Страх схватил его за горло и не отпускал, пока он не увидел их обеих. Ната кормила ребенка, и измученная улыбка освещала её лицо. Малышка с закрытыми глазами, чмокала маленьким губками, и вся эта библейская картина, была невыразимо прекрасна.

- Я пойду куплю тебе чего-нибудь и скоро вернусь, - тихо прошептал Адам. - Чего ты хочешь?

Она просто покачала головой.

Адам нашел ближайший открытый магазин и набрал все что смог придумать. Когда он вернулся в госпиталь, в палате он увидел свою сестру Соню.

- Поздравляю, папочка. С дочкой вас! А можно её посмотреть?

Адам выложил на столик фрукты, йогурты и поставил цветы в воду.

- Пойдем посмотришь. Она в детской. Они подошли к большой, стеклянной стене. За ней стояли ровные ряды прозрачных коробочек-кроваток в которых спали новорожденные.

- Ну и которая твоя? Они все на одно лицо.

- Да вот же. Во втором ряду справа.

- Да как ты её узнал? Их же не отличить друг от друга.

Он узнал её сразу. Она отличалась от всех остальных. Это была она, его Надя!

Они с Натой перебирали разные имена мальчиков, но с имя девочкой они выбрали сразу. Надя! Адам осознал, что отныне Кристмас будет его главным праздником.

Через два дня им разрешили уехать домой. Ната несла ребенка, а Адам суетился. не зная, как сделать так, чтоб она смогла сесть в машину. Первым делом надо найти врача, который будет вести наблюдение за развитием ребенка. Им в больнице выписали всякие справки и настоятельно рекомендовали найти хорошего врача. Кто-то посоветовал детскую клинику недалеко от их дома. Они положили Надю в коляску и пошли знакомиться с врачами. Это был небольшой медицинский офис, где работали четыре врача. У них были забавные фамилии: доктор Басс, то есть окунь. Доктор Бир, понятно, пиво. Двое других тоже с оригинальными фамилиями. Несмотря на всю забавность фамилий, они все оказались весьма профессиональными врачами и Адам с Натой, не уставали благодарить Бога, за то, что встретили таких достойных врачей. Особенно им нравился доктор Юнг. Он был постарше остальных и немного странноват. Иногда он шутил, не очень смешно, но это был врач от Бога. Он учил их как кормить ребенка, как пеленать, купать и множеству других, таких необходимых мелочей, которые обычно рассказывают юным родителям старшие.

- Когда вы покормите ребенка, не кладите её в кроватку. Сначала поносите вертикально, на груди. Головку положите себе на плечо и подглаживайте спинку. Когда ребенок сделает, берп, ну отрыгнет, тогда можете положить в кроватку, иначе она будет мучиться от рези в животике и будет плакать. У вашей девочки все очень маленькое. Ушки, попка. Это все разовьется с возрастом, а пока ей надо помогать. Купите детскую клизмочку для ушек. Садитесь с ней в теплую ванну и поливайте в ушки теплую водичку, пока пробка не выскочит. Помогайте ей освободить животик. Смазывайте детским кремом.

Однажды Ната рассказала ему как в России лечат простуду и ангину.

- Дают пить тепленький гоголь-моголь, это теплое молочко, с желтком яйца растертым сахаром или медом.

Доктор подумал и затем спросил серьезно:

- И дети выживают?

- Что вы доктор? А как же надо лечить?

- Уж лучше дать что-то холодное. Например, лед. Там и так все воспалено, а вы даете теплое молоко, от которого образуются пленки.

Таких советов были десятки и пользу от них было трудно переоценить. Они делали ребенку положенные прививки и проверяли вес, рост, общее развитие и все, что необходимо для малышки. Надя росла здоровым, веселым и очень красивым ребенком. Когда у нее шли зубки она плакала и было её очень жаль.

Адам не высыпался и падал на работе. Перед ванной была небольшая комнатка с пустым стенным шкафом и широкой деревянной скамейкой около него. Он просил Нату на ночь закрываться там с ребенком и дать ему хоть немного поспать ночью. Она не хотела, и они в первый раз серьезно поссорились.

Мать Наты чувствовала себя все хуже. Расставание с единственной дочерью, невозможность помочь ей в такую тяжелую минуту и сознание того, что она возможно никогда не увидит ни её, ни новорожденную внучку убивало ее. Она стала очень религиозной. Одела платок на голову, пекла халу в субботу и приняла еврейское имя. Железный занавес опустился вновь и отказники, как их называли, собирались на митинги и протестовали против запрета, воссоединения с родными и близкими. Мать Наты не смогла пережить разлуку и вскоре ее не стало. Ната очень тяжело переживала потерю любимой матери. Втайне она всегда надеялась, рано или поздно увидеть ее, но жестокая жизнь, а вернее, бесчеловечная советская власть, разлучили их навсегда. Отец остался там один и пытался подавать документы на выезд снова и снова. Адам утешал Нату как мог, но слишком велика была потеря. У нее пропало молоко, и врачи рекомендовали перейти на готовые смеси. Они продавались как в виде порошка, который надо было разводить, так и уже готовые, в жидком виде. Они пробовали давать ребенку разные и остановились на одной, которую ребенок пил охотно. Адам купил для автомобиля подогревающийся чехол для детской бутылочки, и они ездили в машине, пока Надя не засыпала. Она всегда охотно засыпала в машине и тогда ее можно было осторожно перенести в кроватку.

Адам работал и понимал, что он обязан принести домой определенную сумму денег каждый месяц. Все их благополучие зависело от него и никаких рискованных авантюр он не имел права затевать.

Глава 30

Время перемен

Пришла зима. Со снегом, с морозами. Адам и Ната по-прежнему ездили в воскресные дни погулять по Манхэттену в своих любимых Чайна таун и литл Итали. Надя спала в детском креслице, привязанном на заднем сиденье. В один из таких дней в их машину влетела, появившаяся из бокового въезда на шоссе, несущаяся на большой скорости машина. Может человек не справился с управлением, а может не смог затормозить на скользком снежном насте, но ударив их машину в правое заднее крыло, автомашина унеслась, не снижая скорости. Адам остановился, прижавшись к правой полосе и вышел осмотреть машину. На правом заднем крыле была отчетливая свежая вмятина.

- Я так испугалась. Что мы будем делать, Адам?

- Поедем, как и хотели в Манхэттен, а там решим, что делать. Стоять тут еще глупее. Мы всем только мешаем. Пока они ехали решился план действий.

- Мы поставим машину на какую-нибудь стоянку. Сегодня воскресенье и все стоянки пустые и никто их не охраняет. Пойдем погуляем, а потом вернемся и обнаружим аварию. Кто ударил не знаем.

- Адам, я боюсь. А вдруг нас разоблачат?

- А что нам делать? Стоять на шоссе и ждать, что кто-нибудь вызовет полицию? Свидетели все разъехались. Нет, другого выхода нет.

- Адам, у тебя железные нервы.

- Просто нет выхода и надо себя защищать.

Они заехали на пустую стоянку. Оставили машину, вытащили детскую коляску и пошли погулять по Чайна тауну. Гулять совсем не хотелось и надо было искать ближайший полицейский участок. Адам раздумывал о том, как полиция начнет искать злоумышленников. Наверное, отправят с ним детективов, чтоб выяснить кто и какого цвета машина совершила аварию. А потом будет расследование...

Все оказалось гораздо прозаичнее. Дежурный офицер попросил документы на машину, составил протокол и выдал Адаму номер дела, зарегистрированного в отделении.

- Звоните в страховое агентство и назовите номер дела.

- Это все? - Наивно спросил Адам.

- А что еще? - Удивленно ответил полицейский.

В машине Адам не переставлял удивляться безразличию полиции.

- Нет, ты представляешь, я думал они хотя бы место происшествия осмотрят. А с другой стороны, чего это осматривать? Для них это ежедневные случаи. Машин здесь несметное количество и аварии случаются каждую минуту.

Дома он набрал телефон страховой компании продиктовал номер дела.

- Кто-нибудь завтра заедет и сделает фотографию вашего автомобиля.

Через неделю Адам получил по почте чек на 800$.

- Вот работают ребята. Прислали чек и иди чини где хочешь.

Ремонт откладывался со дня на день и как впоследствии убедился Адам, не зря. Недалеко от дома его подрезала дама, сидевшая за рулем бьюика и ударила в тоже самое крыло. Они обменялись данными и Адам поехал в страховую компанию, где в очередной раз машину сфотографировали. Чек пришел уже на 1,100 $. Что-то не слава богу с этой машиной. Надо её продать. А то еще платить почти два года по кредиту. Все решилось, само собой. В один из дней Адам просто не нашел машины на том месте, где запаковал вечером. Уже привычно он отправился в полицейский участок и получил номер дела об угоне, зарегистрированного в данном участке. Адам получил по почте уведомление, что страховая компания погасила долг по кредиту за машину и предлагала по всем дальнейшим вопросам, касательно кредита обращаться в банк.

- Ната, смотри, страховка погасила наш кредит полностью, до истечения срока кредита. Надо позвонить в банк и потребовать часть денег, поскольку они получили все деньги и с процентами.

Адам позвонил в банк и высказал свое мнение по поводу выплаты кредита досрочно. Через неделю пришел чек из банка, на 500$.

- Слушай Ната, мы можем купить машину, но не в кредит, а за наличные. Можно поехать в Пенсильванию, я читал об этом в русской газете и там выбрать машину. Во-первых, дешевле, во-вторых лучше и в-третьих поездка бесплатно.

Он позвонил по объявлению и договорился на ближайший день.

- Дайте мне ваш адрес, и я утром за вами заеду.

В машине сидел еще один человек, который тоже хотел купить машину. Водитель, который называл себя дилером, не только обещал отвезти на большие автомобильные площадки в Пенсильвании, но и помочь с выбором и даже перегнать машину в Нью-Йорк, но это правда за отдельную плату. Зато все остальные услуги бесплатно.

- А как же вы зарабатываете, если все бесплатно?

- Я работаю на автомобильных дилеров. Они мне платят зарплату. Я привожу клиентов, а там тысячи машин, но покупателей мало. Машины там все хайвейные. В очень хорошем состоянии. Поскольку машин много то и цены намного ниже, чем в Нью Йорке. Люди там живут богатые и меняют машины каждые 3 года. Всё это звучало очень убедительно и Адам надеялся сделать удачную покупку.

Через два часа они были на месте и стали объезжать площадки и осматривать автомобили. Адам увидел черный мерседес 200 SE. Это была машина-мечта. Черное лаковое покрытие, хромированные бамперы и широкая хромированная решетка впереди. Она выглядела дорого и благородно.

- Сколько хотите за мерседес? - Небрежно спросил Адам.

- Вы сначала садитесь и прокатитесь, а потом будем обсуждать цену.

Отказаться прокатиться за рулем мерседеса, было невозможно. Адам чувствовал себя другим человеком, за рулем шикарной машины.

Но ведь это явная глупость. Она наверняка очень дорогая. Но хороша, слов нет. Он вернулся на площадку и отдал ключи.

- Вам автомобиль нравится?

- Нравиться, но все зависит от цены.

- Как вы думаете, сколько стоит такой мерседес-бенц?

- Я не знаю. Это же вы продаете.

- Вы мне очень нравитесь, и я понимаю, что вам нравится машина. Я готов её вам отдать всего за ... 5 тысяч.

- Машина, наверно, этих денег стоит, но я не могу её купить.

- А сколько вы готовы отдать за эту великолепную машину?

Торг продолжался еще какое-то время, и цена дошла до 4 тысяч.

Адам привез с собой 3 тысячи и не мог больше потратить, чем имел.

- Нет, за 3 тысячи я не могу продать.

Адаму осталось попрощаться и идти искать другую машину. Дилер, которому осточертело слушать всю эту торговлю, попросил Адама решить, что он будет покупать иначе он уедет без него.

- Я готов пойти вам навстречу и отдать автомобиль за 3 тысячи сейчас, но вы пришлете мне чек на тысячу, когда приедете домой.

- А если я вас обману?

- У меня останется тайтл на машину, а без него вы не сможете поставить машину на учет. Когда пришлете деньги, я вышлю вам тайтл. У вас есть 30 дней. Я вам выпишу транзитные номера, и вы сможете 30 дней по ним ездить.

- А что такое тайтл?

- Это паспорт автомобиля и все сделки в нем отмечаются. Без него нельзя ни продать, ни купить. Или поставить на учет.

- А как я поеду без страховки?

- Позвоните в свою страховую компанию, и они сделают вам страховку по телефону.

Адам еще сопротивлялся, но уже просто по инерции. Сделка состоялась и Адам стал владельцем шикарной немецкой машины. Дилер уединился с владельцем площадки и затем, выйдя пообещал вывезти Адама на Пенсильвания шоссе.

- А там едешь до 95 и переходишь на север в сторону Нью-Йорка. Знаки там везде. Не заблудишься.

Адам сидел за рулем шикарной машины и корил себя за глупость и легкомыслие. Подъехав к дому, Адам оставил машину в подземном гараже с ключами в замке. Таковы были правила, и нарушитель изгонялся из гаража навсегда. Ната, как всегда рисовала и на взволнованный рассказ Адама, отреагировала просто.

- Ой, я хочу её посмотреть. Они спустились в гараж, но машины, там, где Адам её ставил не было.

- Где мой мерседес? - Это вопрос к обслуге.

- А у вас есть мерседес? - Очень удивленно.

- Да. Я сегодня купил и только что оставил вот здесь.

- А. Это ваш? Я его в угол отогнал. Подальше от греха.

Они подошли к машине и Ната в восхищении, обошла машину со всех сторон.

- Я понимаю почему ты её купил. Смотри какая благородная морда. А можно покататься? Пойдем принесем Надю.

Они немного покатались и вернулись домой. Ната была в полном восторге, а Адама точил червь сомнения. На следующий день он решил сделать полное техническое обслуживание или как его все называли ТО. То, что купленную подержанную машину необходимо поначалу обслужить, говорили все. Тогда ты знаешь, когда надо масло менять и когда проходить проверку. Станция ТО мерседесов находилась в самом начале Квинс бульвара. Адам позвонил и назначил время обслуживания. Все было неплохо, но, когда он увидел счет, оторопел.

- А почему так много?

- Это мерседес. У него все дорогое. Чтоб содержать такую машину, надо зарабатывать 2000$ в неделю. Это хорошо для адвокатов или врачей.

Адам понял какую глупость он допустил. Такая машина ему не по карману.

- Надо её продать и купить что-нибудь попроще. Он повесил табличку с номером телефона. Иногда кто-нибудь, стоя на светофоре спрашивал:

- Сколько?

Адам показывал растопыренную пятерню, в надежде сторговаться за четыре тысячи, но желающих пока не находилось.

В конце недели позвонил Алик.

- Привет, как дела?

- Привет! Жизнь бьет ключом и все по голове.

- Ты чего это? Всегда же был оптимистом.

- Не обращай внимания. Так, хандра.

- Слушай, есть разговор. Ты дома будешь?

- Да, буду. А о чем речь?

- Приеду расскажу.

Разговор был неожиданный, и Адам не знал, что и думать.

- Есть бизнес. Два пацана продают бизнес в Бруклине. Они его сами сделали и вот решили продать. Один идет учиться, а второй без него не хочет. Свои дела.

- Что за бизнес то?

- Кар-сервис. Слышал про такой?

- Это какое-то такси.

- Такси - это желтые машины, которые имеют медальоны. То есть лицензии. Такой медальон стоит сегодня 35 тысяч баксов. Их в городе 11 с небольшим тысяч, и они все работают в Манхэттене. Никто не поедет в Бруклин или Квинс. Обратно поедешь пустой. А кар-сервисы как раз и обслуживают все районы. Людям надо ездить в больницы, в гости, в аэропорты и вокзалы.

- Ну а нам то какое до этого дело?

- Вот ребята сделали такой бизнес и теперь хотят его продать.

- А каких деньгах идет речь?

- Ребята хотят 15 тысяч, и я уже пробовал торговаться, но без успеха.

- Надо посидеть там, посмотреть, что он реально дает и тогда думать.

- Давай хоть завтра поедем и посмотрим.

- Ну хорошо. Допустим все нормально. Мы должны скинуться по 7 500.

- Да. Это так. У нас есть машины и сможем сами работать.

- Я с деньгами протратился. Машину купил, на ребенка нужны деньги, да и с бизнесом были расходы.

- Я тебе добавлю, сколько нехватает. Отдашь с бизнеса.

Они решили с утра поехать и посмотреть, что это такое и как оно работает. Район, где находился бизнес, назывался Бенсонхерст. Как выяснилось позднее, это был итальянский район, среднего класса. Большинство жило в собственных домах. Все бизнесы, школы, офисы, различные мастерские и торговые точки, все принадлежало итальянцам. Не так давно в районе стали селиться русские, как называли их в Америке. Ребята, открывшие бизнес в этом районе, были одни из первых, рискнувших влезть на территорию итальянцев. Алик и Адам, ничего об этом не знали, и не представляли какие могут возникнуть проблемы, при вторжении на чужую территорию. Весь бизнес состоял из одного, небольшого помещения, снятого в аренду. Деревянной перегородки, старого письменного стола и нескольких стульев. Основной ценностью бизнеса оказался обычный телефонный аппарат. Причем не сам аппарат, а номер телефона. На стене висела большая карта Бруклина. Год назад, двое мальчишек, создали этот бизнес на пустом месте. Он распечатали маленькие визитки с номером телефона, вновь созданного кар-сервиса и ценой в 1.75 $ за локальный вызов. Это значило что в радиусе 10 кварталов, любая поездка стоила эти деньги. Все другие кар-сервисы начинали отсчет от 2$.

Эти 0.25 центов привлекли за год большое количество клиентов. В основном это были небольшие поездки к врачам, к родственникам или просто в магазины, но случались поездки в аэропорты и в Манхэттен. На все поездки имелась определенная цена, в зависимости от километража. Кар-сервис работал с раннего утра и до позднего вечера, без выходных. Ребята оказались, как говорится, из молодых, но ранних. Они твердо стояли на своем и не собирались уступать.

- Хотите проверить бизнес? Внесите депозит 30%. Если через неделю не подтвердится, что мы обещали, деньги возвращаются.

- А если подтвердится?

- Тогда отдаете остальные деньги и бизнес ваш.

- А если мы передумаем?

- Тогда депозит остается у нас.

Адам и Алик вышли совещаться на улицу.

- Адам. Я за. Мы ничего не теряем. Посидим неделю. Если бизнес дает деньги, о которых они говорят, будем брать, если нет заберем бабки и все дела.

- Я в принципе тоже за. Но я пока работаю. Я уже один раз уходил и потом они взяли меня обратно. Уйду сейчас. Все. Надо будет начинать все с начала.

- Адам. Ты сам говорил, что не хочешь работать на дядю, а на себя. Вот тебе реальный шанс начать свой бизнес. Надо решать сейчас, то там еще кто-то трется и хочет купить, но торгуется. Там всех расходов, телефон и аренда помещения 300$ в месяц. Решайся!

- Ты понимаешь, я не имею права рисковать благополучием семьи. У тебя жена работает. Кого-то там из стариков обслуживает и получает. $ 700. А у нас маленький ребенок и я должен принести домой деньги, кровь из носа.

- Это всё так. Ты же не просто бросаешь работу, а идешь в бизнес. Мы проверим сколько денег он дает и, если что не так, не пойдем.

- Ладно. Давай я подумаю, поговорю с Натой и тебе позвоню.

Дома Адам рассказал все Нате и спросил, что она думает.

- Адам, ты сам все реши и делай как считаешь правильным.

Он понимал, что в этом она ему не советчик. Он должен принять решение и только он отвечает за то, что с ними будет. Он не собирался перекладывать решение на её плечи, но, наверное, ему было бы проще, если б она сказала нет.

"- Я сам должен принять решение. Все упирается в маленького ребенка. Он должен расти, не зная никаких проблем. Если я останусь на работе, здесь или в другом месте, максимум который я могу достичь, менеджер с хорошей зарплатой. Возможно я смогу взять кредит и купить квартиру, а потом много лет её выплачивать. Возможно мы сможем раз в год ездить отдыхать и все будет как у людей. Но разве за этим я ехал? Я хотел построить большой бизнес и попробовать чего я смогу добиться сам. Да, но ребенок все изменил. Я ответственен за все, что может случиться. Бизнес - это всегда риск. Что будет, если не получится? Пойду снова работать на кого-нибудь. Итак, решено!"

Он говорил сам с собой, взвешивал все за и против. Страх навредить ребенку, был самый сдерживающий фактор, но желание вырваться из замкнутого круга, работать на чужого дядю, требовало рисковать и дерзать. Худший вариант, все провалится. Найду себе хомут и буду тянуть лямку.

Адам позвонил Алику, и они договорились встретиться завтра.

Глава 31

Партнеры

Адам и Алик встретились перед входом в свой будущий бизнес.

- Алик, давай еще раз все оговорим. Всю неделю мы проверяем бизнес. Все что эти бойцы нам говорили, надо проверять. Я могу сидеть утром, а ты вечером. Если все сходиться, мы бизнес берем за пятнашку, и ты даешь мне в долг трешку, на шесть месяцев. Мы должны их не только проверить, но и научиться работать.

- Ну все, Адам. Мы уже сколько раз об этом говорили. Даем депозит, и все проверяем. Я буду сидеть целый день, а ты решай со своей работой.

В помещении кар-сервиса, у входа сидело трое мужчин. Хозяева сидели за перегородкой с окошком и настороженно смотрели на входящих.

- Привет. Я Сергей, а это мой компаньон Марк. Вы принесли бабки, как договаривались? Без этого нам говорить не о чем.

- Бабки мы принесли, но давайте подпишем договор, в котором оговорим все, о чем мы договорились.

- Хорошо, но сначала покажите бабки. - Он понизил голос. - И давайте по-тихому, водилам, необязательно все знать.

Адам и Алик вытащили приготовленные по 2.5 тысячи долларов

- Марк, пиши расписку, со всеми оговоренными вариантами.

Договор был подписан и деньги перешли из рук в руки.

- Ребята, давайте еще раз, все расскажите по бизнесу и если есть какие-то проблемы, то говорите сейчас. - Начал Сергей. - Вы уже знаете, что локал кол стоит 1.75$.

- Что значит "локал" и что это - "кол"?

- Кол - это вызов, а локал, поездка в пределах 10 блоков, то есть кварталов. На стене, в предбаннике, где сидят водители, висит большая карта Бруклина. Пошли посмотрим. Вот мы здесь, в Бенсонхерсте. Слева Ошен Парквей, справа Макдональд авеню. Вот в этом круге локальные колы. Откуда подбираем клиента неважно, а дальше по разбегающемся кругу колы идут четыре бакса и выше. Аэропорты по ставке, 25 Ла-Гуардия и 30 Джей Эф Кей. С утра основная работа локалы, поездки по врачам и госпитали. Да, еще вам надо приготовить 600 баксов лендлорду за аренду. Мы свои бабки забираем.

- А почему 600, а не 300?

- За месяц аренда и депозит. За свет он возьмет в конце месяца, но это копейки.

Зазвенел телефон.

- Кар-сервис Бенсонхерст. Уес, мисс. Райт эвей. Вер вы ар пикинг ю ап. Энд вер ю ар гоинг? Итс 4$. Райт эвей. - Марк написал вызов на клочке бумажки и отдал подошедшему водителю.

- Марк, по-русски, расскажи, что это было. Почему мисс и что это райт эвей.

- Звонила женщина, а всем незнакомым женщинам говорят мисс. Райт эвей - это прямо сейчас, никто ждать не будет. Пик ап, подбор, на соседней улице, поездка в Кони Айленд госпиталь, стоит 4 бакса.

- А почему этот водитель поехал, а не другой?

- Они сами устанавливают очередь. Кто первый приехал, тот первый и едет. Водители приезжают, когда хотят и также уезжают. Вот эти ребята, работают каждый день, есть другие водители. Некоторые только утром, другие наоборот вечером. Машина должна иметь четыре двери и быть чистой.

Пришли еще два вызова. Водители разъехались.

- А если будет сейчас еще кол, кто поедет?

- Во-первых мы оба здесь, а потом все водители должны скоро вернуться. Алексей, который уехал первым, должен скоро вернуться и те двое тоже. Колы были локал. Я приблизительно считаю, когда водители возвращаются. Они должны сдать деньги после каждой поездки. 70% остается у водителя - 30% идет в компанию. Они покупают сами бензин и ремонтируют свои машины. Мы даем им работу и на этом все.

- Вы их не оформляете и не страхуете?

- Ты что Адам? У каждого водителя есть своя страховка, а если их оформлять, то и штанов не хватит.

- А если случится авария? Не приведи господь, с пассажиром?

- Он у нас не работает. Приехал на один раз, и мы его не знаем.

- Алик, пошли покурим на улице.

- Адам, ты же говорил, что бросил курить, после рождения дочери?

- Так оно и есть, я просто хотел с тобой поговорить, чтоб они не слышали. Слушай, это все сплошная чернуха. Они не платят никаких налогов, ничего не оформлено. Все это очень стремно.

- Адам, ты чего? Какие налоги? Это мелкий бизнес и никому нет до него дела. Если все оформлять, никаких штанов не хватит. Ты хочешь за

15 штук купить легальный бизнес, да еще приносящий доход? О чем ты говоришь?

- Я говорю, что его хотя бы надо зарегистрировать. А кто там водитель, это уже второй вопрос. Мы сами можем возить людей. Это никто не запретит.

- Адам, давай сначала, хоть немного бабок заработаем, а потом будем думать, как делать все правильно.

- Ладно. Я скоро должен поехать на работу, а ты старайся все записывать. Сколько, куда и главное общую сумму выручки за каждый день. Они могут приписать, что хочешь. Мы по сути покупаем только номер телефона. Он и есть весь этот бизнес.

Адам ехал на работу и думал о том, что заднего хода уже нет. Надо предупреждать на работе и наверно придется переехать ближе к бизнесу. Работать придется каждый день и ездить из Квинса в Бруклин и обратно, никакого смысла нет. Эти все непростые вопросы требовали решения и не оставляли его ни на минуту. Надо найти квартиру и переехать. Надо что-то делать с машиной. Работать в кар-сервисе на такой дорогой машине, глупо.

И все это надо сделать в течении недели.

На следующий день его встретил возбуждённый Алик.

- Слушай, я вчера все проверил. Все нормально. Можно брать хоть завтра. Я даже один кол сделал.

-Алик, ты не должен делать никакие колы. Твоя задача сидеть и проверять каждый звонок. Пока ты делал кол, они могут приписать, чего хочешь.

- Да не было водителей, а пришел кол. Ну я и поехал. Но все. Сижу и все пишу. Ты с работой решаешь? Осталось немного времени.

- Да, сегодня все скажу. Времени действительно осталось немного.

Придя на работу, Адам постучался в кабинет босса. Это была неделя Армандо Орсини. Адам его очень уважал и ему было неловко говорить о том, что он опять уходит. Именно Армандо Орсини принял его обратно в прошлый раз.

- Сеньор Орсини. Я очень извиняюсь, но я решил пойти в бизнес. Если можно, я отработаю только эту неделю. Я вам очень признателен за все.

- Ну что же. Очень жаль, но раз ты решил. А в какой бизнес ты идешь?

- Это транспортный бизнес.

- Удачи тебе!

Неожиданно ребята поддержали Адама. Он их понимал.

- Ты русский, молодец! У тебя есть болс. - Это была высшая похвала, означающая мужское достоинство.

- Ты то в галерейный бизнес уходил, то книгу писал, а теперь в транспортный бизнес собрался. Гуд лак!

- И вам всем удачи, рагаци.

Адам привязался ко всем этим итальянским парням. Они приучили его пить вино и ругаться по-итальянски. У всех были семьи и они были привязаны к этой работе крепкими узами. Дома Адам решил поговорить с Натой по поводу переезда в Бруклин.

- Ты понимаешь, я должен буду работать каждый день. Утром ехать из Квинса в Бруклин, а вечером наоборот. Потом я вас совсем не вижу, а там я смогу всегда подскочить домой. Я без вас скучаю.

- А где же мы будем там жить. И как ездить к нашим врачам?

- Квартиру я начну искать завтра, а врачей мы и там найдем. Какая разница.

Адам купил русскую газету и в отделе объявлений сразу нашел, то, что искал.

" В Бенсонхерсте сдается квартира с одной спальней и телефон".

На звонок ответил хозяин и через час, Адам смотрел квартиру. Хозяин одессит, купил дом недавно и хотел сдать русским иммигрантам.

- Условия обычные. Месяц вперед и месяц депозит. Только, пожалуйста, соблюдайте порядок. Я живу с женой и матерью на втором этаже, так мама до сих пор не верит, что дом этот наш. Ходит и целует стены. Я в Одессе преподавал в школе физкультуру, а здесь все по-другому.

- Я перееду с первого числа. Можно выписать чек первым числом?

Оставалось решить проблемы в офисе дома, в котором они жили сейчас.

- Мы конечно, можем удержать ваш депозит, поскольку вы обязаны предупредить нас за 30 дней, но раз вы говорите, что у вас финансовые проблемы и маленький ребенок, мы вышлем вам чек, после выезда и проверки квартиры.

Заканчивалась неделя проверки бизнеса. Все вроде подтверждалось, как и говорили ребята и это был последний момент, когда еще можно было отказаться, правда с потерей 5 тысяч. Алик горел нетерпением, да и Адам был полон решимости идти до конца. В этот вечер, поздно вечером они отпустили водителей и подвели все итоги. Марк, под общую редакцию, написал акт передачи бизнеса, новым владельцам.

Деньги перешли из рук в руки и осталось только по обычаю, выпить по рюмке водки.

- Адам и Алик, я хочу вам сказать, что у нас поначалу были проблемам с итальянцами. Это была их территория и они стали на нас наезжать.

- Сергей, а вы не могли все это рассказать нам пораньше?

- Это были наши проблемы, и мы их решили.

- Очень интересно. И как же это произошло?

- Мы поехали на Брайтон. Там есть такой Евсей. Он из ваших, питерский.

- Я ничего ни про какого Евсея не слышал. А ты Алик?

- А я про него слышал. Он вор в законе и смотрящий по Брайтону. Я слышал, что он ходит с каким-то электрошокером для скота.

- В принципе все правильно. Он прислал своего человека, и он здесь у нас побыл несколько дней и все уладилось.

- И сколько это вам стоило?

-Мы разобрались. Смотрите сами. Может вам это и не надо!

- Хорошенькая история. Теперь уже поздно. Будем разбираться.

Первый день начался с официального знакомства с водителями.

- Привет, ребята. Я Адам, мой партнер Алик. Вы уже знаете, что мы новые владельцы бизнеса. Тебя зовут Алексей. А вы братья Петр и Николай. Все остается как было. Ничего не меняется и мы надеюсь будем работать дружно.

Пошли первые звонки и тут уж было не до официальных речей. Работы было много, и Алик уехал на заказ. В кар-сервисе появился крепкого телосложения молодой парень. Он по-хозяйски зашел за перегородку.

- Привет. Я Майкл, лидер блока. Мой отец держит на этом блоке кинотеатр. А ты, как я понимаю, новый владелец бизнеса. Год назад ты бы не смог иметь бизнес на этом блоке. Однажды, к нам случайно зашли двое "меланзане". Так мои парни, так отходили их бейсбольными битами, что они еле свалили. Но я стал постарше и потише. Мы иногда собирались здесь поиграть в карты. Надеюсь ты не против? Те ребята не возражали.

- Привет, Майкл. Я Адам. Смотри, я пришел сюда не сражаться, а работать в бизнесе. Я раньше работал в ресторане "Орсини'с" в Манхэттене. Я думаю ты слышал про них. Я знаю, что итальянцы называют черных, меланзане. Но ты прав, время изменилось. Если ваши карты не будут мешать бизнесу, добро пожаловать. Надеюсь мы друг друга понимаем.

- Я тебя слышу, Адам. Я потолкую со своими ребятами. Гуд лак.

Когда Алик вернулся, Адам передал ему разговор, в красках.

- Ты думаешь они от нас отстанут? А что такое меланзане?

- Меланзане по-итальянски баклажан. Так они называют черных, а что касается наездов, то я думаю их не будет.

После обеда в кар-сервисе появился огромного роста, здоровенный мужик. Он едва протиснулся в дверь за перегородку.

- Здравствуйте, я Саша! А вы, я думаю, новые владельцы бизнеса. Вам ребята про меня должны были рассказать.

Все было и так ясно.

- Саша, привет. Я Адам, а мой партнер Алик. Как раз сегодня я говорил с лидером этого блока. Мы друг друга поняли. Но если что-то не так, мы знаем где вас искать.

- Хорошо, пацаны. Не против, если я у вас сегодня посижу?

- Какие проблемы? Хочешь чаю?

День прошел спокойно и к вечеру Саша распрощался, заверив, если что, сразу к нему.

Через два дня Адаму надо было перевозить семью. Он попросил Алексея помочь с переездом.

- Алексей, у тебя вольво стэйшен ваген, там все раскладывается внутри. Мне нужно перевезти раскладной диван и к тебе он влезет. Все детские вещи разбираются, и мы на двух машинах отвезем за один раз.

Ната, с ребенком на руках, села впереди и все остальное пространство было забито вещами. Ната была довольна новой квартирой. Прихожая, столовая с кухней и отдельная спальня. После студии, в которой они жили, здесь были царские хоромы. Алексей наотрез отказался брать какие-либо деньги, но на пузырь был согласен.

- Давай отработаем, а потом поедем ко мне и посидим.

За столом пошел разговор о водителях и бизнесе вообще.

- Ты меня Адам извини, но к вам идут только те, кто не смог устроиться на хорошую работу по разным причинам. У кого-то языка нет, старики или неудачники, вроде меня. Мой брат купил большой бензовоз и возит по колонкам левый бензин и заколачивает бешеные бабки. Он меня звал, но я боюсь.

- А чего тут бояться? Он же не ворованный бензин возит.

- Адам, ты не понимаешь. Сейчас очень много народу на Брайтоне крутится вокруг этой темы. Люди покупают бензоколонки и бензовозы. Где-то в Нью Джерси приходят баржи с бензином и все это левое. Налоги никто не платит и бензин сливают за наличку. Я боюсь за брата. Там уже стреляют друг в друга.

- Если это так, как ты говоришь, то их скоро начнут заметать одного за другим.Я знаю, что среди русских появляется то одна тема, то другая, но все связанно с криминалом. На Брайтоне много приличных, быстро растущих бизнесов, но и полно криминала. Держись от них подальше.

По дороге на работу Адам заехал в магазин канцелярских товаров и купил ручки, карандаши, блокнотики и толстую тетрадь для записей. Чек был на 16.50$.

- Алик, привет. Как дела? А где Алексей? Еще не подъехал?

- Привет, Адам. Пока нет. Ты переехал?

- Да, вчера. Спасибо Алексею, он помог. Смотри, я купил тут всякие мелочи, а то ни ручки, ни бумажки записать нет. Я купил большую тетрадь. Мы сможем теперь вести все записи и всегда можно сверить поездки, если понадобиться. Все это на 16:50. Я возьму в кассе, а ты запиши на расходы.

- Знаешь, что Адам. Мне это не надо. Ты это купил для себя и у себя держи.

Адам вышел на улицу, боясь не сдержаться и высказать все, что он думает по поводу жадности и мелочности по такому ничтожному расходу. Тем более, что они постоянно искали то чем записать, то на чем. И как же дальше будут складываться отношения в бизнесе? Он знал, что Алик жадноват и прижимист, но чтоб до такой степени, этого он предположить не мог. Может это какой-то срыв, и он одумается и извинится. Но Алик и не думал извиняться и отношения стали натянутыми.

Следующие два дня Адам работал диспетчером, и Алик на работу не приезжал. Для Адама так было проще, но отношения становились непонятными.

На третий день Алик вышел на работу, а Адам сел с водителями и занял очередь. В воздухе чувствовалась напряженность и все это ощущали. Адам решил поехать в Пенсильванию и поменять свой мерседес на что-то более практичное.

Он объявил это вслух, ни к кому особенно не обращаясь. Дорогу туда он помнил и выйдя, на трассу 95 юг, ехал, постепенно успокаиваясь от монотонной езды. Ему надо было доехать до перекрестка с Пенсильвания терпайк и там искать указатель на Лонгхорн. Через два часа он был на месте. Заехав на первую площадку, он нашел хозяина, большого любителя мерседесов. Адам объяснил, что хотел обменять свой автомобиль на что-то более пригодное, для работы в кар-сервисе. Машина нашлась сразу. Это был додж, четырехдверный седан, с мощным мотором. Адам хотел обменять автомобили и получить две тысячи долларов в придачу. Владелец стоянки предлагал тысячу, и они долго торговались, пока не сошлись на полутора. Адам со страховкой на новую машину и транзитными номерами, возвращался в Нью Йорк. На работе всем водителям додж понравился, кроме одного новичка, как оказалось, он сам занимался перепродажей машин.

- Я, еще в Одессе торговал машинами. Здесь я ищу по газете, кто продает автомобиль и торгую его, а попутно ищу кому это надо, и получаю свой процент. Твой додж несовременный, посмотри на эти формы?

- Мне машина нужна не для секса, не формы, а мощность и выносливость и это все у нее есть.

Алик сидел за перегородкой и в общем разговоре не участвовал. Дома, Адам рассказал Нате о крохоборстве и скопидомстве Алика.

- Я не смогу с ним работать. Это такое жлобство. Я знал, что он скуповат, но чтоб до такой степени. Это отвратительно.

- Он всегда был такой, местечковый и к тому же туповатый.

- Вот урод. Я не смогу с ним работать. Все наши деньги завязаны там и я еще должен ему три штуки.

- Что ты будешь делать Адам?

- Пока не знаю. В свои дни буду работать, а в выходные буду искать работу в других кар-сервисах. На свою шею я всегда хомут найду.

Все оказалось не так просто. В Бруклине было множество кар-сервисов, но у всех свои проблемы. Одним нужны были водители на каждый день, другие имели свои две-три машины и всю работу отдавали, в первую очередь им. На Брайтоне было два кар-сервиса, но хозяева хотели работать со своими, одесситами. Отношения между партнерами становились все напряжённее. Сергей, один из бывших владельцев, иногда приезжал подхалтурить, заметил, что партнеры не в ладах.

- Я вижу вы с Аликом не общаетесь. Что-то не так?

Адам, неожиданно для себя, рассказал о том, что произошло.

- Человек оказался настолько низкий, теперь он у меня втихаря ворует карандаши и бумажки. Ну насколько надо быть таким жлобом?

- Это все бруклинские дела. Я всегда хотел уехать отсюда и сделать бизнес в Манхэттене. Там и люди, и деньги другие. Если хочешь, скинемся по пятерке и откроем кар и лимузин сервис в Манхэттене.

Есть ребята с лимузинами, ищут работу. Смотри если сможешь забрать свое бабло, то я готов.

Это был выход, но как его осуществить, Адам пока не знал.

Неожиданно выход предложил Алик. Вероятно, он давно его готовил. В один из рабочих дней Адама, он появился в кар-сервисе.

- Привет. Я хочу с тобой поговорить. У нас не складываются отношения.

- Вот это, уж точно. Не складываются.

- Послушай, Адам, ты мужик деловой и всегда найдешь себе бизнес. Я ничего такого не умею. Этот бизнес простой и это для меня. Есть человек, который купит твою половину. Ты ничего не теряешь, и мы разойдемся. Ну как?

- Я подумаю. Позвони или приходи завтра.

Адам понимал, что это выход.

- Толку всё равно не будет, и я смогу забрать свои деньги. Но еще есть долг и, если пойти с Сергеем в Манхэттен, надо хоть что-то оставить про запас. Значит надо сказать червонец, куда он денется.

На следующий день, Алик появился вместе с покупателем.

- Ну что Адам, ты подумал?

- Да, я решил, но я хочу получить червонец за свою долю.

Они отошли в сторону и зашептались, но Адам кое-что слышал.

- Почему я должен платить больше, чем заплатил он?

- Это его право, а бизнес стоит этих денег. Они еще шептались, но Адам понял, что дело практически решено.

- Хорошо, Адам. Он согласен. Давай мы подойдем к концу смены, и все посчитаем и оформим.

Вечером все расчеты были закончены и Адам уходя, надеялся не встретиться с этим человеком никогда.

Глава 32

Кар и лимузин сервис "Сион"

Адам и Сергей искали место для офиса будущего бизнеса. Это должно быть там, где водители смогли бы запарковать свои автомобили и ждать заказы. Цена тоже была не последним критерием в списке. Такое место они нашли на первой авеню в Манхэттене между 94 и 95 стрит. Это был четырехэтажный дом в развивающимся районе. От 96 стрит вверх начинался Ист Гарлем, все что было ниже, бурно застраивалось. В доме никто пока не жил и новый хозяин, пытался раздобыть финансирование для ремонта. На первом этаже было небольшое помещение, которое сдавалось за 1.300$. Дешевле в Манхэттене найти приемлемое помещение было нереально.

Первое собрание акционеров прошло бурно и бессмысленно. Сергей не принес деньги, хотя и клятвенно обещал принести завтра, поскольку батя спрятал, но он знает куда. Адам понимал, что все это пустое, но очень хотел верить. Он мог остаться в бизнесе один, но денег было действительно мало и было страшно потерять все, так и не успев раскрутить бизнес. Самое правильное было бы отказаться и пойти снова работать на кого-нибудь, искать и ждать случая. Но он был уже весь нацелен идти напролом и только страх за семью еще удерживал от последнего, решающего шага.

- Сделаем так, Сергей! Я оформляю бизнес на себя. У тебя есть три дня на то, чтоб принести бабки и тогда ты станешь партнером. Если через три дня денег не будет, то можешь остаться, но только водителем. Если не устраивает, то это твои проблемы. Ты и так меня подставил.

Денег не было и Адам понял, что может рассчитывать только на себя. Он дал объявление в русскую газету о наборе водителей со своими автомобилями. Напечатав 5 тысяч визиток с реквизитами компании "Кар и лимузин сервис "Сион", рано с утра разносил их по округе и раскладывал под щетки припаркованных автомобилей.

Насколько название "Сион" было удачным, выяснилось гораздо позже, а пока в компании работал Сергей в качестве водителя и прибился один венгр, Янош, на белом кадиллаке.

Он был очень славный парень и немного говорил по-русски. Янош работал на своем седане в лимузинной компании, но рассорился с хозяином. Работы было реально мало и Адам проклинал тот день, когда он влез в этот транспортный бизнес, ничего в нем не понимая. Листая воскресный выпуск газеты "Нью Йорк Таймс", Адам наткнулся на объявление о том, что можно купить любые адреса жителей или компаний. Вообще воскресное приложение и, в частности, раздел возможностей бизнеса, стали его постоянным чтением. Адам связался с компанией, продающий адреса и купил все данные жителей, расположенные на ист сайде, между 96 и 72 стрит. Можно было купить не просто адреса, которые можно переписывать на конверты, но и уже напечатанные на специальной бумаге, с которой легко снимались и переклеивались на конверты. Это была огромная работа. Сначала на конверты ставился адрес отправителя, штампом, который Адам заказал. Затем вкладывался специально заказанный календарик, с именем и телефоном компании на обратной стороне. На готовый конверт наклеивался адрес и специальная марка для массового почтового отправления. Эти конверты собирались в пачки, в соответствии с указаниями почты, для так называемой "почтовой дороги". Это означало, что каждый почтальон, забирал те адреса, которые он обслуживал. Это было дорого, медленно и трудоемко. Все принимали участие в этой работе, когда были свободны, а Адам занимался этим весь день и носил на почту готовые пачки в специальных почтовых мешках.

Работы стало больше и к Адаму перешли двое ребят из бруклинского кар-сервиса. Они жаловались на Алика и его нового партнера. Работы там стало мало и народ поразбежался. Алексей и Миша включились в общую работу и готовые конверты стали собираться в пачки гораздо быстрее. Появились два новых водителя, со своими лимузинами. Это были длинные шикарные "таун кар", или как их все называли, "стрейч", с барами, телевизорами и прочими аксессуарами. Поездка в ближайший аэропорт "Ла-Гуардия», стоила 35$, а Джей Эф Кей 65$. Можно было заказать поездки в городе, по времени, из расчёта 35$ в час. Одного звали Феликс. Это был очень спокойный и добродушный, в прошлом спортсмен, но уже полноватый добряк. Второй, Слава, полная противоположность. Молод, хорош собой, гуляка и завсегдатай ночных клубов. Ребята работали в лимузинной компании "Готхем". Они были тем, кого называли " фри лансер", то есть вольные стрелки. Когда не было работы в "Готхем", они приезжали в "Сион ". Иногда они выручали Адама и брали работу по цене седана, что было наполовину дешевле, чем прейскуранта лимузина «стрейч». Клиентам говорили, что это подарок от компании. Бизнес понемногу рос, но для Адама, этот год, был вероятно самым трудным годом, с того момента, когда он стал иммигрантом. Семью он видел только ночью и ему было грустно от того, что ребенок растет без него. Самое страшное заключалось в том, что все благополучие семьи было построено на песке. Бизнес забирал почти все деньги, зарабатываемые таким трудом. Реклама съедала всю прибыль, но бизнес не мог без рекламы существовать.

В один из дней Ната сказала, что Наде пора делать очередную прививку.

- Мы повезем её к нашим прежним врачам, Адам?

- На это уйдет большая часть дня. Я могу кого-нибудь посадить диспетчером, но не весь же день. Я посмотрю в русской газете, кто из русских врачей принимает по близости и закажу апоинтмент.

На работе он поговорил с Мишей, который жил в Бруклине и тоже имел маленького ребенка.

- Я слышал Адам, что в Бенсонхерсте есть русская врач из Киева. Её очень хвалят. Она педиатр и я могу позвонить жене и узнать телефон.

Адам позвонил по этому телефону и заказал апоинтмент на следующее утро.

- Сергей. Завтра посидишь с утра, за меня диспетчером. Я постараюсь приехать побыстрее.

Днем позвонила Ната и сказала, что ребенок покашливает.

- Я уже заказал апоинтмент. Пусть её врач и посмотрит.

Поздно вечером Адам сам услышал, как Надя кашляет.

- Хорошо, что я заказал апоинтмент. Утром поедем к врачу.

Утром Наде стало немного лучше, но она всё равно немного кашляла.

В кабинете врача они увидели небольшого роста, в белом халате, полноватую женщину. Она послушала Надю и осмотрела её.

- Ничего страшного у нее нет. Ну немного кашляет. Все дети кашляют и ничего.

У нее время для положенной прививки. Сейчас сделаем.

- Доктор. Может не надо сегодня? Пусть хоть кашель пройдет.

- Ничего с ней не случится. А прививки надо делать вовремя. - Она приготовила шприц, заголила Наде тоненькую ручку и ткнула иголкой. Ребенок залился плачем и захлебывался кашлем. - Иш какая неженка. Все завтра пройдет.

По дороге домой, Адам и Ната говорили о том какая неприятная врачиха и видно, что очень злая. Адам довез их до дома и помчался на работу. Весь день его не оставляло неприятное чувство, оставшееся после посещения врача. К вечеру позвонила плачущая Ната и сказала, что Наде стало хуже.

- Она вся горит, плачет и кашляет. Я очень боюсь. Что делать, Адам?

- Я сейчас позвоню этой врачихе и спрошу, что нам делать?

- Алле. Это Адам Гарбов. Я был с дочерью сегодня в офисе. Вы сделали ей прививку и у ребенка высокая температура и она очень кашляет. Может нам поехать в какой-нибудь госпиталь?

- Ну прямо, сразу в госпиталь. Если всех детей возить по госпиталям, то и госпиталей не хватит. Дети все болеют. Дня два, три и все пройдет.

Адам не верил своим ушам. Он из-за этого хамского отношения уехал из России. Там к людям относились как к рабочему скоту. Но его маленькая, нежная дочурка. Почему она должна страдать из-за этой мерзкой и жадной, да еще к тому же тупой врачихи из его прошлого. Она захотела заработать лишние 10$ за прививку и сделала её больному ребенку. Он клял себя за тупость и не мог понять где была его голова, когда он поехал к ней.

- Надо звонить нашим прежним врачам. Извиниться и просить прощения за то, что пошел к другому врачу. -Адам позвонил и ему ответил доктор Басс.

- Берите ребенка и везите его срочно в Маннхэтен госпиталь. Адрес в телефонной книге. Скажите, что ваша дочь пациентка, нашей клиники. Я приеду позже.

Адам позвонил домой.

- Я выезжаю за вами. Я позвонил нашим прежним врачам и говорил с доктором Бассом. Он сказал срочно везти Надю в Манхэттен госпиталь. Посмотри в желтых страницах, где он находится.

Адам закрыл кар-сервис и помчался домой, полный всяких страхов и злости на себя. Ребенок действительно был очень болен. Она и Ната плакали в один голос. Одна от боли, а вторая от страха. Адам и сам еле сдерживался, чтоб не зарыдать. Это маленькое существо страдает по его вине. Не потому что врачиха оказалась мерзкой дурой, а потому что он позволил этому случиться. В приемном покое ребенка осмотрела дежурная врач и сказала, что нужно взять анализ крови.

- Сейчас придет дежурная сестра. Обнажите девочке руку, она должна взять кровь из вены.

Адам заголил Наде ручку. Вся эта маленькая детская ручка была толщиной с его два пальца. Где там была вена и как её колоть, он не представлял. Появилась высокая, тощая медсестра с набором для забора крови.

С Натой началась настоящая истерика, да и Адам был к этому близок. Медсестра сделала несколько бесполезных попыток попасть в вену. Надя заходилась криком и жутким кашлем. Медсестра решительно взяла Надю подмышку и унесла куда-то вглубь госпиталя. Оттуда раздавался пронзительный детский плачь и сердитый голос медсестры. Адам и Ната, обнявшись рыдали навзрыд. Наконец медсестра принесла ребенка, держа её тельце навесу с искровавленной голой рученкой. Адам уже не понимал жива она или уже нет, он прижимал её к себе, от страха боясь увидеть самое страшное.

- Ребенка отдай, ребенка говорю отдай, папаша.

Это была дежурная медсестра.

- А, зачем? Он не понимал, чего от него хотят.

- В палату отнесем. Мать может остаться с ребенком, а ты поезжай домой. Утром приедешь.

Адам ехал домой и все что он мог делать, это молиться.

"Господи! Если кого-то нужно наказать, накажи меня. Это я во всем виноват. Это маленькое хрупкое существо, ни в чем не виновато! Прости нас!"

Ночь была кошмарная и рано утром он помчался в госпиталь. Он нашел Нату измученную, но не плачущую.

- Был доктор Басс. Он пробыл здесь очень долго. У Нади обнаружилось немного воды в легком. Они хотели проколоть легкое и откачать воду, но доктор Басс не разрешил этого делать и сказал, что приедет сегодня.

- Господи! Благослови этого человека. - Адам не замечал, что постоянно упоминал имя Господа, хотя никогда религиозным не был.

- Вам что-нибудь надо? Я схожу в магазин.

- Нет, пока ничего не надо. Меня здесь кормили. Ты поезжай на работу, а я буду тебе звонить и держать тебя в курсе всего, что происходит.

Она позвонила к вечеру. Адам уже собирался все бросить и мчаться в госпиталь.

- Вот только ушел доктор Басс. Наде стало лучше. Нас подержат еще день, на всякий случай, а послезавтра с утра, приезжай за нами. Доктор Басс сказал, чтоб мы дня через три приехали на проверку.

-Ната. Я тебе клянусь, пока Надя не вырастет, мы будем ходить только к этим врачам. А эту суку, которая сделала ребенку прививку, когда она была больная, я хочу судить. Чтоб она сдохла, прямо на своих деньгах!

Адам листал газету, в поисках адвоката, который бы взялся судить бессовестного врача, за врачебную ошибку. Он набрал номер офиса и изложил суть случившегося с ребенком.

- Вот если б ваша дочь умерла, тогда мы могли б судить этого врача.

Лучше ты сдохни, идиот. Может поехать подкараулить эту врачиху и треснуть кирпичом по башке? А кто будет кормить ребенка, пока я буду в тюрьме? Много разных дурных мыслей бродило у него в голове, но он понимал, что все это бред. Если врача нельзя наказать по закону, остается надеяться на суд божий. Надя уже была веселой и играла со своими куколками. Они повезли её в клинику, где их встретили как заблудших детей. В кабинет зашел их постоянный врач, доктор Юнг. Надя, увидев человека в белом халате, залилась слезами.

- Все, я ухожу, раз я тебе не нравлюсь.

Он вышел и туже вернулся обратно, но без халата.

- А сейчас я тебе нравлюсь? Я вижу, что нравлюсь. Давай посмотрим, что это было. Все было хорошо. Все страхи остались в прошлом.

- Только к ним. Отныне и вовеки. Пока Надя не станет взрослой.

- Адам, они принимают детей до 14 лет.

- Значит я буду возить её сюда до этих самых лет.

В офисе его встретили Оскар и Слава. Они готовили очередную порцию рекламы.

- А где все? Где водители?

-Не боись босс. Все на колах. Мы все записали.

- А для вас работы не было?

- А нам и не надо. Слава в 7 вечера едет в Атлантик сити. Это скорее всего до утра. Такая работа 350-500 баксов, а у меня есть почасовая по Нью Йорку, тоже не кисло. Адам невольно им позавидовал. Это тоже бизнес. Они работают на себя, только платят рассрочку за машины и страховку. Вольные стрелки.

Пришла зима. Работы не только не прибавилось, но даже стало меньше. Адам по-прежнему тратил деньги на рекламу, но этот заколдованный круг он разорвать не мог. Если не поддерживать рекламу, работы становилось меньше, а чтоб поддерживать спрос на услуги, надо было тратить всю прибыль. Только у лимузинщиков прибавилось работы. Праздники и нахлынувшие в город туристы со всех концов страны и из-за рубежа, давали работу лимузинам. Нью Йорк украсился разноцветными огнями, огромными снежинками и елками. Люди несли пакеты с подарками, и все радовались наступившему сезону праздников.

У Нади день рождения в Кристмас, а я сижу в этой дыре и не могу свозить ребенка посмотреть елку в Рокфеллер Центре. Надо закрыться 25-го и приехать в Манхэттен. В этот день никто, кроме лимузинщиков не работал, а те были загружены с утра и до вечера.

Адам повез семью смотреть главную елку Америки в Рокфеллер центре и каток под этой огромной елкой. Они прошли, вместе с длинной очередью, вдоль окон магазина Сакс 5 авеню. Там были двигающиеся фигурки в каждом окне, и Надя заливалась счастливым смехом. Они ездили смотреть окна в огромном магазине Блюмингдайл и Лорд энд Тайлор.

Всем было очень весело и Адам с Натой решили каждый год отмечать рождение Нади, прогулкой к Рокфеллер Центру и окнам Сакс 5 авеню. Вечером они отметили рождение дочери за праздничным столом, с пением, хаппи берздей диар Надя, под веселое хлопанье рученьками.

Бизнес не рос, но и не умирал. Он просто забирал все время, деньги и мысли. Впереди все было беспросветно и абсолютно неинтересно. Адам понимал, что это не его, но, как и на какие средства создать бизнес, в котором он работал всю свою взрослую жизнь, он пока не представлял. Оскар и Слава, днем, если были свободны, приезжали в офис. Они носили на поясе последний писк моды, бипер. Когда они кому-то были нужны, раздавался характерный звук бип, бип и на маленьком экране загорался номер вызываемого телефона. Друзьям обычно звонил диспетчер компании Готхем. Вызываемый, отзванивал и получал работу. Адам предложил всем водителям обзавестись биперами и это был шаг вперед. Не нужно было сидеть в офисе и ждать работу. Вызов мог придти практически в любом месте. Адаму часто хотелось стать одним из водителей лимузина. Можно сидеть дома и играть с ребенком. Тебя вызвали, сел и поехал. Деньги тоже, судя по всему неплохие. Как это обычно бывает, помог его величество случай. Феликс приехал с человеком, увидев которого, Адам просто опешил. Тот был похож на Адама, как если б они были близнецами.

- Адам, я увидел этого парня и спрашиваю, а ты чего не в офисе? А он, в каком офисе? Вы, просто как две капли воды.

- Извините, а как вас зовут?

- Меня Сева, а вы, как я понимаю Адам. Мне Феликс сказал, что мы похожи, но я даже представить не мог, что настолько.

- Откуда, вы, Сева? Может мы какие-нибудь родственники?

- Я из Одессы, а вы, я слышал, питерский. Про родичей в Питере никогда ни от кого не слышал, хотя кто знает. В жизни всякие вещи бывают.

- Я никогда не видел, чтоб кто-то был так похож на меня. Незадолго до отъезда, я встречался со своим братом, но по отцу. Отец ушел от нас, когда я был совсем маленький. У него была другая семья и мы практически не встречались. Когда отец умер, его сын, то есть мой брат, позвонил и попросил встретиться. Я пригласил его к себе на работу. Он пришел и разговор шел о том, не претендую ли я на какое-то наследство. Я тогда стоял очень неплохо и мне его наследство было ни к чему. Я это рассказываю потому, что люди, которые нас видели, говорили мне, что мы очень похожи. Я этого не видел. Но сейчас, Сева, ты просто моя копия. Поразительно. Наверное, есть какие-то родичи общие?

- Возможно,, Адам, но я ничего об этом не знаю.

- А чем ты занимаешься, Сева!

- Я с товарищем работаю в кар-сервисе в Квинсе. Я встретился с Феликсом в русском магазине.

- Представляешь Адам, захожу в магазин и вижу ты стоишь. Ну думаю, почему не в офисе?

-Ты уже рассказывал. Я все понял. Он не Адам.

-Я уговорил его поехать и познакомиться с тобой. Вы явно родичи.

- Нет Феликс, мы не родичи, хотя и работаем таком-же бизнесе. Сева, как бизнес в Квинсе? Есть работа?

- Да не очень, чтобы очень. Да и хозяин, не бизнесмен. Мы с товарищем хотим   что-то свое организовать.

- Можете купить мой бизнес. Я хочу занятья чем-то другим.

- Ты серьезно, Адам? Или так, просто шутишь?

- Абсолютно серьезно. За червонец готов отдать хоть сегодня.

- А можно, я отсюда позвоню своему другу и позову его приехать.

- Садись за стол, звони не стесняйся. - Адам уступил Севе место и отошел к Феликсу. - Если состоится, то с меня пузырь.

- Ты чего, серьезно хочешь продать? А что ты будешь делать?

- Пойду вместе с вами работать в Готхем. Поможешь лимузин купить?

- Если без трепа, вопросов нет. Я тебя познакомлю с кем надо.

Как это бывает, когда чего-нибудь очень хочешь, но не знаешь, как к этому подобраться, все вдруг начинается складываться, как костяшки домино. Каждый из игроков делает какой-то ход и можно догадаться, как и чем ходить и какой результат можно предвидеть. Адам столько раз обдумывал, как выйти из этого бизнеса, при этом не потерять, то, что вложил, а даже наоборот, немного преумножить, то предложение Севы, согласие его партнера, и весь процесс проверки и продажи бизнеса, прошел, словно много раз отрепетированный спектакль. К взаимному удовольствию, Сева с партнером стали владельцами бизнеса, а Адам получил на руки 10 тысяч долларов.

Феликс, как и обещал отвез Адама в компанию, которая занималась лимузинами. "Гейнс", так называлась эта компания занимала большую территорию в одном из промышленных зон Бруклина. На восточном побережье США, это была крупнейшая компания занимающаяся, со слов сына владельца и создателя фирмы "Гейнс", Стива, производством, продажей и страхованием лимузинов.

Сам владелец компании, мистер Гейнс, был чрезвычайно элегантный и подтянутый, типичный американский бизнесмен. Как позже узнал Адам, он был привезен из Польши еще ребенком и был тем, кого в Америке называют, селф-мэйд мэн. То есть сам себя сделавший человек. Так говорят о тех, кто достиг успеха в жизни, и он обязан этим, только самому себе. Стив, работающий в фирме отца, занимался продажей автомобилей и имел лицензию дилера. Это был молодой, успешный и очень деловой бизнесмен. Именно к нему и привел Адама, Феликс. Они познакомились и судя по всему, Адам произвел на Стива благоприятное впечатление. Стив умел говорить красиво, долго и убедительно.

- Ты хочешь купить лимузин как я понял. Новый или уже пользованный?

- А сколько стоит купить лимузин?

- Смотри. Если новый? Ты покупаешь седан. Линкольн таун кар или кадиллак. Это 30-35 тысяч. Затем мы делаем конвержен. Это еще 25 тысяч.

- Извини Стив, а что значит конвержен?

- Мы режем автомобиль, делаем вставку и все необходимое, для того, чтобы получился стрейч.

- Боюсь это не для меня. У меня есть всего 10 тысяч, что я могу на это купить?

- Это совсем другое дело. Я смогу тебе помочь купить подержанный стрейч, но в идеальном состоянии, скажем тысяч за 26-28. Мы сделаем тебе кредит, скажем на три года, это будет где-то по 500 баксов в месяц, сделаем тебе страховку и иди зарабатывай хорошие деньги. Мы полностью обслуживаем автомобиль и тебе не надо ни о чём беспокоиться. Согласен?

- Да, я согласен, а можно посмотреть машину?

- Конечно, пошли в гараж и выберем тебе достойный стрейч. Смотри, вот прекрасный автомобиль, Кадиллак. Был в одних руках и человек решил взять новый. Его водил профессиональный водитель и следил за ним. Я могу сделать тебе хорошую скидку. 23 тысячи баксов, и он твой. Они ударили по рукам, и Стив отвел Адама в офис, где передал его в кредитный отдел.

- Это Адам. Он берет Кадиллак, посмотрите в картотеке модель и номер кузова. Он дает 10 тысяч и 13 тысяч стандартный кредит на три года. Удачи тебе Адам. Тебе здесь все оформят.

Через час Адам выезжал из ворот фирмы" Гейнс", опасаясь не вписаться в улицу на повороте. Машина была не просто шикарная. Это был суперавтомобиль модели флитвуд с мощным 8 цилиндровым двигателем. Механик показывающий Адаму автомобиль, откинул крышку капота, и потрясенный Адам увидел огромный механизм, с переплетениями труб и проводов, более похожий на инопланетный космический аппарат.

- Сюда лучше не лазить, а будет проблема, приезжайте или звоните. За вами приедут.

При подъезде к дому Адам опасался, что машина не влезет на парковку при доме. Он остановился, вышел из машины и открыв ворота во всю ширь, осторожно, стараясь не задеть боками с трудом, но загнал стрейч на парковку. Будь машина сантиметров на двадцать длиннее, то пришлось бы искать специальный паркинг. Ната с ребенком на руках, вышла на звуки паркующейся машины и крики восторженной соседской детворы.

-Адам, эта наша машина?

- Конечно наша, а ты думала чья?

- Но она должна стоить сумасшедших денег?

- Не дешевая, но не сумасшедших, всего 23 тысячи баксов.

- Господи Адам, где ты взял столько денег?

- Во-первых я получил сегодня деньги за бизнес, а во-вторых я получил кредит на три года, на остальную сумму. Эта рабочая лошадка, должна кормить сама себя и нас троих тоже. Хотите покататься?

Ребенку явно машина нравилась.

- Ты заметила, Наде явно нравятся дорогие вещи.

- Давай попозже. Мы только обедать собрались.

За столом, Адам рисовал радужные планы будущего, базирующегося на обладании шикарного лимузина. Он "пробипил" Феликсу и когда тот от звонился, они договорились утром встретиться около компании "Готхем". Ребенок не спал, и они отправились на первую ночную прогулку, на вновь приобретенном лимузине. Ната с Надей на руках сели далеко в конце автомобиля. Адам завел мотор и весь длиннющий салон, засиял разноцветными огнями. Пока Адам осторожно выруливал на Ошен парквэй, с которого можно было выехать на хайвэй, Ната и особенно Надя веселились и ахали от восторга и красоты. Адам опустил стекло, разделяющее кабину водителя от салона и радовался от того, что его семье весело и хорошо. Едва они выехали на хайвэй, как Надя, утомленная новизной впечатлений и плавной ездой, заснула. С этой поры, если требовалось уложить ребенка спать, они выезжали на шоссе и через несколько минут ребенок тихо и мирно спал. Она даже не просыпалась, когда её осторожно переносили в кроватку. За столом, они праздновали новое приобретение и строили грандиозные планы на будущее.

Адаптация в Америке была закончена. Жизнь переходила в новую фазу. Надо было думать о своем жилье, о будущем ребенка. Обо всем, о чем думает каждая семья, приехавшая в эту прекрасную страну иммигрантов.

Глава 33

"Лимузин & Ко"

"Готхем лимузин", так называлась компания, в которую привели Адама, его друзья. Они работали в этой компании уже второй год, но без особого успеха. Фрэнк, диспетчер компании, вызывал водителей на работу, по мере необходимости. Все водители были фри лансерами, как их называли в Америке. Это могло относиться к любому роду занятий. Человек не числился в списках работников и не получал стабильную зарплату, а выполнял время от времени заказы, если хотел. Оплачивалась работа по согласованному тарифу и очень напоминала Адаму, отношения в кар-сервисе. Это и был, по сути кар-сервис, но другого уровня. Автомобили делились по классам. Седан бизнес класса. Это был Кадиллак или Линкольн таун кар. Наиболее популярный вид сервиса и стоимость вызова, такого автомобиля была относительно не очень дорогая. Следующий по классу считался лимузин, под названием "формал". Он имел удлиненный кузов и перегородку, отделяющую салон от водителя. Стоимость вызова такого класса автомобиля, была выше чем седана, но уступала лимузину класса люкс, "стрейч". Это длинный, созданный на базе седана, автомобиль, имел помимо перегородки водителя, бар, с набором бокалов и алкогольных напитков, телевизор, верхнее окно и шикарную отделку интерьера. Все водители являлись владельцами своих автомобилей и работали как правило, с несколькими компаниями и не гнушались любой подработкой. Машины были куплены в рассрочку. Страховка такого класса автомобиля, варьировалась от семисот до тысячи долларов в месяц. Все искали возможность заработать и старались перехватить работу первыми.

Большинство водителей собиралось в Готхем, к 10 утра. Объяснялось это очень просто. Одну из сторон улицы закрывали с 8:00 до 10:00 утра для уборки. Около десяти, собирались все, кто хотел запарковать свою машину и сидели за рулем, готовые немедленно уехать при виде транспортного полицейского, выписывающего штрафные квитанции за нарушение правил парковки. Штраф мог равняться дневному заработку и рисковать никто не хотел. Ровно в 10:00 автомобили закрывались и народ собирался в офисе. Все водители носили на поясе бипер и счастливчики, кому накануне повезло получить вызов, оформляли у диспетчера наряд. Производились расчеты за день предыдущий и затем все разъезжались на вызовы или на свободную охоту. Многие работали на

2-3 компании, некоторые имели частных клиентов, но большинство “челночили” город в поисках работы. Франк относился ко всем водителям без особых предпочтений. Это был молодой, лет 30-35 типичный американец. Очень преданный работе, четкий и настойчивый. Приняв очередной вызов, он набирал несколько водителей, и кто отзывался первым, тот и получал работу. Сама компания “Готхем”, принадлежала какому-то богатому американцу, но руководил и разруливал все Франк.

В первый день Адам получил свою первую работу. В 10:00 утра подобрать на Парк авеню клиента и отвезти в даун таун. Улицы Манхеттена, расположенные между 59 стрит на юге и 96 стрит на севере, в восточной части города, в просторечии называли "старые деньги". Это означало, что те, кто там жил, были уже богатыми давным-давно и, следовательно, более аристократичными. Те же улицы, но в западной части города, назывались, "новыми деньгами". То есть заработанные, не так давно. Эти две части города, разделял огромный центральный парк. Чем ближе к парку проходило авеню, тем престижней считался адрес. Парк авеню, в этой части, ухоженная и солидная, была спальным районом восточного Нью-Йорка. Это были фешенебельные жилые дома, без всяких бизнесов или магазинов. Каждое здание содержало целый ряд обслуги и швейцар в дверях, подтверждал социальный статус, населяющих его обитателей.

Адам подъехал к одному из таких зданий. Швейцар осведомился для кого подана машина и передал имя дежурному в холле. Через пять минут в дверях появилась молодая леди в деловом костюме, с дипломатом в руках. Швейцар проводил даму к автомобилю, услужливо, но с достоинством распахнул дверь автомобиля и убедившись, что все идет прекрасно, пожелал хорошего дня. Адам знал, что должен отвезти пассажирку в даун таун. Задача казалась простая и легко выполнимая. В нижнюю часть города вели два хайвэя, по восточной и западной сторонам Манхеттена. Оба хайвэя смыкались на южной оконечности острова.

- 65 Ворс стрит, плиз!

- Йес, мэм. - Адам понял, что он попал. Где эта чертова, Ворс стрит? Как туда попасть? Пока надо выехать на Ист-Сайд хайвэй и ехать вниз на юг, до Бруклинского моста. Там есть съезд в даун таун и, если повезет будет указатель на эту чертову Ворс стрит. Все шло по плану, но указателя не было и Адам запаниковал. Он остановил машину и подбежал к первому, попавшему продавцу хот-догов с тележки.

- Как проехать на Ворс стрит, не подскажешь?

- Я знаю, что это туда дальше, а как подъехать не знаю.

Адам продолжал двигаться в потоке автомобилей и чувствовал нутром, как напрягалась клиентка в глубине лимузина. Адам надеялся на чудо.

- Сэр! Ай эм э лоер. Гоинг то корт. Ай хав то бе он тайм.

- Йес мэм.- Только этого не хватало. Она адвокат, едет в суд и не может опоздать.

Адам увидел полицейского. Это было спасение.

- Экскьюз ми офицер. Хау ай кен гет он Ворс стрит?

- Гоу стрейт, секонд райт.

- Сэр! До ю ноу вер ар ю гоинг?

- Йес мэм. Секонд райт.

Адам повернул на второй улице направо. Это была Ворс стрит. Пассажирка выскочила из лимузина и исчезла в толпе. Адам чувствовал себя полнейшим дураком. Если клиентка пожалуется на него в компанию, все, его уволят. Значит надо надеяться на чудо, а сейчас купить карту Манхэттена и объехать весь этот даун таун, чтоб не сесть еще раз в такую лужу. Ребята в Готхеме, говорили Адаму, что на вест сайде есть здание, принадлежащее нефтяному гиганту Эксон. В лобби этого здания можно получить, абсолютно бесплатно карты автомобильных дорог. Это оказалось, на удивление, правдой. Адам попросил и получил карты города и штата Нью-Йорк и заодно штата Нью Джерси. Надо было искать какую-нибудь работу. Адам знал, что в городе, запрещено брать на улице клиентов. Это право принадлежало только желтым такси, при наличии медальона. Этот медальон прикреплялся на капоте и любой транспортный полицейский мог видеть его номер. Помимо них, за соблюдением этих правил, следили специальные автомобили с сотрудниками такси и лимузинов комиссии. Пойманный нарушитель лишался прав, до суда, а там мог получить солидный штраф, а за неоднократное нарушение мог лишиться водительских прав.

Разрешалось брать клиентов только по предварительному вызову. Но несмотря на такие жесткие правило, всегда были охотники заработать, особенно в часы пик, или в непогоду. Такси в Манхеттене не хватало и при удаче можно было заработать. Адам решил для себя, стать дежурным водителем в Готхем. Он приезжал незадолго до 10 утра, ставил машину на парковку и шел в офис. Эта тактика принесла ему успех и как правило, он получал работу первым. С Френком у него сложились приятельские отношения, и тот однажды, в порыве откровения, рассказал Адаму, что когда-то "делал драгс".

- Ты употреблял наркотики? - Поразился Адам.

- Нет, ты не понимаешь, я был дилером. Ну торговал наркотой в Чикаго. Мой босс знает об этом, но я сказал: - "Завяжу"! И все, завязал.

Адам видел, как некоторые водители, с утра крутили сигаретки с марихуаной. Ему даже предлагали попробовать, но он твердо для себя решил, что это не для него.

- Выпить водки или вина, да, это для меня, а дурь мне не подходит.

Один из водителей седана, Давид, приобрел один из первых мобильных телефонов. Это было дорогое и громоздкое сооружение, и никто из водителей не торопился следовать его примеру. Давид говорил, что он берет за звонок из машины три доллара, но это все было вновь и даже бипер казался чудом техники.

Водители стали говорить о каких-то, появившихся конкурентных лимузинных компаниях или как их называли радио группы. Для того, чтоб стать членом такой компании, необходимо купить новый седан, бизнес класса и радио у компании. Эти радио группы стали расти как грибы. Каждая группа требовала приобрести седан определенного цвета, установить радио и отвечать на каждый вызов диспетчеров. Они вели агрессивную рекламу в журналах, по радио и быстро захватывали рынок, особенно большие компании, с многочисленными сотрудниками. Спрос на лимузины серьезно упал и хозяин Готхема, тоже решил установить радио, среди водителей, которые были готовы отвечать на вызовы. Адам получил радио одним из первых. Теперь не было нужды сидеть в офисе и можно было искать клиентов в городе.

В один из вечеров Адам ехал по 44 стрит с запада на восток. В Нью-Йорке стриты в основном были односторонние, и если одна шла в направлении запада, то другая направлялась на восток. Авеню шли или с севера на юг или наоборот. Единственное исключение составлял Бродвей. Он пересекал город с севера на юг, но менял направление с запада на восток, а в некоторых местах и наоборот. Где-то он мог быть односторонним, а где-то шел в обе стороны. В целом, несмотря на громадное количество транспорта, разумное планирование потоков движения, позволяло городу передвигаться.

В тот вечер на 44 стрит, движение шло со скоростью 5 километров в час, а иногда вовсе замирало. Адам проезжал там днем и никогда не испытывал проблем. Оказалось, все очень просто. Между шестой авеню и Бродвеем расположены многочисленные театры. Во всех театрах шоу начинались в одно и тоже время и заканчивались практически также. Все близлежащие улицы, были загружены народом и припаркованными лимузинами, ожидающие своих клиентов. Адам стоял в потоке, замерших машин, а вся проезжая часть и тротуары были заняты театральной публикой.

В стекло автомобиля постучал человек в униформе швейцара. Адам опустил стекло.

- Ты свободен?

- Да, свободен.

- Отвезешь в Уолдорф- Асторию? 20 долларов.

- Потом возвращайся, у меня есть для тебя работа.

Швейцар открыл дверь лимузина и в салон впорхнули две бойкие старушки.

- Какое счастье. Спасибо вам. Вы нас спасли! Это какой-то кошмар.

Они принялись рассказывать Адаму какое прекрасное шоу они посмотрели.

- Мы специально приехали из Цинциннати, посмотреть бродвейское шоу и это, что-то необыкновенное.

Они трещали не умолкая, и убеждали Адама, непременно отправить-ся и посмотреть на это чудесное зрелище. Через десять минут они подъехали к одному из самых фешенебельных отелей Нью-Йорка, Уолдорф-Астория. Швейцар распахнул дверь, и пассажирки, оставив Адаму 25 долларов, с благодарность покинули спасительный лимузин.

Адам отправился в обратный путь. Повернув с 6-ой авеню на 44-стрит, он попал в такую же пробку, как и в прошлый раз. Адам всматри-вался в толпу, боясь пропустить, едва знакомого швейцара. В руке Адам держал, приготовленные пять долларов. Он увидел человека в унифор-ме, идущего навстречу с какой-то парой. Он усадил пару на заднее сиденье и обойдя машину пожал Адаму руку. Привычным движением, он ловко снял с ладони банкноту и подмигнул.

- Я, Питер! Отвези на 59 стрит, в отель Плаза. 25 баксов. Возвращай-ся!

- Я, Адам! Я вернусь.

Сзади уже нетерпеливо гудели и Адам продвинул машину вперед. После Бродвея дорога была свободна и Адам повернул на север.

- Простите водитель. Нам Питер из ресторана "Сарди", сказал, что с вами можно договориться и вы нам покажете город. Мы с женой из штата Огайо и приехали в Нью-Йорк погулять и посмотреть город. Мы никогда не были здесь. Что скажете?

- Меня зовут Адам, и я с удовольствием буду вашим гидом. Завтра после 10 утра, я смогу забрать вас около отеля. Это 35 долларов в час. Надеюсь вас это устроит?

- Очень приятно, Адам. Мистер и миссис Джонсон. Мы приехали в

Нью-Йорк потратить немного денег. Мы слишком долго их не тратили, не правда ли, дорогая?

-Да, дорогой! Вы знаете, Адам. Наши дети выросли и Николас решил покутить на наше аневерсари. Мы так давно никуда не выезжали.

- Так у вас годовщина? Я вас поздравляю.

- Мы 55 лет вместе. Поверить невозможно! Это пролетело как один день.

- Вот и Плаза! Я вас жду здесь, на этом месте, скажем в 10 часов. Вас устроит?

- Дорогая! Как ты думаешь? Или ты хочешь поспать подольше?

- Я полагаю, дорогой, что смогу выспаться дома. А завтра этот милый, молодой человек покажет нам Нью-Йорк, не так ли, Адам.

- Безусловно. Я буду к вашим услугам в 10:00.

Он возвращался на 44-ю стрит в приподнятом настроении. Это был очень удачный день. Он познакомился с Питером, как он понял, швейцаром из ресторана "Сарди". Этот известнейший в городе ресторан, располагался в самом сердце театрального района. То, что американцы традиционно идут в ресторан, после посещения театра, Адам слышал от всех водителей лимузинов. - Если подружиться с этим Питером, то каждый вечер можно рассчитывать на неплохой и быстрый кэш. А эти наличные деньги нужны всегда. А на завтра уже есть прекрасная работа.

Главное, надо показать этой приятной паре из Огайо, весь Нью-Йорк. Такая работа может быть на 3-4 часа, а то и дольше. С такими радужными мыслями, Адам тащился в большой пробке, высматривая Питера. Форменная фуражка швейцара была заметна издалека. Ставшая уже стандартной процедура обмена денег на новых пассажиров, прошла незаметно и легко. Адам возвращался еще дважды и финансовый итог за вечер, приятно компенсировал легкую усталость.

На следующее утро, Адам подъехал к отелю Плаза, ровно в 10 часов. Несмотря на знак, стоянка запрещена, автомобили стояли в два ряда и большинство были лимузины. Народ постоянно входил и выходил из отеля. Швейцар прикладывал пальцы к своей фуражке и слегка улыбался всем подряд. Большинству требовались услуги такси, и швейцар покидал высокое крыльцо и вскидывал высоко руку над мостовой. К нему немедленно устремлялись все свободные такси. Он барственным движением распахивал заднюю дверцу машины и милостиво принимал положенный доллар за хлопоты. Адам некоторое время понаблюдал за этим ритуалом и был поражен, сколько этих самых долларов зарабатывал этот швейцар. На крыльце появилась чета Джонсонов. Адам подвинул лимузин к крыльцу. Швейцар распахнул дверцу машины, и получив очередную мзду, пожелал гостям, приятного дня.

- Гуд морнинг, Адам!

- Гуд морнинг, мистер и миссис Джонсон! Готовы к приключениям на острове Манхэттен? Мы объедем его весь, и я вам покажу и расскажу все, что знаю.

- Дорогой! Ты слышал, что сказал, этот симпатичный мистер Адам? Нас ждут необыкновенные приключения. Мы столько об этом мечтали!

- Да, дорогая. Я уверен, что Адам нам покажет весь Манхэттен.

- Я постараюсь вас не разочаровать. Мы едем по 59 стрит в восточную сторону. Эта улица выходит прямо на мост, который называется, 59-ая стрит бридж. Он соединяет Манхэттен с районом Квинз. Мы сейчас поедем правее и повернём на первую авеню и проедем под мостом, а затем свернем на ист сайд хайвэй и по нему поедем вдоль притока реки Гудзон, который здесь называют, Ист ривер. Вы сможете увидеть подвесной трамвай, идущий на остров Рузвельта.

- Дорогой, смотри какая красота! Прямо по воздуху движется вагон с пассажирами. Я бы умерла со страху и ни за что бы туда не села.

- Дорогая, мы это видели в каком-то фильме. А эти люди, что живут на острове Рузвельта, так и добираются, на этом трамвае?

- Нет, это скорее городской аттракцион для туристов. Этот остров соединяется мостом с районом Квинз, иначе все снабжение острова происходило бы или по воздуху, или по реке. Это очень благоустроенный и не дешевый район Квинса.

- Если я правильно понимаю, мы едем вдоль Ист ривер на север.

- Абсолютно верно, мистер Джонс, мы едем в ап таун и слева престижный район ист сайда. Он тянется до 96 стрит, а затем мы поедем вдоль испанского Гарлема.

- Адам, простите могу я называть вас просто Адам?

- Безусловно, миссис Джонс. Я, для вас Адам.

- Он такой милый! Правда дорогой. Я всегда думала, что Гарлем есть Гарлем, а что это за испанский Гарлем.

- Есть еще вест Гарлем. Там живут, в основном, выходцы из Африки, а на ист сайде латинос. Здесь есть и итальянская часть. Мне рассказывали, что, когда снимают фильмы об итальянской мафии, сюда приезжают снимать колоритных типажей. Мы доедем до 125 стрит, а затем повернем на вест сайд, и вы сможете посмотреть и другой Гарлем.

- Адам, дорогой, а это не слишком опасное приключение? В газетах и по телевизору, постоянно показывают всякие страшные истории.

- Дорогая, я уверен, нам ничего не угрожает. Адам не будет подвергать нас опасности. Сейчас день, а вот ночью я бы не рискнул здесь появляться.

- Вы абсолютно правы, мистер Джонсон. Ночью здесь лучше не гулять. Вот и 125 стрит. Отсюда есть выезд на мост, который называется Трайборо бридж. Это буквальное название, говорит о том, что мост соединяет три района. Он связывает Манхеттен с Квинсом и Бронксом. От моста идет шоссе к аэропортам, Ла Гуардия и Джей Эф Кей. А мы поедем на вест, до Амстердам авеню.

- Как замечательно дорогой, что Адам так хорошо знает город и все рассказывает.

- Абсолютно дорогая, а что мы увидим на Амстердам авеню?

- Мы поедем вверх, на север и увидим сверху, с горы, слева весь Манхеттен, а справа реку Гудзон и штат Нью Джерси на другом берегу.

- Адам, вы прекрасный гид и мы будем рекомендовать вас, всем своим друзьям.

- Большое спасибо, я вам очень благодарен, за столь лестное мнение. Мы проезжаем 150-ые улицы. Здесь тоже живут латинос из Южной Америки. В районе 200-х улиц, живет много выходцев из России.

- Простите мое любопытство, Адам. Сюда по вашему акценту, вы тоже из России?

- Вы абсолютно правы. Я приехал из России. В Нью-Йорке уже год с небольшим.

- Моя бабушка тоже из России. Она была с родителями в Харбине, спасаясь от большевиков. Там она встретилась с английским офицером, и они полюбили друг друга. Это очень трогательная история. Они приехали в Нью-Йорк. Здесь моя мама тоже вышла замуж за англичанина, как, впрочем, и я, но во мне есть русская кровь.

- Моя жена гордится своими российскими корнями, и всем об этом рассказывает.

- У наших детей тоже есть частичка русской крови, и поэтому они такие красивые.

- Вот мы и приехали на самую северную точку Манхеттена. Мы здесь поставим машину и можем немного погулять. Этот великолепный замок принадлежит семейству Рокфеллеров. Один из них купил в Европе несколько монастырей и замков и приказал разобрать, привезти сюда и на этом месте собрать. Сейчас здесь музей Рокфеллеров и он открыт для экскурсий. Как я и обещал, справа от нас Гудзон и Нью Джерси на той стороне, а внизу слева Манхеттен.

- Боже, какая красота! Ты только посмотри, дорогой. Мы пойдем в музей?

- Если ты не устанешь дорогая, то все что захочешь.

- Адам. А вы пойдете с нами в музей?

- Нет, спасибо миссис Джонсон. Я там уже был. Это очень интересно, посмотрите прекрасный замок и великолепную выставку картин, а я лучше побуду здесь, на свежем воздухе.

Они ушли и Адам наслаждался тишиной. Эти люди ему очень нравились. После стольких лет совместной жизни, они заботились друг о друге и было очевидно, любили. Как все американцы, они назвали друг друга, дарлинг, то есть дорогой, но это не раздражало, а даже скорей умиляло.

Чета Джонсонов вернулась часа через полтора, в полном восторге.

- Адам, мы так вам признательны! Это такой очаровательный монастырь и абсолютно волшебная галерея. Мы никогда о нем даже не слышали. Я всем своим друзьям должна об этом рассказать. Они должны сюда приехать.

- Действительно, мы ничего об этом не знали. Моя жена в восторге.

- Я очень рад, что смог доставить вам удовольствие, и надеюсь, что оно не последнее. Мы сейчас поедем вниз, на юг, по вест сайд хайвэю. Здесь шикарный вид на Гудзон, и прекрасный парк вдоль берега. В районе 50-х улиц начнутся светофоры, но там есть что посмотреть.

- Дорогой, смотри какой большой военный корабль на Гудзоне.

- То, что вы видите - это Интерпид. Военно-морской музей, на базе авианосца. Говорят, что за год его посещает около миллиона человек.

- Дорогая, помнишь я говорил, что мой отец был военным летчиком и участвовал в войне. Он рассказывал мне про этот музей и у нас есть фотографии Интерпида.

- Дорогой, ты хочешь пойти и посмотреть этот корабль?

- Наверно нет, дорогая. Тебе будет трудно взбираться по всем этим лестницам, а я не хочу оставлять тебя одну, в нашу годовщину.

- Это очень мило с твоей стороны дорогой, но если тебе интересно, то я с удовольствием посижу и поболтаю с нашим милым Адамом.

- Нет, нет не сегодня дорогая, и я уверен, что у нас есть что посмотреть.

- Вы абсолютно правы. Смотрите, рядом с Интерпидом, морской вокзал, откуда отходят экскурсионные пароходики для поездок вокруг Манхеттена. А дальше, вдоль по Гудзону многочисленные здания, когда-то были портовые сооружения и пакгаузы. Сюда причаливали морские суда с грузами и пассажирами. Но появилось воздушное сообщение и все пришло в упадок.

- Как несправедливо. Неужели город не может что-то с этим сделать?

- Я думаю город пытался кому-то это продать или отдать, но пока желающих нет.

Мы сейчас едем в даун таун. Слева вы увидите 5 зданий Всемирного Торгового Центра и его двух близнецов. На 110 этаже одного из них есть обзорная площадка.

- К сожалению, моя жена не выносит высоты, и мы посмотрим на них из лимузина.

- Ты же не сердишься на меня, дорогой? Я же не виновата в этом.

- Мы сейчас проедем мимо Батери туннеля, который соединяет Манхеттен и Бруклин и подъедем к Батери парку. Это южная оконечность города. Можно пойти погулять и посмотреть на остров Эллис и статую Свободы на нем.

- Это прекрасное предложение Адам. Я всегда хотела посмотреть на остров, который называли островом слез. Ведь сюда высаживали всех эмигрантов, и они проходили здесь карантин. Можно представить, что здесь творилось.

- Вы абсолютно правы, мэм. Но судя по недавнему фильму, все было абсолютно организовано. Карантин был необходим, поскольку было множество больных. На остров ходит паром, но я не думаю, что вам захочется туда поехать.

- Дорогая, Адам абсолютно прав, и мы можем посмотреть на статую Свободы отсюда. Адам отошел к машине и ждал пока его пассажиры возвратятся.

- Спасибо, Адам! Это было одно из желаний, которое исполнилось.

- Есть еще какие-либо пожелания? Что-то еще, вы хотите посмотреть?

- Мы полагаемся на вас, Адам. Все прекрасно. Мы столько всего увидели сегодня.

- Смотрите. У нас есть выбор. Мы можем вернуться по ист сайду хайвею, до 59 стрит моста, и затем в отель. Или поехать через город и посмотреть разные места, но это намного дольше, поскольку в городе большие пробки.

- Что скажешь, дорогая? Какой маршрут тебе больше нравится?

- Если ты не возражаешь дорогой, я бы поехала через город. Я абсолютно не устала, и мы сможем посмотреть интересные места. Не так ли, Адам?

- Абсолютно, миссис Джонсон. Итак, мы едем через город на север, но я буду переезжать и с запада на восток и наоборот, поскольку так расположены наиболее яркие городские достопримечательности. В даун тауне расположены большинство федеральных и городских зданий. Здесь находятся биржи, где происходят продажи акций. Сейчас мы подъезжаем к Уолл Стрит. Я приторможу, а вы смотрите.

- Дорогой, я слышала, что это очень узкая и небольшая улица, но не настолько же.

- Так и есть, ты права, дорогая. Смотрите сколько здесь народу гуляет.

- Сейчас время ланча и со всех офисов народ высыпал на улицу. Смотрите, везде сидят люди с пакетами и стаканчиками. Погода хорошая, а есть на улице, вообще американская традиция. Давайте подъедем к Бруклинскому мосту. Здесь очень интересно ночью. Сюда приходят рыболовецкие суда и ночью открываются все эти ворота. Это оптовый рыбный рынок. Сюда съезжаются оптовики и разные торговцы морепродуктами. Все это происходит прямо под мостом.

- Действительно я чувствую рыбный запах. Давайте лучше поедем отсюда.

- Видите справа большой мост? Он называется Манхеттен бридж. Он тоже ведет в Бруклин, и он для больших грузовиков. Здесь начинается Чайна таун. Говорят, здесь живет порядка 150 тысяч китайцев. Но похоже их в несколько раз больше. Они уже захватывают улицы соседнего района, литл Итали. Очень жаль. Мы с женой любили здесь гулять, в выходные дни.

- А что делает ваша жена, Адам?

- У нас родилась маленькая девочка, Надя, и моя жена занимается ребенком.

- Какая прелесть, эти маленькие девочки. А кто помогает вашей жене с ребенком?

- К сожалению, никто. Её родителей не выпускают из России, а моих уже давно нет.

- Боже, какая грустная история. Я представляю, как её мама страдает.

- Вы абсолютно правы миссис Джонсон, но лучше сейчас об этом не думать. Вы слышали о районе, который называют Сохо?

- Честно признаюсь, ничего такого мы про этот район не слыхали.

- Это потому, что он только начал развиваться. Это был район больших фабрик и предприятий. Они давно позакрывались и здания стояли заброшенными и никому не нужными. Первые их стали заселять художники. Здесь были огромные производственные помещения и в них было удобно делать большие мастерские и большие галереи. Район стал престижным и состоятельные люди покупают огромные квартиры с очень высокими потолками. У него большое будущее.

- Наша старшая дочь прекрасно рисует. Она очень талантливая. Надо ей рассказать об этом Сохо.

- Дорогой, ты же не хочешь, чтоб она переехала в этот Сохо. Я этого не переживу.

- Рано или поздно, это случится. Дети вырастают и уезжают от родителей.

- Сейчас мы поедем в район Гринвич Виладж. Я уверен про этот район вы слышали. Это район богемный и не традиционный.

- Разумеется мы слышали о нем. Здесь живут, как бы это сказать поприличней, люди с нетрадиционной ориентацией. Я их не осуждаю, но и не одобряю.

- Даже у нас, дорогой, есть такие люди, но их стараются избегать.

- В отличие от Гринвич Виледж, на ист сайде есть Ист Виладж. Там все смешано. Есть украинские улицы, есть польские, еврейские и даже итальянские. Все это до 14 стрит. Дальше вверх Юнион сквер. Здесь проходят сельскохозяйственные базары по воскресеньям. Еще выше на пересечении 5 авеню и Бродвея находится район игрушек. Справа от него район оптовых распродаж, но если правильно спросить, то можно купить и одну штуку, но по оптовой цене.

- Адам, вы же не так давно в Нью-Йорке, откуда вы все это знаете?

- Я езжу по улицам и вижу, что на этих улицах продают. У нас есть обувные, меховые, платья и костюмы. Есть кварталы, торгующие косметикой и есть продающие различные аксессуары. Дешевле чем в Нью-Йорке, купить нельзя.

- Дорогая! Когда тебе что-нибудь понадобится, ты можешь обратить-ся к Адаму!

- Это прекрасная идея, дорогой, но я не знаю, что мне нужно.

- Обратите внимание на Мэйсис. Этот огромный 9 этажный гипер-маркет. Он проводит парады на День Независимости, прямо на этой площади.

- Какая прелесть, мы тоже смотрим Мэйсис парады в этот день. По улицам плывут огромные надувные фигуры из всяких мультфильмов. Я хотела посмотреть Мэйсис, и моя мечта сбылась. Спасибо, Адам.

- Я рад доставить вам такое невинное удовольствие. Уверен, что вам хотелось бы посмотреть Рокфеллер центр. Зимой там стоит главная елка страны и каток внизу.

- О да! Все Кристмас фильмы показывают эту огромную, красивую елку и катание на льду главных героев. Это так романтично. Жаль, что сейчас не Кристмас

- Вы посмотрите все сейчас, а если захотите приехать на Кристмас, добро пожаловать в Нью-Йорк. Я буду рад вас покатать. Я поставлю машину здесь, а вы сможете выйти и все осмотреть. Если меня прогонит полиция, ждите меня на этом месте. Я приеду. Полицейские действительно всех прогоняли и Адаму пришлось сделать два круга вокруг квартала, прежде чем он увидел Джонсонов.

- Вы не представляете, Адам, какой восторг я испытала. Там внизу, где был зимой каток, и все катались на коньках, люди сидят за столами и пьют кофе, а мне казалось, что я вижу каток и пары кружатся под звуки волшебной музыки.

- Дорогая, ты не устала? Столько впечатлений за один день. Ты не проголодалась?

- Вы знаете Адам, когда мой муж хочет есть, он спрашивает не проголодалась ли я? Правда очень мило? Давай дорогой, посмотрим еще на что-нибудь красивое и я готова съесть легкий ланч.

- Адам, подскажите нам, какое-нибудь красивое и хорошее место для ланча.

- Есть прекрасное место. Оно называется "Таверна в зелени" и находится в центральном парке. Оно не дешевое, но у вас останется память об этом красивом ресторане. Я думаю днем, там не нужно резервировать стол.

- Прекрасно. Едем туда, а по дороге миссис Джонсон может взглянуть на достопримечательности. Ты не против, дорогая?

- Мы сейчас пересечем 5 авеню, смотрите справа, магазин Сакс 5 авеню. В Кристмас здесь показывают в окнах двигающиеся фигурки. Традиционно все после елки и катка идут смотреть окна магазина Сакс. Мы с женой тоже приезжаем сюда. Моя дочь, Надя, Кристмас беби.

- Какая прелесть. Вы счастливчик Адам, ваша жена тоже. Счастливого Рождества!

- Спасибо. И вам веселого и счастливого Рождества. Мы сейчас повернём на Медисон авеню и поедем обратно мимо Рокфеллер центра, а на 6 авеню повернём на север и поедем в Центральный парк. Обратите внимание на Радио Сити Мюзик Холл. Мы заедем в Центральный парк и там вас ждет прекрасный ланч.

- Я подвезу вас к входу, а после ланча, найдете меня на стоянке. Видите, справа?

- А вы не хотите составить нам компанию, Адам?

- Большое спасибо за приглашение, но мне нужно проверить что с задним правым колесом. Похоже, что оно подсело. Приятного вам ланча.

Колесо действительно подсело и Адам вытащил запаску и домкрат и принялся за работу. Покончив с заменой колеса, Адам отправился в ресторан помыть руки.

Через час появились Джонсоны.

- Адам, вы много потеряли, что не пошли с нами на ланч. Такой прекрасный ресторан, превосходное обслуживание и отменная еда.

- Я просто в восторге. Спасибо вам Адам за то, что привезли нас сюда. Там так все красиво и элегантно. Я должна рассказать моим друзьям об этом месте. Они обожают хороший сервис и отменную еду. Мы принесли вам сэндвич и соду.

- Я вам очень признателен. Спасибо за беспокойство.

- А что с колесом, Адам. Надеюсь все в порядке?

- Никаких проблем. Я его поменял и потом отвезу в мастерскую.

- Дорогой! Ты слышал? Он сам поменял колесо! Вот что значит русский.

- Безусловно, дорогая. Ты абсолютно права. Мне кажется нам пора отдохнуть. Да и Адаму, надо отдохнуть от нас. Поедем в отель, Адам.

- Мне было очень приятно быть в вашем обществе, и я надеюсь, если вы еще когда-нибудь приедете в Нью-Йорк, я буду вашим гидом, а сейчас мы едем в "Плазу"!

- Спасибо за теплые слова. Вы нам оставьте ваш телефон, и мы будем рекомендовать вас всем нашим друзьям. Если вы свободны завтра в полдень, то возможно, отвезете нас в аэропорт Ла Гуардия?

- Почту за честь отвезти вас в аэропорт и завтра в 12 я буду здесь. Вот и ваш отель. Я вам дам свою визитку, там есть мой домашний телефон.

- Прекрасно. Итак, дорогой Адам, вы с нами помучились 6 часов. Если я считаю правильно, то это составляет 210 долларов, не так ли?

- Абсолютно верно, мистер Джонсон. Вы превосходно считаете.

- Держите, Адам. Здесь ровно 210 долларов. А это от меня и миссис Джонсон, для маленькой Кристмас-бэби. Он добавил сто долларовую купюру.

- Это очень трогательно. Я расскажу об этом моей жене. Вы очень милые люди.

Эту идиллию прервал швейцар, распахнувший дверь лимузина.

- Добро пожаловать в "Плазу".

Все распрощались как старые, добрые друзья!

Глава 34

Атлантик-Сити

Адам ехал домой и раздумывал включить радио или нет. Он не хотел сегодня брать никакую работу. Ему хотелось побыть с семьей. Поиграть с дочерью наконец. На сегодня он заработал деньги и мог позволить себе, взять выходной. Червь сомнения не давал ему покоя. У него в машине установлено радио и оно принадлежит компании, Готхем. Значит и он ответственен за то, что это радио молчит. По-хорошему надо позвонить и отговориться плохим самочувствием. Может же он чувствовать себя неважно?

Адам включил радио и тут же услышал в эфире свои позывные.

- 13. База вызывает 13. Отзовитесь 13.

- Здесь 13. База, здесь тринадцать.

- 13. Что случилось? Вы только что включились.

- База. Неважно себя чувствую. Выйду завтра.

- 10-4

Франк всех предупредил, в эфире все разговоры строго по протоколу. Отзываться на вызов по своему номеру. За лишние разговоры, компанию могут лишить радиоэфира. 10-4, стандартный ответ, вас понял. Адам уяснил, что у него официальный выходной и выключил радио с большим облегчением. Дома его ждал грандиозный сюрприз. Ребенок сделал первые шаги. Очень неуверенные, с паданием на попу, но шаги. Это был настоящий праздник. Адам привез бублики и колбасу из русского магазина. Для Наты банку с ряженкой. Иногда хотелось чего-то, такого, ностальгического.

- А что сегодня за праздник? Так рано, а ты уже дома. Или что-нибудь случилось.

- Ничего не случилось. Могу я провести день в кругу семьи? А то вы меня забудете.

- А мы не избалованные. Мы уже ходить умеем. Котенок, покажи папе как мы ходим.

- Боже мой. Это настоящее чудо. Иди к папе. Иди, иди. Оп па.

Адам подхватил Надю и стал её тискать и целовать. - А кто нам скажет, папа? А кто нам скажет, папа?

- "Папа". - Абсолютно ясно сказал ребенок.

- Ната ты слышала, она сказала, папа. Скажи еще раз, папа.

- "Папа".

- Господи! Что за чудо, этот ребенок. И умный, и красивый, и говорит, "папа". Сейчас поедем в Тойс Ар Ас и купим этому чудному ребенку игрушек.

- Я значит с ней целыми днями занимаюсь. Кормлю, играю, купаю, а она первое слово сказала, папа. А почему не мама? Скажи котик "мама". Ну скажи "мама, мама". Понимаешь?

- "Мама"!

- Адам, Адам! Ты слышал? Она сказала, "мама". Котенок мой любимый.

Они оба принялась целовать, смеющееся и отбивающееся дитя.

- Все, собирайтесь, и едем покупать этому чуду, все что она захочет.

- А мы можем себе это позволить? У нас есть деньги?

- Сегодня особый день. Я возил весь день, пару чудных старичков из Колумбус, штат Огайо. Они были очень милы, и я им рассказывал про Нату. Они оставили для нее 100 баксов.

- Как это для нее? Они же её совсем не знают.

- Это просто очень приятные и симпатичные люди. Это мои чаевые, но поскольку сумма слишком большая, они сказали, для вашей Кристмас бэби. Так что, по крайней мере, половина суммы её. И мы купим ей за это, игрушки.

Едва они выбрались на шоссе, как Надя уснула. Она всегда засыпала в машине.

- Ну и пусть она спит. Мы будем возить её по магазину в коляске. Жаль она не сможет выбрать игрушки, которые ей понравятся. Ты сама реши, что надо ей купить.

- Нам нужны дайперсы и всякие детские мелочи. Нам пора везти её к врачу. Мы же не поедем к этой ужасной врачихе, которая чуть не погубила нашу кошечку?

- Ната. Я поклялся, что только к нашим врачам, будем её возить. Даже если у нас не будет денег, то всё равно, мы её будем возить к нашим врачам, но не бойся. Я всегда смогу приносить домой деньги. Работа на лимузине не предел мечтаний, но на данный момент он нас прокормит. Хотя я все время думаю о бизнесе. Надеюсь, что лимузин даст нам возможность накопить на какой-нибудь стартовый капитал. Я поэтому и работаю с утра и до ночи. Я знаю, что от меня никакой помощи дома нет. Я понимаю, что тебе скучно и кроме ребенка не с кем поговорить. Но у нас никого нет. Мы иммигранты в первом поколении. Я сделаю все, чтоб мы вылезли из этой нищеты и стали нормальными американцами. Надеюсь нашей дочери не придется так тяжело бороться за свое место в этой жизни. Она просто должна быть счастливее, чем мы.

Нагрузив полную тележку детских вещей и игрушек, Ната и Адам, перенесли все в машину. Ребенок не просыпался, даже не подозревая, какие сюрпризы его ждут.

- Хани! - Обращение к любимому человеку, принятое в Америке, очень нравилось и Адаму и Нате. - Давай все игрушки разложим. Когда она проснется, вот будет радости.

- Хорошо, Хани. Я все сделаю, а ты приготовь ужин. Возьми телефон, кто-то звонит.

- Алло! Кто это? Нет, пока не узнал. Подожди. Нолик, ты что ли? Ну ты даешь. Как ты узнал мой телефон? Понятно. Откуда ты звонишь? Серьезно? И где? Вот это вы молодцы. Я чем? Да вот собираемся справлять первые шаги ребенка. О чем речь? Давай на следующей неделе созвонимся и решим. Привет твоим, подожди запишу номер. Пока.

- Хани, представляешь кто звонил? Нолик, я тебе как-то о нем рассказывал. Они, оказывается, попали в Питтсбург. Ира пошла работать и чем-то там заболела. Они судились с компанией и ей выплатили приличную компенсацию. Они переехали в Нью-Йорк и живут, где-то около Брайтона. Хотят прийти к нам в гости. Может на той неделе.

- Да, ты говорил. У него есть жена Ира и взрослый сын Максим. А как он тебя нашел?

- Через этого жлоба, Алика. Они же дружили. Но Нолик нормальный пацан. Не то, что тот урод. Мы можем пригласить их в гости, а то мы вообще ни с кем не общаемся.

- Хани, я за. А то действительно, ни друзей, ни родных. И мне очень скучно. Я кроме ребенка ни с кем не разговариваю. А она, пока не очень разговорчива.

- Все, решили. Я выберу день и все приготовлю. А сейчас давай праздновать первые шаги нашего дитяти. И первые слова: "мама и папа".

Но встреча состоялась только через две недели. У Адама было много работы и он не мог себе позволить от нее отказываться. Чета Джонсон благополучно улетела в Огайо. Прощанье вышло трогательном, словно расставание с близкими людьми. На работе Адам честно рассказал, о том, чем он был занят и Франк не стал ему пенять за обман, но попросил в следующий раз, просто предупреждать. Со швейцаром ресторана, "Сардис", Питером, у Адама установились дружеские отношения, базирующейся на взаимовыгодной основе. Если не было работы в

“Готхем”, он приезжал к "Сардис" и почти всегда делал две-три поездки в пределах города.

Адам постоянно думал о собственном бизнесе, но слишком много составляющих должны сойтись вместе для решения этой задачи. Основное, какой именно бизнес, это будет? Небольшой изначальный капитал, возможность обойтись поначалу, без наемного труда. Продаваемый продукт, который с первых дней будет давать доход и может оплатить аренду, все расходы, связанные с ведением бизнеса и еще даст возможность содержать семью. Идея пришла в один из дней, когда Адам, уже не в первый раз, зашел в "Кентаки фрайд чикен". Каждый раз присматриваясь, к тому как работал персонал, он удивлялся с какой скоростью и как просто они обслуживали клиентов. Все было готово. Курицы обжарены. Картошка тоже. Салат из капусты стоял запакованный в холодильнике. Все собиралось в разные коробки мгновенно. Судя по всему, этот продукт нравился людям. Адам иногда покупал ланч бокс, куда входили два куска курицы, булочка и на выбор, салат из капусты или картофельное пюре. Курица была вкусная и её жарили впрок. Она хранилась под горячей лампой и могла храниться долго. Все казалось очень просто. Адам обдумывал эту идею со всех сторон и ему она нравилась все больше.

Сначала надо научиться жарить курицу в той панировке, которая нравится людям. Затем найти где продается вся эта упаковка, и все готовить как делают они, и не надо изобретать что-то новое. Это будут покупать сразу, потому что знают, а новое вообще неизвестно, будут ли? Как раз гости собираются и надо попробовать на них. Дома он рассказал Нате о своей новой идее. Она отнеслась к этому без особого энтузиазма, но пригласить гостей, одобрила сразу. Адам позвонил на работу и взял выходной день.

Семья Нолика была приглашена на следующий день, к 8:00 вечера. С утра Адам пошел в магазин и приобрел все необходимое для стола. Русские продукты в ассортименте. Селедка, тресковая печень и сайра из банки. Горячую вареную картошку и салат из огурцов и помидор, он решил приготовить перед самым приходом гостей. Курица была разрублена на восемь частей и мариновалась в холодильнике, со специями и растительным маслом. Оставалось решить две проблемы, в чем панировать и в чем жарить? Панировку его научил делать итальянский шеф Карло, а вот в чем жарить это была проблема. По-хорошему нужна кастрюля с толстым дном и желательно градусник, чтоб знать температуру, но это все не сегодня. Конечно, хорошо бы специальный жир или фритюр, как это называли в России, но на нет и суда нет. Гости пришли вовремя.

- Привет, проходите. Знакомьтесь. Это Ната, а эта наша дочь Надя. Скажи, "папа"! Нет, не хочет. Она не привыкла видеть столько много народа у нас в квартире.

- Адам, дай мне её. Она испугалась. Не бойся, глупышка, это наши гости.

- Ребята, вы проходите, располагайтесь. Ребенок немного капризничает. Ей спать пора.

- Адам, нам так неудобно. Мы не хотели пугать ребенка. Может нам пойти погулять пока она успокоится или уснет. Ира, Макс пошли погуляем.

- Вы сидите, а мы сделаем наоборот. Мы с Натой поедем, покатаем её на машине, и через 10 минут она будет спать. А вы пока посмотрите телевизор. Ната, бери ребенка. В машине Надя успокоилась и через десять минут уже тихо посапывала.

- Тихо ребята. Сейчас Ната отнесет дитя в спальню, и мы можем спокойно посидеть. Ната вернулась к гостям.

- Все спит. Она теперь проспит до утра.

- Адам, у тебя такой шикарный лимузин. Макс купил себе радио и работает в группе "Большое яблоко". Он стесняется, но хочет тебя попросить прокатиться на лимузине.

- Не вопрос! На ключи Макс. Но сам понимаешь, это не совсем обычная машина.

- Конечно, я понимаю. Вы не волнуйтесь, дядя Адам. Я буду очень осторожен.

- Слава богу. Можно наконец выпить за встречу. Мы с Ноликом водку, а ты что, Ира?

- Мне ничего. Я сижу на лекарствах и мне никакой алкоголь пить нельзя.

- Ната тоже не пьет. Так что остались мы с тобой. Давай за встречу в Нью-Йорке! Закусывайте. Кушать то, я надеюсь всем можно? А вот и Макс. Ну как тебе машина?

- Вот это аппарат. Наши машины в группе "большое яблоко", называют лимузины. Но это даже сравнивать нельзя.

- Садись Макс, поешь. У вас седаны, а это - лимузин.

- Нолик, расскажи, как вы попали в Питтсбург и что вы там делали.

- В Питтсбург мы попали по распределению. Город осень чистый и красивый. Очень тихий.

- Я работал на стройке, а Ира устроилась в большую компанию и очень неплохо зарабатывала. К несчастью она серьезно заболела, и мы долго судились с компанией и кончилось тем, что ей выплатили сумму денег и мы решили переехать в Нью-Йорк, тем более, что Макс захотел купить радио. Он взял кредит в банке, купил машину и заплатил за радио. Мы сняли квартиру, недалеко от Брайтон бич, и я пошел работать на стройку.

- Вы ребята молодцы. В Нью-Йорке совсем другая жизнь. Я кручу баранку на своем лимузине и подумываю открыть свой бизнес.

За разговорами Адам совсем забыл, что хотел сделать жареную курицу. Разогрел растительное масло в кастрюле, запанировал куски куры в тертых сухарях и бросил в кипящее масло. Все зашипело и запенилось, и панировка стала сразу темнеть. Адам в панике убрал температуру, но масло было слишком горячее. Курица вся пригорела и выглядела абсолютно несъедобно.

- Господа! Я вынужден сообщить вам пренеприятное известие. Наша кура умерла.

- Умерла так умерла. На столе полно закуски. Давайте на следующей неделе соберемся у нас. Ира приготовит нам что-то необыкновенное. Она прекрасно готовит. Ты ведь знаешь.

- Естественно. Я помню, как вкусно она готовит. Давайте одну неделю у нас, а другую у вас. А то Ната моя скучает без общения. Я все время на работе, а она с ребенком.

Гости засиделись допоздна, вспоминая прошлую жизнь в Ленинграде и друзей. А была прекрасная жизнь, чёрт возьми. Я был директором куста общепита, а Нолик главным механиком в ЦНИТа. Пили, гуляли и были молоды.

- Как вы пили и гуляли, я помню. Нолик приходил домой пьяный. А чего вы тогда уехали, если все было так хорошо?

- Вот это ты Ира права. Это правда и пили, и гуляли, но жить там нельзя. Вокруг все взяточники и лицемеры. Приходили какие-то проверяющие, но все кончалось "бабками". Там ты никто и звать никак. Я официально получал зарплату директора 150 р, а раздавал 250. За все платил и всем. Нет, я хочу сам работать и сам зарабатывать.

- Нолик, собирайся домой. Уже поздно и всем пора спать.

- Минуточку. Мы сейчас выпьем на посошок, а то дороги не будет.

Друзья выпили еще по рюмке и договорились на следующей неделе встретиться у них гостях.

На следующей неделе, Ира постаралась блеснуть своим кулинарным искусством. Ната, предупрежденная Адамом, расхваливала все подряд. Эти посиделки стали проводиться каждую неделю. Ната повеселела, и даже что-то готовила из маминых рецептов. Пришла осень со своими дождями и ездить за рулем, стало гораздо тяжелее. Адам обдумывал планы открытия бизнеса и занимался поисками недорогого, но перспективного помещения. Желательно, чтоб оно было хоть немного приспособлено для ресторанного бизнеса. Нужен газ, электричество и не очень дорогостоящий ремонт. Бауэри стрит, от Чайна таун и до Делансу стрит, являлась для Нью-Йорка, основным поставщиком любого ресторанного оборудования. Здесь продавалось и новое оборудование, но основная масса приходила в поисках более дешёвого, бывшего в употреблении. Там можно было найти все. Было множество мастерских, где можно было заказать по размеру и из любого материала, все для коммерческой кухни. Адам проводил там все свободное время, присматриваясь к ценам и оборудованию, которое понадобиться для открытия бизнеса. Там же на Бауэри продавалась различная упаковка и можно было найти рекламу различных компаний, специализирующихся на снабжении ресторанов сырьем и полуфабрикатами для любого типа бизнеса. Из всей этой разрозненной информации, понемногу складывалась мозаика будущего бизнеса. Но пока надо было платить за лимузин, приносить деньги домой и оплачивать, как говорили американцы, ливинг. Это очень емкое слово включало в себя все, что входит на содержание себя и семьи. Неважно на что были потрачены деньги. На аренду жилья, медицинские расходы, еда, одежда и любые другие расходы, все это - кост оф ливинг, то есть, прожиточный минимум. Единственным источником дохода, являлся лимузин. Адам не имел права заболеть, попасть в аварию или выйти из строя по каким бы то ни было причинам.

Отсутствие запаса прочности, было самым тяжелым испытанием. Значит надо сидеть за рулем до самого последнего дня, а затем просто перейти в другое качество и по-прежнему приносить домой, тот самый, "прожиточный минимум".

Наступила зима, холодная и снежная. Приближался Кристмас, и Адам предупредил Франка, что он работает до шести вечера, а затем едет праздновать рождение дочери.

В шесть часов вечера включилось радио в машине. База вызывала номер тринадцать.

- Это тринадцатый. Еду в Бруклин. Счастливого Рождества!

- 13. Есть одна работа. Клиент в отеле "Варвик". Вест 54 стрит. Едет Нью Джерси. 250 $.

- Это 13. Негатив. Еду в Бруклин. С Праздником!

- 13. Плиз. Простая работа. Оттуда прямо в Бруклин. Выручай.

- Это 13. 10-4.

Адам не мог отказать Френку. Он знал, что тот, без крайней нужды, не стал бы его просить. Сегодня у всех много работы и ему никого свободного не найти. Ладно, надо делать, да и деньги неплохие, а они всегда нужны. Еду в "Варвик". Звоню Нате, что я немного задерживаюсь, везу клиента и обратно в Бруклин, через Стейтен Айленд. Буду дома в восемь, крайний срок, в девять. Ребенок будет спать, но что делать.

Адам повернул на 54 стрит и сразу увидел освещенный подъезд отеля. Он припарковал машину, перед расчищенном от снега входе. Адам подошел к ресепшен.

- Хелло! "Готхем лимузин". Я должен отвезти клиента в Нью Джерси.

- Прекрасно. Я позвоню наверх. Мистер Гимбел, ваш лимузин здесь. Да, сэр. Конечно, сэр.

- Ваш пассажир будет через 15 минут. Можете подождать здесь, если хотите.

- Спасибо. Откуда я могу позвонить?

- Городские телефоны в кабинках, напротив.

- Ната, это я. Нет, все нормально. Я немного задерживаюсь, но празднование не отменяется. Да все нормально, просто еду в Нью Джерси и оттуда сразу домой. Пока!

Адам решил прогреть машину к приходу пассажира. Он повернул ключ зажигания, но ничего не произошло. Не загорелась ни одна лампочка. Не раздался характерный щелчок стартера, раскручивающего маховик. Ничего. Адам попробовал завести автомобиль еще раз, но результат был такой же. Автомобиль словно умер. Ничего не работало.

"Что могло случиться, вот так вдруг? Что-то с аккумулятором? Может его украли? Адам, трясущимися от холода и внезапного страха руками, открыл крышку капота. Все было на месте. Аккумулятор, все ремни и все остальное, выглядело как обычно. Сдох аккумулятор? Вот так вдруг? И чего делать? А клиент в Нью Джерси? О, Господи!"

Рядом с автомобилем Адама, затормозил другой лимузин.

- Эй, приятель! Что случилось? Нужна помощь?

- Тебя сам Бог послал. Слушай, если ты свободен, есть работа. Отвезти в Нью Джерси.

- Вообще я сейчас свободен. А куда в Нью Джерси? И сколько денег?

- Пассажир сейчас придет и скажет куда, а работа 250$. Только помоги мне завестись.

- У меня есть кабель. Попробуем прикурить. Если это аккумулятор, заведешься.

Добровольный помощник открыл свой капот, достал кабель, и они подсоединили оба автомобиля. Адам повернул ключ в первую позицию и замерцали лампочки на приборной доске, он повернул ключ на стартер и тот, словно нехотя медленно закрутился и мотор чихнув заработал. Ничего более приятного, чем звук работающего мотора, Адам не хотел слышать.

- Спасибо тебе! Работа твоя, и Мэрри Кристмас. Клиенту скажешь, что ты с Готхем лимузин. Еще раз спасибо и пока. Адам закрыл капот и въехал в общий поток. Как и всегда на Кристмас, в Манхеттен съезжалось несметное количество машин. Они были везде, но особенно большие пробки скапливались на пятой авеню. Большинство притормаживали около Рокфеллер центра и высаживали пассажиров. Все улицы, пересекающие пятую авеню, были забиты медленно двигающимся транспортом. Адам тащился в этой пробке и молился богу, прося пересечь это авеню, а дальше мерещилась свобода. Не доезжая десяти метров, до пятой авеню, автомобиль заглох. Вся колонна за машиной Адама встала. Все, кто был сзади, жали на клаксоны, не понимая почему они вдруг встали. Из автомобиля стоящего позади Адама, вылезли трое парней и подошли к нему.

- Слышь ты лимо. Ты чего тут встал и перегородил всем дорогу?

- Ребята, я сломался. Помогите сдвинуть в сторону, и все смогут проехать.

Вокруг были сугробы снега, и в один из таких сугробов, они вчетвером, воткнули машину Адама. Мимо него, с трудом, но можно было проехать и весь поток полз, проклиная его на чем свет стоит.

“Эй лимо, ты чего раскорячился?”, ” Эй, лимо! Ты что дурак?”, “ Эй ты. Урод! Убери свое...” Из каждой машины неслись разнообразные ругательства и иногда угрозы.

Адам, замерзшими руками, в темноте, перебирал в бардачке, все бумаги, в надежде найти телефон компании, которая осуществляла по страховке ремонт и буксировку лимузинов. Его усилия увенчались успехом, и он, зажав в руке заветную визитную карточку, отправился обратно к отелю "Варвик". На улице было очень холодно. Адам, одетый для вождения в теплом лимузине, дрожал от холода. Он ввалился в холл отеля, лязгая зубами и синими от мороза руками. Через несколько минут он отошел и смог набрать номер.

“Только бы кто-то ответил. Почему никто не отвечает? Что же делать?”

Но телефон вдруг ожил и женский голос спросил, чем она может помочь. Адам, путаясь в словах, стал рассказывать историю, которая с ним приключилась. Она и не такое слышала.

- Где вы находитесь? Вам нужна флат бед или тоу-трак?

- Я не знаю? А что такое флат бед и тоу-трак?

- Если машина не может двигаться, её грузят на платформу и увозят. Если её можно транспортировать, подцепляют крюком и везут в ремонт.

- Тогда мне нужен тоу-трак. У моей машины только проблема с аккумулятором.

- Водитель тоу-трак не определяет проблемы и не устраняет, а только увозит в ремонт.

- Я понимаю. Моя машина находится на 54 стрит вест, почти на углу пятой авеню.

- Ждите нашего водителя. Ожидание, учитывая сегодняшние пробки, примерно 3 часа.

Адам позвонил домой и рассказал Нате о случившемся.

- Слава богу, с тобой ничего не случилось. А если бы на дороге? Даже подумать страшно.

- Со мной все нормально, но сказали надо ждать три часа, а потом еще добираться в Бруклин. Так что я не знаю, когда приеду. Поздравь за меня ребенка и ложитесь спать.

Три часа Адам провел в холле гостинице. Все уже знали его историю и не прогоняли на мороз. Пришло время идти к машине и ждать тоу-трак. В машине было жутко холодно, и у Адама зуб не попадал на зуб. Он увидел большой тоу-трак с крюком, двигающийся в потоке вниз по пятой авеню. Адам сообразил, что водитель должен объехать вокруг квартала, чтоб подцепить его машину. Адам вновь побежал в сторону отеля, в надежде перехватить тоу-трак по дороге. Еще через час, Адам увидел заветную помощь и выскочив из отеля замахал руками.

- Это ты сломался? Где твоя машина?

- Почти у пятой авеню, я видел вас, когда вы ехали вниз.

- Чего ж ты меня не позвал? Я еще полтора часа объезжал этот блок. Жутки пробки.

- Вы ехали в потоке, и все равно не подъехать с пятой авеню. Все забито машинами.

- А ты чего так одет? Чай не май месяц, промерз, наверное.

- Думал дуба дам. Спасался в отеле. А ты куда едешь, меня не подбросишь? Я заплачу.

- Я не против, если по маршруту. С такой бандурой на хвосте, сам понимаешь.

- Ладно, поймаю такси. Скорей бы домой, да выпить стакан водки.

- Это правильно. Я тоже хочу домой. Жена ругается. У всех праздник, а у нас работа. Это твой лимузин? Давай ключи и иди лови такси. Удачи.

Адам тормознул первое свободное такси. Внутри было тепло и уютно.

- Отвези меня в Бруклин, шеф.

- Нет в Бруклин не могу. У меня смена заканчивается. Поищи другое такси.

- Послушай. Я все понимаю. Никто не хочет ехать в Бруклин, потому что, обратно поедешь пустой. По закону ты обязан меня везти, куда я скажу, но я знаю все примочки. Ты вдруг сломаешься или бензин кончится. Ты меня отвези, и я оплачу два конца, окей?

- Ну хорошо. Я тебя отвезу. А ты чего так одет?

Путь был долгий и Адам рассказал водителю о своих приключениях. Тот был согласен, работа у них, врагу не пожелаешь.

Дома все спали, и Адам выпив пол стакана водки, лег тихонько спать, стараясь никого не разбудить. Утром он позвонил в офис и рассказал Франку свои злоключения.

- Хорошо. Сегодня отдыхай, всё равно никто не работает. Завтра позвони, как все узнаешь.

- Герлс! Папа сегодня дома, и мы будем справлять день рождения.

Это был счастливый день. Не надо никуда спешить. Никто не позвонит и не потребует все бросить и ехать неизвестно куда. Можно сидеть за столом и смотреть телевизор. Можно играть с ребенком целый день и разговаривать с женой. Есть же такие счастливые люди, которые могут себе это позволить. Они не знают, как им повезло в этой жизни.

На следующий день, Адам поехал в гараж, куда должны были привезти его машину. В большом дворе, за забором, стояли несколько лимузинов. Среди них он увидел и свой.”Даже не начинали смотреть. Что ж я буду делать? Подходят столько платежей.” - подумал Адам.

Он пошел внутрь, искать начальника гаража. Тот стоял около какой-то машины и копался в моторе.

- А чего вы мою машину даже не загнали в мастерскую. Я уже третий день не работаю.

- А твоя давно готова. Пришлось поменять генератор и все работает.

- Правда? Так это был генератор? Он и аккумулятор убил?

- Нет. Мы еще вчера поставили его на зарядку, так что все работает. Иди в бухгалтерию, оформи ремонт и можешь забирать свою ласточку.

В бухгалтерии Адаму показали счет за ремонт. Тоу-трак 150$, генератор с установкой - 400$ = 550$. Можно заплатить в конце месяца, вместе с остальными платежами. Плюс рассрочка за лимузин и страховка. Адам забрал ключи и пошел к машине. По дороге в Готхем, он в очередной раз обдумывал, зачем он этим занимается.

Вроде денег проходит много. Хотя за такие длинные часы, отказывая себе в простом счастье, побыть с семьей, эти деньги не имеют значения. Результат всех этих усилий, прожиточный минимум.

День шел за днем, но окончательного решения все не складывалось. Было страшновато променять рутинное, но стабильное выживание, на рискованное и неизведанное будущее. Большая часть работы в Готхем, приходилась на поездки в аэропорт Джей Эф Кей. Чаще всего эти поездки приходились на окончание рабочего дня для "белых воротничков". При отсутствии пробок, до аэропорта, можно было доехать из любого конца Манхеттена, за 30 минут. В часы пик, от двух до трех часов. А затем, в тех же пробках вернуться обратно. Это была самая неблагодарная работа. Самая лучшая работа, считалась поездка за пределы городской черты. Стоимость поездки рассчитывалась из расчёта, двойного тарифа. Хорошей считалась почасовая работа.

Однажды, Адам получив подобную работу, подъехал за пассажирами на 5 авеню и 59 стрит. Был поздний вечер и улицы были достаточно свободным. Пассажиров не было и Адам подрёмывал за рулем. Время от времени он просыпался, выходил из машины и пытался разогнать сон. Правила требовали от водителя лимузина, ожидать пассажиров и галантно открывать двери, во время прибытия оных. Шел второй час ожидания и никаких признаков пассажиров не наблюдалось. Ситуация была непонятная. Звонить на базу, слишком поздно. Франк уже ушел домой. Уехать нельзя, а вдруг клиенты не торопятся. Конечно бывают случаи, когда нетрезвые клиенты, ловят первое попавшееся такси и вспоминают про лимузин на следующий день. Адам подошел к стоявшему у входа в здание, швейцару.

- Слушай, друг. Ты не знаешь кто заказал лимузин из этого здания?

- Я не знаю. Сегодня голландский праздник и на первом этаже, в большом зале, костюмированный бал. Народу очень много и найти никого нельзя. Так что жди

Делать было нечего. Хотелось есть или хотя бы чашку кофе. Но отойти и искать, где можно купить кофе в этом районе было нереально. Оставалось терпеливо ждать. Они появились, когда у Адама пропала всякая надежда дождаться пассажиров. Это были две молодые пары, в карнавальных костюмах и изрядно подвыпивших. Им было весело.

- Водитель. Едем в "Лайм Лайт"!

Они открыли бутылку шампанского, включили телевизор и приветственно кричали, высовываясь в открытый люк. Адаму уже случалось возить пассажиров в этот новомодный клуб, расположенный на шестой авеню и 20 стрит. Снаружи это выглядело как старая заброшенная церковь. Но репутация у этого ночного клуба, была абсолютно не религиозная. У подъезда тусовалась огромная толпа молодежи и множество машин и лимузинов. Пассажиры, как были в костюмах и карнавальных масках, унеслись в чрево клуба и Адаму оставалось найти место для парковки и ждать.

Он купил кофе и сандвич в небольшой деликатесной и позвонил домой. Ната ждала его и не ложилась.

- Привет. У меня работа почасовая и я без понятия, когда освобожусь. Так что не жди и ложись спать. Как доченька? Наверное, забыла, как папа выглядит?

- А что значит почасовая? Куда ты едешь? Или ты в Манхеттене?

- Почасовая - это значит 35$ в час. Езжу по Манхеттену. Какие-то бухие богатые бездельники. Не волнуйся, я в основном стою и жду, а они тусуются по клубам. Все, пока.

Адам бы прав. Всю ночь они ездили из клуба в клуб, и к четырем утра уже еле выговаривали слова. Адаму они надоели до чертиков. Они пили, орали и хохотали.

- Ну все. Водитель, я знаю одно место в Сохо. Там еще открыто. Едем туда, а потом домой.

Тогда это был плохо освещенный, пугающий район Манхеттена.

Адам сидел в лимузине, защёлкнув все двери. Вокруг ездило множество машин и шастали всякие темные личности. Внезапно Адам почувствовал удар по машине и затем страшный скрежета. Проезжающая машина, без освещающих приборов, ударила его в заднее правое крыло и процарапав по всему корпусу, зацепила и рванула угол переднего бампера. Адам выскочил из машины, не соображая, что произошло и что надо делать. Автомобиль, который его ударил, унесся на бешеной скорости. Адам понемногу приходил в себя и стал осматривать машину, при тусклом свете фонаря на столбе. Все было не так ужасно, как казалось, когда он сидел в машине. Тогда казалось, что в машину влетел снаряд и сейчас все разорвется. Машина была повреждена, но не смертельно. Появившиеся гуляки даже не заметили аварии и продолжали орать и хохотать.

- Шеф. Едем домой. Туда откуда уехали.

Им было очень весело. Один из них протянул Адаму кредитную карту и даже не поинтересовавшись суммой, чиркнул свою подпись.

Утром Адам поехал в свою ремонтную мастерскую. Начальник цеха обошел машину и переписал все поврежденные места. Он долго осматривал погнутый бампер.

- Смотри. Машину мы к концу недели сделаем. Подожди, подожди мы дадим тебе лонер. Это значит другой лимузин на время ремонта. Это входит в твою страховку, так же, как и ремонт машины. Проблема бампер. Если менять полностью бампер, то он стоит без установки 2,500$. Страховка это не покроет. У тебя погнут клык. Вот этот угол бампера. Поищи где-нибудь на разборках, правый клык и мы тебе его поставим.

- Я отработал 10 часов. Заработал 350$, а какой-то обкуренный ублюдок, погнул мой бампер и это стоит 2, 5 тысячи баксов. Это что за работа такая? Кому она нужна?

- Люди работают. В каждой профессии есть плюсы и минусы. Водить машину всегда риск.

Адам потратил день на поиски клыка и в конце концов нашел. Но продавали только пару. После долгой торговли Адам приобрел оба клыка за 150$.

В конце недели Адам взял выходной и решил вывезти семью на природу. Он приготовил сэндвичи и термос с горячим чаем. На океанском побережье был тихий и солнечный день. Приближалась весна и все понемногу преображалось. Ребенок спал, надышавшись морским воздухом. Адам тоже блаженно дремал, убаюканный тишиной.

Резкий звук бипера, ворвался в идиллическую тишину. Адам вздрогнул, вынырнув из сна и глянул на номер. Это был Готхем. “- Какого черта? Я же сказал, что хочу выходной.” Бипер снова загудел. “- Нет. Я выходной, могу и не слышать бипер. Почему, я его не отключил?”

Адам включил радио:

- Это 13. Я сегодня выходной. Прием.

- 13, есть работа, Атлантик-Сити. Повторяю, есть работа, Атлантик-Сити. Прием.

- 10-4. Вас понял. Я перезвоню.

- Что случилось? Тебя опять на работу вызывают? Мы хотели провести день с ребенком.

- Поверь, я тоже этого очень хочу. Но это очень хорошая работа. За 350 баксов. Туда ехать два с половиной часа и столько же обратно. Там четыре часа бесплатного ожидания, если больше, 35 баксов в час. Деньги всегда нужны, надо ехать.

Ната была обижена, но они оба понимали, что от такой работы не отказываются. Адам позвонил в ”Готхем” и записал информацию.

Нужно было забрать клиентов на вест сайде Манхеттена. Пассажиров было четверо, не очень молодых и спокойных. Адам поднял перегородку, между водителем и салоном и меланхолично следил за убегающей дорогой. Гарден Стейт Парквей вел его почти от самого Нью-Йорка до Атлантик-Сити Раркувей, а там рукой подать. Адам вместе с Натой были в этом городе. Атлантик-Сити конечно уступал по размаху Лас-Вегасу, но для жителей близлежащих штатов был отдушиной для любителей попытать фортуну. Там было много казино, но главная привлекательность состояла в том, что практически все гостиницы посылали свои автобусы в большом количестве, в различные районы где проживало много народа. Автобусы собирали людей утром и привозили обратно поздно вечером. Проезд в таком автобусе стоил 20$. Каждому пассажиру, выдавали по прибытии, 10$ в 25 центовых монетах и 5$ талон в ресторан. Автобусы наполнялись пенсионерами. Великое множество игроков преклонного возраста, сидели как привязанные у автоматов и опускали в щели монетки в надежде крупного выигрыша. Атлантик-Сити находился на берегу океана и вдоль всего побережья города, тянулся деревянный "бродвок". Внизу был песочный пляж, и любители загорать и покупаться могли насладиться этим в полной мере. Пожилые гуляли по " бродвоку" и дышали океанским воздухом. Самым крупным казино в то время был "Трамп Плаза Атлантик-Сити". Там проходили соревнования боксеров, конкурсы красавиц и великолепные шоу. К этому казино и подвез своих клиентов Адам. Пассажиры вылезали и разминали затекшие ноги.

- У нас есть четыре часа бесплатно, не так ли водитель?

- Да, господа. Все правильно. Я буду ждать вас на этом самом месте, ровно через четыре часа. Если вы решите задержаться, это ваше право. Я буду ждать.

Пассажиры поспешили в казино, а Адам решил побродить и посмотреть, как люди проводят время. Играть он не собирался, да и не за этим ехал. Зал казино был огромный и разбит на несколько зон. Практически везде стояли «однорукие бандиты», автоматы принимающие монеты по 25 центов. Были автоматы, принимающие 50 центов и 1 доллар. За множеством автоматов сидели или стояли в большинстве своем пожилые люди. Были и такие, кто играл сразу на двух, а то и на трех автоматах. Иногда у кого-то автомат начинал звенеть и мигать всякими разноцветными огоньками. Люди посматривали на счастливого победителя или победительницу и бросали монеты еще быстрее. Часто раздавался звон сыплющихся монет, с грохотом падающие в металлическую чашу. Многие держали большие пластиковые стаканы, полные монет и бросали их в щель автомата и дергали за торчащую металлическую

руку. Далее располагались столы для игры блек джек, разновидности российского очко, но гораздо жестче. Покерные столы и столы для рулетки ожидали своих игроков. Адам подошел к столу, где толпились люди. Эту игру называли, крэпс. Один человек метал "кости", и кто хотел, делал ставки. Адам пытался вникнуть в сложную систему победителей и проигравших, но так ничего и не понял.

Делать было нечего, а впереди четыре часа ожидания, а может быть и больше. Проходя мимо одного из автоматов, Адам пошарил в карманах и вытащив несколько 25 центовых монеток, опустил в щель автомата, на удачу. Он дернул ручку вниз, автомат загудел и на экране закрутились различные цифры и знаки. Они стали складываться в какие-то комбинации и вдруг автомат словно взорвался. Он загудел, засверкал всеми огнями и оглушительно зазвенел. В первое мгновение Адам испугался, что он что-то сломал, но кто-то сказал: " Поздравляю", и Адам понял, что он выиграл. Автомат звенел и сверкал так, что это можно было видеть и слышать, из любого конца огромного зала. Адам растерянно сидел на стуле, и не понимал, что делать дальше. Мимо проходящие люди, поздравляли его с удачей, но никто не появлялся и не говорил, как себя вести. Время шло, автомат не сыпал никакими монетами, а громко звенел и сверкал. Адам стал испытывать серьезное неудобство. Отойти или играть на соседних автоматах, как-то неудобно. Просто сидеть глупо. Что они, на самом деле? Может не слышат или не видят? Это невозможно. Такой шум и звон на все казино. Может просто уйти? А если я действительно выиграл? А сколько? Всякие мысли вертелись в его голове, и ситуация казалась все глупее. Наконец появилась сотрудница в униформе казино, и повернув ключ, выключила автомат. Наступила оглушительная тишина.

- Поздравляю! Вы выиграли 250 долларов. Вот ваш выигрыш.

Адам получил две банкноты по 100 долларов и одну 50.

- Спасибо за вашу игру в нашем казино.

Адам держал в руках банкноты.

Весь это шум и звон из-за 250 долларов? Было похоже, что я выиграл миллион. И чего теперь делать? Пойти и лечь спать в машине? Как же, уснешь теперь. Просто уйти? Неудобно, сдернул бабки и бежать. А перед кем неудобно? А если проиграю, тогда удобно? Принесут свои извинения? Все это такой бред собачий. Никому нет до меня дела. Это их бизнес. Обыгрывать дураков. Ежу понятно, что казино всегда в выигрыше. Иначе труба. Они закроются и все. Значит они должны нас всегда обыгрывать.

А весь этот шум и звон для дураков. Смотрите, у нас выигрывают. Поэтому долго никто не пдоходил. Все, кто видел и слышал, делали

ставки в надежде урвать свой кусочек удачи. Ну и что дальше делать? Вообще эти деньги халявные. Как говорят американцы, "easy come, easy go". Легко пришли, легко ушли. Могу и поиграть на чужие бабки.

Адам всегда хотел поиграть в покер. Но не с людьми, там надо серьезные деньги, а с автоматом, все проще. Получил карты, удалил ненужные и получил другие взамен. Выиграл или проиграл. Примитивно и просто. Он сел за один из покерных автоматов и через полчаса, выиграл еще 200 долларов. Он пересчитывал фишки и не верил удаче.

“Вот это да.- думал Адам, - сегодня мне прет как никогда. Я слышал, что бывают такие дни. Удача идет сама по себе, во что не играешь. А вдруг это мой шанс? Главное не трусить и делать большие ставки, иначе не выиграть серьезные деньги. Сейчас или никогда.”

Адам перешел за стол с рулеткой и стал делать ставки. Фишки кончились быстро и Адам разменял сначала одну сотню, затем другую. Но удача отвернулась от него и все было бесполезно. У него был с собой 400 долларов наличных денег и разум говорил, что их трогать нельзя, но игорная лихорадка уже не отпускала. Соблазн отыграться, был выше доводов разума. Он пробовал играть на покерных автоматах, на "одноруких бандитах" и ставил в блек джек. Он остановился, когда кончились деньги. Вот теперь проснулись муки совести.

“Боже, какой я идиот! Как я мог проиграть семейные деньги? Ну проиграл бы “халявные”, ну и черт с ними. Зачем я трогал деньги, которые принадлежат семье? Ну ладно, с кем не бывает? Понятно, что дурак. Но отныне все. Никакого казино, никаких азартных игр. Эта тупая работа. Поехал заработать называется. Все, пора завязывать с этой бессмысленной профессией, иначе пройдет так вся жизнь. Завтра же ищу помещение.”

Пассажиры пришли ровно через четыре часа. Адам отгородился от салона перегородкой и молча следил за дорогой, все больше укрепляясь в решении уйти из этого бизнеса и заниматься тем, что давно стало его профессией. Он еще не знал, что этот этап его жизни заканчивается. Он уже не зеленый эмигрант, попавший в незнакомую среду и ведущий отчаянную борьбу за выживание. Жизнь только начинается. Будут в ней и взлеты, и падения, но это как у всех. Иммигрантами не рождаются, иммигрантами становятся. Когда это происходит в зрелом возрасте - это болезненный и жестокий процесс и только от самого зависит, сломаться или преодолеть.